KB134373

유녀전기
Alea iacta est

〔11〕

카를로 젠
Carlo Zen

■ contents

상관도

제국

【참모본부】

제투아 대장 [전무/동부사열관] —— 우거 중령 [전무/철도]

루델돌프 대장 [작전] ———————— 레르겐 대령

〔샐러맨더 전투단 통칭 : 레르겐 전투단〕

--제 203 마도대대-----------------------------

타냐 폰 데그레챠프 중령

└─ 바이스 소령

　　　── 세레브랴코프 중위

　　　── 그란츠 중위

　　　── (보충) 외스테만 중위

알렌스 대위 [기갑]

메베르트 대위 [포]

토스판 중위 [보병]

연방

서기장 (아주 착한 사람)

로리야 (아주 착한 사람)

┌【다국적 부대】────────────────────

미켈 대령 [**연방 – 지휘관**] —— 타네치카 중위 [**정치장교**]

드레이크 중령 [**연합왕국 – 차석**] ———————— 수 중위

이르도아 왕국

가스만 대장 [**군정**] ——————— 칼란드로 대령 [**정보**]

자유공화국

드 루고 사령관 [**자유공화국 주석**]

인간성이 내게 족쇄를 채웠다.

제투아 대장

"예비계획의 계획서는 읽었네. ……하나 묻고 싶군. 제정신인
가? 실수로 주사위 노름 광고지를 보낸 건 아니겠지."

애써 냉정한 척한다고 해도, 제투아의 말은 희미하게 떨렸다.
눈앞의 녀석이 평소와 같다면 알아차렸을지도 모른다.

하지만 루델돌프의 얼굴에 떠오르는 것은 당혹스러움뿐.

망할 자식, 노인은 속으로 뇌까렸다.

"분명히 말하지. 이건 뭐지? 자네는 무슨 생각으로 이걸 썼나?"

"패배를 피하기 위해서다. 말하지 않아도 알 텐데."

말하는 것은 제국의 미래를 건 도박.

그런 이상 가슴 뛰어야 마땅했다.

젊었을 무렵, 군대에 봉직을 맹세했을 때 벗과 이야기했던 미
래는 어디로 사라졌을까. 왜 나는 생사의 고락을 함께하리라 믿
었던 벗의 말에 반발하는 것일까.

치밀어 오르는 의문을 억누르면서 제투아 대장은 그저 제국에
대한 의무에 따라 벗이라고 믿는 남자에게 규탄의 말을 기계적
으로 쏟아내었다.

"외교 절충이 실패하는 대로 예비계획 발동이라니 기가 차는
군. 군부 독재를 확립하고 즉각 이르도아를 공격하는 게 해결책
이라고?"

고지식하게 끄덕이는 머저리에게 진심으로 의문을 던졌다.

"뭘 해결할 생각인가?"

일단 직업군인, 그것도 중추를 직접 볼 수 있는 참모본부 안에 있었다. 제국이라는 국가의 명맥이 마르고 있다는 것은 공통적인 인식이다.

그렇게 믿고 있다.

그렇기에 자신도, 녀석도, 이렇게 활로를 찾아서 최소한의 파탄으로 일을 수습하려고 발버둥 치는 것이 아니었나.

벗을 지그시 봤다.

나의 벗, 루델돌프 녀석은 어떤 식으로 사리를 둘러댈까?

"제일 가까운 파탄을 저지한다. 이르도아라는 묵은 상처는, 손을 쓰지 않으면 머지않아 터지겠지."

살짝 고개가 올라갔다.

설마 싶은 대답이다. 무심코 기대마저 치밀었다.

"파탄을 피할 수 있다고 정의하는 건가?"

"피해야만 한다고 인식하고 있다."

피할 수 있다는 게 아니라 피해야만 한다.

'가능하다'라는 가능성의 이야기가 아니라 '그랬으면 한다'는 희망. 한계인가. 마음속으로 한숨이 한 차례 나왔다

이미 제국은 그런 소리를 할 때가 아니라는 것이 [예비계획]을 낳는 궁핍한 상황의 근간이 아닐까.

그럼에도 불구하고 오래된 벗은.

이 멍청이는.

"일이 이 지경에 이르러서 그런 소리라니. 루델돌프, 자네, 이미 희망적 관측과 예상을 혼동하기 시작한 것 아닌가."

"제투아. 수만 명이 우리가 지도하는 아래에서 죽었다. ……잘못은 인정해야 마땅하지. 하지만 그 희생을 헛되이 할 수는 없다. 우리는 만전의 방책을 다해야만 한다. 그들이 믿었던 것을 우리가 놓치는 일은……."

승리를 믿고 죽어 준 장병들. 그들에게 부끄러운 줄 안다면 자기 몸을 더욱 채찍질해야만 한다.

하지만 그래도, 그렇더라도.

노인은 고뇌와 함께 미련을 끊어냈다. 전무참모차장 정도 되면 제국에서 국력 사정과 물동에 가장 정통할 수밖에 없으니까.

제국의 손은 이미 승리의 여신에게 닿지 않는다.

아아, 그 더러운 여신. 희망의 꿀로 우리를 홀리고 조국을 나락의 끝자락으로 이끄는가.

"멍청한 친구야, 잘 듣게나. 자네가 바라는 여신은 그냥 환상이야. 바람기는 좋지 않아. ……안사람과의 열애를 잊었나?"

"사적일 때의 나와 군인일 때의 나는 구별하고 있네. 더 말하자면 이 마음을 채우는 상대를 착각하는 일은 없어."

"그런 것치고 무익한 사랑에 애가 탄 것 같은데."

"그렇도록 규정되어 있지. 그럼 그걸 다할 수밖에 없어."

음, 그런가.

실망, 혹은 절망에 가까운 한탄.

국가의 종복이기로 맹세한 벗은 제국을 위해 뭐든지 하겠지. 그 사랑 자체야 좋지만, 그 사랑은 모든 것을 잃고 싶지 않다는 슬플 만큼 절실한 외침이다.

이미 우리는 선택해야만 하는 상황인데도!

"우리 사이니까 대장 각하가 충고해 주지, 루델돌프."

"호오? 그거 꼭 좀 듣고 싶군."

"……도박으로 만든 빚은 파산신청을 할 수 없지. 이르도아 공격으로 뭘 잃을지 생각한 적 있나? 그런 여유가 있다면 동부에 내놔."

빠듯빠듯한 전선.

만성적으로 결여된 장병.

부족한 물자.

"이르도아라는 외교 중개자를 죽이는 데 쓸 물량이 어디 있지? 우리는 제국의 현황을 감안하며 대화해야만 하는데."

바꿔 말하자면 지금 제국의 파탄을 내다보며 처리를 논해야만 한다. 부끄러운 심정으로 제투아는 속으로 그런 말을 흘렸다.

승리가 아니라 종용과 패배를 논해야 할 때가 되었다.

하지만 끝은 아니다.

나라가 망해도 강산은 남는다.

우리 제국이 멸망하더라도, 그 땅이 있는 한 우리는 다음 제국에 최후의 희망과 마음을 맡길 수 있다. 지켜야 할 것은, 군인의 충성과 봉사의 대상은 결국 조국이다. 오늘을 위해 조국의 미래를 모두 전쟁의 불길에 던져라?

죄인이 어떻게 애국자가 될 수 있을까.

"……모르겠나, 루델돌프? 이해할 수 없나?"

갈등과 함께 번뇌하는 자신에게 오래된 벗이 웃었다.

"솔직하게 말해. 우리 사이 아닌가?"

녀석의 변함없는 말에 얼굴이 풀어졌다.

"……입장이 변하면 해야 할 말도 변하지. 귀찮고 한심한 소리지만, 이것도 현실이 아닐까."

"기막힌 말이군. 경어를 써 줄까? 아니면 솔직하게?"

중장이 대장에게 하는 것치고 너무 스스럼없이 웃는 오랜 친구에게, 대장 각하로 떠받들린 자신은 바보 같은 짓 말라면서 어깨를 으쓱여 주었다.

"어차피 내가 승진했으니 자네에게도 사령장이 나왔겠지. 그럼 동격의 대화로 보면 돼."

"자화자찬 같지만 그렇지. ……소문도 빠르군."

"관료기구가 생각하는 바를 상상한 것에 불과해. 이 경우는……'조정'과 '돌려막기'라고 해야겠지."

루델돌프는 침묵했지만, 그 얼굴을 보면 일목요연하겠지. 녀석 나름대로의 수긍이라는 정도는 간파할 수 있다. 결국 기세에 떠밀린 승진을 부끄러워하는 성격이다.

물론 동부를 억누를 필요성 같은 정치적인 이유로 '싸구려 대장 자리'를 받은 것은 제투아가 먼저이기도 하다.

게다가 그걸 준비한 것은 눈앞의 남자.

동부 방면군의 흑막 제투아 대장! 정말로 엄청난 사악함이다. 군벌 수괴라는 말을 덧붙일 만하겠다며 노인은 자조했다.

이런 승진을 누가 기뻐할까!

젊었을 적에는 이런 미래가 있을 거라고 꿈도 꾸지 않았다.

젊음의 특권으로 믿었는데. 제국의 미래를 여는 선배로서, 비주류파로 참모본부의 문호를 실력으로 열 수만 있으면 군부 내에서의 영달도 바랄 수 있다고.

더러운 어른이 되어도 한편으로는 바라고 있었다. 승리가 있다면.

준장 시절에는 승리를 추구하고 있었다.

소장 시절에는 승리를 움켜쥐려고 했다.

중장 시절에는 승리에 애가 달았다.

과거는 이 얼마나 아름다운가.

지금과 비교하면 한숨밖에 나오지 않는다. 패전 처리의 일환으로 대장 각하라니, 무참한 영광의 잔재도 이런 게 있을까.

정말이지 운명의 잔혹함을 깨닫게 된다.

"싸구려 별을 단 친애하는 선배로서, 가벼운 별을 얻은 오랜 벗에게 진심으로 축하의 말을 보내지."

정중함으로 부드럽게 포장해 오랜 친구에게 야유를 발송한다. 불평할 권리 정도는 있겠지.

"대장 승진, 축하하네, 루델돌프. 제국군 역사상 가장 경박한 승진 이유를 가진 대장 각하는 나라고 생각했는데…… 제일 밑바닥 지위를 자네에게 양보하는군."

"전쟁이 문제야."

자기 잘못을 인정하지 않는 단호한 반론은 오랜 친구다웠다. 곤란한 전쟁에 변해버렸다고 해도, 그 뿌리는 똑같나.

그럼 이쪽의 대답도 뻔하다.

"그렇지, 그래. 누가 잘못한 게 아니야. 덕분에 우리처럼 황실, 정부에게 점수 못 따는 비사교적 전문가 군인이 이 세상의 봄을 노래하지."

"봄이라고?"

"흑사병의 봄이잖나. 안 그래? 정신 좀 차려 보게나."

계속 쌓이는 전사자.

사라지는 돈.

결국 제국이 득 보는 것은 하나도 없다. 정상적인 감성을 가진 장교라면 다들 눈살을 찌푸릴 수밖에 없다.

아니, 애국자라면 모두가 침을 뱉어야 할 현황.

그렇기에 잊어서는 안 된다.

총력전의 불길에 불타는 것은 장래가 있는 젊은이라는 사실을.

'전쟁계속'이라는 수단을 위해, 그 제물로 대지에 주검을 뿌리는 당사자가 눈을 돌려서는 안 된다. 무엇을 위한 희생이며 무엇을 목적으로 추구하는가.

패배주의자라는 소리를 듣더라도 생각해야만 한다.

"해골이 되어 경쾌한 곡조에 맞춰 죽음의 춤을 계속 출 건가? 아니면 슬슬 무덤으로 돌아갈 준비를 생각해야겠지?"

사령부의 간소한 책상 너머로 오랜 벗의 눈동자를 보면서……
바라지 않을 수 없다. 벗이 덧없이 뻗은 손을 거두기를.

"제국군의 대장 각하 아닌가. 억지를 부리더라도 자네에게도, 내게도 그걸 결정할 권리 정도는 있지 않나?"

제투아 자신도 스스로를 선인이라고 믿는 흉내는 이미 불가능하다.

하지만 악인이더라도 조국을 생각할 수는 있다. 조국의 미래를, 조국의 안녕을. 나아가 일의 종말을 생각하는 것은 의무니까.

끝내는 방법.

종막의 방식.

즉 제국이라는 국가가 지르는 단말마의 비명을 어떻게 축소해야 하는가.

제투아라는 '정치적 군인'은 이미 그것을 생각하기 시작했다. 제투아의 말과 눈 앞에서는 잠자코 시가를 태우는 남자가 한 명.

자, 오랜 친구의 뜻은 어떨까. 그렇게 바라본 곳에는 피로에 찌든 얼굴이 있었다.

"……제투아. 지금이 괴로운 것은 나도 인정하지. 조국은 곤경에 처했다고."

시가를 입에 문 멍청이는 각오한 얼굴로 선언했다.

"하지만 제국의 대장이 칭얼거릴 수는 없어. 자네도, 나도, 승리를 위한 장치를 구성하는 부품에 불과해."

"젊은이의 주검을 쌓아서 단 별을 과시할 정도로 말인가, 루델돌프."

"많이 죽인 건 인정하지. 그러니까 질 수 없어. 패배가 필연이더라도, 그걸 얌전히 받아들일 이유가 있나? 우리는 제국의 군인이다. 필연 한둘 정도는 뒤집어버려야지."

으으, 제길.

정론이다.

노인은 가볍게 쓴웃음을 짓고, 절망을 흩뜨리기 위해 고개를 흔들었다.

"……죽은 자의 제국인가, 루델돌프."

선량한 개인으로서 제국의 미래를 쟁취하려는 것은 좋다. 슬프지만 '그러하다면' 같은 가정을 논하기에는 현실이 너무 가혹하다.

그리고 불행하게도 자신도 녀석도 '장군 각하' 다. 높은 곳에 앉아서 고개 뻣뻣이 쳐들고 있는 무능한 놈들. 시국과 정세를 생각하면 파국을 말하는 것을 피할 수 없는데도 패배를 단호히 거부한다.

그것은 현실에 대한 반역이다.

참모장교는 섭리조차도 비틀겠지.

하지만 무에서 유를 만들 수는 없다.

그것은 참모장교라는 마법사의 마법으로도 이룰 수 없는 기적이다. 이룰 수 없는 기적을 이루려면 참모장교라는 인종은 깨어 있어야만 한다.

그런데도──.

"자네는 승리를 추구한다. 그러니까 이르도아라는 '장래의 위협'을 '배제할 수 있을 때' 깨뜨리려는 건가."

짧게 수긍하는 상대에게 제투아 대장은 쓴소리를 던졌다.

"루델돌프, 이르도아는 우리가 패배하기 직전까지 중립을 지킬 거라고 봐도 좋아. 놈들은 약삭빠르게 눈치를 살피는 놈들일지도 모르지만…… 국가이성은 우리보다 나아. 예비계획의 대상은 본국의 멍청이들로 한정해야 해."

"그래서는 이르도아라는 위협을 방치하게 돼. 자네는 이르도아를 완전히 거래 대상으로 보고 있지. 이르도아는 제국의 옆구리에 꽂힌 단검이기도 한데? 지리적 상황을 감안해야지."

"그 말에는 일리가 있지만……."

살짝 고개를 끄덕이는 한편으로 마음속으로 한마디 덧붙였다. '그건 아직 찾아오지 않은 미래에 불과하다' 라고.

그렇기에 의심이 급격하게 커졌다.

루델돌프가 '승리'를 포기하지 않는다면 [예비계획]은 너무나도 리스크가 크다.

국내의 단결. 그리고 이르도아 공격을 통한 남방의 안전 확보로 만전의 전쟁 지도.

말이야 바른 말이지만, 현실과 현저하게 충돌한다.

"그림의 떡이 아닐까?"

"……그럼 먹을 수 있게 만들어야지. 그게 참모장교일 테고."

동의한다는 듯이 끄덕이면서도 제투아 대장의 마음속에서는 말로 할 수 없는 반감이 고개를 들기 시작했다.

안 그래도 극히 일부에서 정보누설 의혹이 있다.

그 의혹이 사실일 경우, 암호일지 내통자일지 실수일지는 알 수 없지만…… 제국은 너무 많은 제약과 함께 싸우게 되겠지.

이런 정세에서 '승리 지상주의'가 참모본부 중추에 뿌리를 내린다면. 이미 보통 방법으로는 궤도 수정도 여의치 않다.

아니. 아니.

신이여.

이 망할 신이여.

기도를 돌려내라.

희망을 돌려내라.

잔혹한 운명아.

인간을 희롱하는 어리석은 놈아.

네가.

초상적인 무언가가 제국을 멸하려 한다면.

좋다.

좋다. 그렇게 생각하며 웃었다.

각오를 다졌다.

애초부터 조국을 위해 뭐든지 할 각오는 있었다. 비열한 놈이
되어 보도록 할까.

벗이여, 용서하게.

"자, 여담이 길었군. [예비계획]과 관련되어 자네가 직접 왔지
않나. 그것도 내 오른팔을 데리고. ……실무 이야기를 좀 해 보
실까."

슬쩍 시선을 보낸 곳에는 안도한 남자의 얼굴.

……좋은 녀석이지만.

"동석시키고 싶다. 괜찮나?"

"물론이지."

"데그레챠프 중령, 들어와라!"

옆방까지 울리는 루델돌프 대장 각하의 노성. 잘 울리는 목소
리지만, 타냐로서는 문제를 가져오는 목소리이기도 했다.

……현실 도피는 무익하다.

일어서서 조건반사적으로 귀찮은 표정을 얼굴 안쪽으로 밀어
넣었다.

인간은 사회적인 동물이다. 가면에는 이미 익숙하다. 성실한
가면을 얼굴에 써서 성실하고 고지식한 데그레챠프 중령으로 변
한 타냐는 재빨리 움직였다.

상관의 부름에는 언제나 기민하게 대응한다. 윗사람을 기다리게 하는 것은 백해무익하다. 신속하면서도 정중하게 사령관실의 문을 노크하자, 예상대로 까칠한 목소리가 입실을 재촉했다.

자, 심호흡을 한 번 하자.

문을 열고 적절한 성량으로 척척 인사한다.

"데그레챠프 중령, 입실하겠습니다!"

그리고 교범대로인 경례 동작을 하는 동안에 정찰활동.

실내 분위기는…… 최악 일보 직전일까. 너무 찌릿찌릿하다.

실내로 한 걸음 들어간 순간 긴장을 띠었다는 사실은 예상했지만…… 상상보다 훨씬 심하다.

직감이 그 심각성과 위험함을 감지했다. 신경이 진정되지 않는다. 적에게 기습당하기 직전과 같다.

U턴으로 물러나고 싶다. ……그럴 수 없기에 타냐는 애써 발랄한 태도로 입을 열었다.

"어떤 용건이십니까."

묻는 동작과 맞추어서 우선 확인해야 할 것은 상관 두 사람의 안색.

안타깝게도 두 사람 다 괴물이라서 본심을 읽기 어렵지만…… 일단은 평소와 같다. 하지만 책상 위에 있는 재떨이가 NG 항목을 알리고 있었다.

루델돌프 각하는 시가. 이것은 평소와 같다.

하지만 제투아 각하의 재떨이는 안 좋다. 담배의 양으로 상사의 기분을 재는 것은 너무 안일한 수단이지만…… 시가도 아니고 싸구려 군 담배를 재떨이에 가득 처박은 걸 보면 '짜증'은 확연이다.

불길한 예감과 함께 타냐는 일부러 자세를 바로잡았다.

언뜻 보면 싱글벙글 웃는 것 같은 제투아 각하도, 속으로는 분노했다고 보는 편이 안전하겠지. 타냐가 보기로 격노 정도까지는 아니다. 재떨이를 뒤엎지 않았고, 무엇보다도 규칙적으로 꽁초가 꽂혀 있다.

냉정한 분노 정도일까.

그렇기는 해도 기분이 안 좋은 상태다. 뜻밖이라고 평해도 좋다. 오랫동안 친구 사이인 루델돌프 각하가 알면서도 무시하는 거라면…… 그건 그거대로 묘한 불화를 느끼게 한다.

상사의 기분이 안 좋을 때 안부를 여쭙는 것은 얼간이나 하는 짓. 의도적으로 입을 다물고 프로답게 직립부동 자세를 지키는 타냐에게 제투아 각하는 평온한 목소리로 물었다.

"중령, 부대는 요즘 어떤가."

"제 부대라면 거의 전력을 발휘할 수 있습니다. ……알렌스 대위의 보고에 따르면 기갑부대는 신형을 수령하여 실질적인 전력이 절반으로 줄어들었다고 합니다만."

타냐의 대답에 목소리를 낸 것은 뜻밖에도 루델돌프 대장이었다. 의외라는 얼굴로 시가를 입에서 떼며 그는 끼어들었다.

"절반이라고?"

"초기 불량을 무수히 떠안은 장갑전력입니다. 기동에 불안이 남아서는 샐러맨더의 장점인 기민함을 죽이게 됩니다."

"……그 정도인가?"

상상도 안 간다는 듯이, 목소리에 물음표를 담은 듯한 질문.

이 얼마나 현실과 괴리된 문답인가. 보아 하니 루델돌프 각하 같은 높으신 분, 참모본부에서 근무하는 작전참모차장 각하는 '동부의 현실'을 모르시는 모양이다.

신형 장비란 항상 새로 개발된 문제를 산더미처럼 껴안고 있다. 하물며 동부에서 전차의 공룡 같은 진화 속도는 너무나도 빠르다.

"이봐, 루델돌프. 자네, 역시 후방 근무가 너무 길었어."

"뭐?"

하지만 대장 각하끼리의 대화는 거기서 끊겼다.

제투아 각하가 웃으면서 침묵을 지키는 이상, 설명 담당을 피할 수 없다고 타냐는 깨달았다. 피할 수 없다면 포용할 수밖에 없다.

말을 고르고 전문가 같은 어조로 설명해 보자.

"장갑을 두껍게 하고, 포의 대구경화, 본체의 출력 증가도 단행합니다. 이거고 저거고 다 욱여넣으려면…… 신뢰성의 희생도 필연이겠지요. 그리고 전차의 무게도 무거워집니다. 어쩔 수 없습니다. 아무리 경량화에 애써도 한계가 있지요."

그리고 연방령 안의 황야에서 '무식하게 무거운 전차'가 움직일 수 있다는 확증도 없다. 이 점을 구태여 설명해야만 알아듣는 이는 이 방에 없다.

신음하듯이 시가를 문 루델돌프 대장은 표정을 흐리고 있었다.

"인정하지. 내 경험이 편중되어 있었다. ……중령, 동부 경력이 긴 귀관의 경험으로 볼 때 기갑전력은 어느 정도 기대할 수 있지?"

"가을 지반이라면 그나마 낫습니다. 강설도 귀찮습니다만……
봄의 진창과 비교하면 그래도 일정한 기동력을 지킬 수 있습니
다."

하지만 알렌스 대위가 푸념처럼 흘린 바 있었다. 타냐로서는
전면적으로 경고해야만 했다.

"근본적으로는 무게와 기동력의 문제라고 이해해 주십시오.
우리 전차는 강력함의 대가로 하체에 약점을 가지고 있었습니
다. 계절이 우리 쪽의 기갑전력에 미치는 영향은 일찍이 없을 정
도입니다."

"진흙에 잠긴단 말이지. 기억해 두지."

떨떠름한 얼굴로 작전참모가 끄덕이고, 전무의 보스가 느긋하
게 미소 지었다. 평소 광경이라고도 할 수 있지만, 평소 이 조합
은 타냐에게 문제를 가져다주는데.

"자, 작전참모차장 각하께 강의가 끝났으니…… 데그레챠프
중령. 옆길로 빠졌던 화제를 실무로 되돌리지."

기왕이면 탈선한 채로 나를 돌려보내주지……. 이런 번민은
마음속 깊은 곳에 봉인한다. 타냐는 고지식하게 제투아 각하의
눈동자를 바라보았다.

아아, 이거 위험하다.

"전력에 대해 들어보고 싶다."

"예, 뭐든지."

실로 무시무시한 일인데…… 제투아 각하의 목소리는 평온함
그 자체였다. 눈이 부드러운 느낌으로 가늘어졌고, 느긋하게 쉬
기라도 하듯이 어깨에서 힘이 빠졌다.

정말이지 그 거만한 모습이란!

마치 호랑이가 사냥감에게 덤벼들기 일보 직전이라고 착각할 만큼 무시무시하다.

"불만은 그것뿐인가?"

사양할 것 없다고 재촉하는 그 목소리는 한없이 부드럽다. 의견을 받아들여 주는 좋은 상관이라는 태도에 무심코 입이 가벼워질 것 같다.

하지만 속아서는 안 된다. 눈을 보면 안다. 가늘게 뜨긴 했지만, 그 안의 눈동자는 전혀 웃고 있지 않다.

표면상의 태도가 전혀 온화하지 않으면서, 이쪽을 냉정하게 '정찰'하고 있다.

실험동물의 반응을 확인하는가 싶은 시선을 받으면, 아무래도 생각하게 되는 바가 있다.

부드럽게 대답할 수 있을까? 실로 곤란하다. 비교적 밑에 오래 있었던 타냐조차도 한순간 대답을 주저할 정도였다.

하지만 침묵할 수 없는 이상, 재주를 배운 애완동물처럼 행동할 수밖에 없다.

"포병의 포탄 비축량에 대해 경고를 드릴까요. 아니면 포탄 이송용 마필이 충분히 공급되지 않는 것에 대한 불만을 말씀드려야 할까요. 아니면 항공마도사의 보충에 대해 항의해야만 할까요."

"그 외에는?"

"항공함대의 전개가 늦어지는 것에 불평을. 확약되었을 터인 상공 원호가 거듭 끊겨서 전투단이 자력으로 방공전의 필요에 직면했다는 사실을 덧붙이고 싶습니다. 공수표가 된 증파의 구두 약속만으로도 이미 1개 전투단을 편성할 수 있다는 사실을 어떻게 생각하십니까?"

"좋아, 즉 평소와 같다는 소리로군."

태연하게 선고된 말에 타냐는 신음소리를 삼키며 살짝 끄덕였다. 그때 의외라는 듯한 목소리가 옆에서 끼어들었다.

"잠깐, 문제투성이 아닌가?"

루델돌프 대장 각하가 곤혹스러워하시다니, 이건 참 신기한 일이다. 다만 이 어르신이 전선의 실정을 듣고 이런 안색을 보인 것만으로도 타냐의 등골이 오싹해졌지만.

"동부에서는 이걸 축복받은 편이라고 말하지."

"그게 말인가?"

"그렇지."

경악하는 작전참모차장님과 반대로 제투아 각하는 유쾌한 얼굴로 말을 계속 던졌다.

"제대로 된 지휘관과 제대로 된 고참병. 샐러맨더는 아주 탐나는 존재지. 데려다 쓰고 싶어서 아주 환장을 하거든. 지금 당장 해체해서 껍데기만 남은 다른 부대에 기간요원으로 전용하지 않는 것만 해도 특급 대우야."

상사가 시선으로 '아닌가?' 라고 물으면, 타냐도 말없이 끄덕일 수밖에 없다.

제203항공마도대대는 정예 강병이지만, 보충의 전망이 없다. 그런 주제에 상대적이긴 해도 베테랑을 무수히 데리고 있다. 해산되지 않는 것만 해도 좋은 대우다.

……익숙해진 지 오래인 궁핍이라고도 할 수 있지만.

"루델돌프, 자네가 소정의 전제로 삼은 동부의 안녕과 질서가 있는 현실이 이렇지. 그게 얼마나 아슬아슬하게 확보된 건지 알겠나?"

"자네라면 어떻게든 하겠지."

"맹세코 말하는데, 이미 어떻게 안 돼. 현황조차도 아슬아슬하게 목만 붙어있는 꼴이야."

상관들의 대화는 현실인식을 둘러싼 극한상황을 말한다.

그것도 '후세의' 라는 말을 덧붙이고 싶다.

뜻대로 되지 않을 때, 상사는 왕왕 부하에게 무리한 일을 시키니까 한 명만 있어도 골칫거리겠지. 그런데 인상을 쓰며 담배를 태우는 보스가 두 명이나 있다니!

말할 것도 없지만, 타냐에게는 도망칠 곳이 없다.

그저, 그저, 연기로 가득한 공간에서 자세를 바로하고 말을 기다릴 뿐.

해방해 준다면 얼마나 고마울까.

하지만 담배 연기를 푹푹 내뱉는 상관들은 언제까지고 타냐의 희망을 들어주지 않았다.

결국, 절박한 얼굴로 입을 연 것은 루델돌프 대장이었다.

"예비계획에 대해서 속을 터놓고 말하지."

"좋아, 루델돌프 대장. 우리 사이 아닌가. 솔직하게 가자고."

이때다 싶은 타이밍에 타냐는 일부러 옆에서 끼어들었다. 만에 하나라도 자신에게도 행운이 있기를 기대했다.

조심스럽게, 근엄성실 그 자체인 듯한 어조로 타냐는 자애를 애걸했다.

"소관이 동석해도 되겠습니까?"

참모중령은 이만 나가라. 그런 말로 자비를 바라는 것이 과도한 일일까? 이 세상을 맡은 신이 없다는 사실을 증명하기라도 하듯이 참모본부의 수괴들은 부드럽게 미소 짓지 않는가!

제투아 각하는 묵묵히 걱정 말라는 듯이. 그리고 루델돌프 각하가 활짝 웃으면서 타냐의 어깨를 두드리더니 무자비한 말을 건넸다.

"그게 아니다. 중령, 참모본부 비장의 부대 아닌가. 실동은 너희다."

나 좀 살려달라고 비명을 지르기에 충분한, 유쾌하기 그지없는 제안이었다.

예비계획의 실동부대? 으으, 제길.

"……영광, 이라고 말씀드려야 할까요."

귀찮은 일에 휘말려드는 처지로서는 온갖 생각이 다 떠오르지만, 그래도 입장상 모호한 말을 할 수밖에 없었다.

물론 머릿속으로는 열심히 거절을 위한 구실을 모색했다.

고금동서, 아무튼 뭐든지 좋다.

이 자리에서 귀찮은 일에 사인하는 것을 피하기 위해서라면, 타냐는 어떤 것에든 뛰어들 각오였다. 카르네아데스의 널빤지다. 공산당에 대한 충성 선서라도 입 발린 말로 해 주마.

하지만 구원 따윈 없다. 애초부터 세상은 그런 것인가.

"데그레챠프 중령, 아무래도 입이 잘 안 떨어지는 모양인데. 내키지 않나? 귀관에게는 영예로운 자리를 맡길 생각인데."

이쪽을 노려보는 루델돌프 각하의 말씀 앞에서 타냐는 순간적으로 택해야 할 태도를 정하지 못할 만큼 고민했다.

자기 몸을 챙기기 위한 독트린을 따르자면 NO다.

불길한 예감이 마구마구 든다.

하지만 정치적 동물인 타냐가 도망치기란 매우 어렵다. 문화 코드로 봐도, 조직 코드로 봐도, 그것이 자살과 다름없음을 잘 알기 때문이다.

머릿속이 정지할 수밖에 없는 모순 앞에서 타냐는 세계를 원망했다. 분명 이것도 저것도, 모두 다, 존재X라는 악의가 저지른 짓이겠지.

그리고 언제나 사태를 바로잡는 건 인간이다. 이 경우에는 타냐의 든든한 상사님인 제투아 각하다.

"어이, 루델돌프. 부하한테 자기가 원하는 대답을 강요하려는 건가? 부하에게 아첨이나 요구할 만큼 무능해졌나?"

옆에서 날아드는 강렬한 지원사격.

고맙기 짝이 없지만, 슬프게도 루델돌프 각하는 한 걸음도 양보하지 않을 기세.

"닥쳐, 제투아. 이건 물어야만 한다."

듣기 싫다. 휘말리고 싶지 않다. 더 말하자면 귀찮은 일에 권유하는 것은 진심으로 사양하고 싶다!

"복종의 의무를 생각하면 불쾌한 역할이겠지. 자네가 갈등을 내던질 필요가 있는 것은 이해하지만, 그래도 해 주지 않으면 곤란하다."

루델돌프 각하의 말은 실로 무시무시하다. 이것을 무정한 결론으로 이끄는 물길 안내인이라고밖에 표현할 수 없으니까!

찌릿 노려보는 두 눈동자에는 결의가 깃들었다.

으으, 제길. 이건 자기가 옳다고 확신한 눈이다. 내가 싫어하는 존재X와 동류인 놈들 같은!

"이해한다. 고민도 허용하지. 하지만 필요가 그것을 명한다."

납득하지 않으면 곤란하다는 시선을 받아도…… 정말로 곤란할 뿐이라고 타냐는 맹렬하게 주장하고 싶다.

하고 싶은 말을 할 수 없다니, 정말 스트레스가 쌓인다!

"각하, 이건 필요의 문제입니까?"

필요의 노예, 혹은 필요라는 신의 겸허한 신도.

제국군이라는 사회 집단에서 참모장교란 계급은 모두 예외 없이 논리와 의무의 멍에에 매이는 것을 긍정한다.

은근슬쩍 제투아 각하에게 도움을 청하듯이 시선을 보내도, 그걸 가로막듯이 루델돌프 대장 각하가 연설을 하신다.

"나는 필요에 쫓기기에 역할을 내린다. 귀관의 의견도 귀담아 듣겠지만, 그래도 일이 여기에 이르렀다면 해야만 하는 의무를 묵묵히 수행하는 것 외에 제국의 요청에 응할 방도가 없다는 게 자명하겠지!"

반론을 받아들여 줄지도 의심스럽다는 것을 바로 알 대답이다. 이렇게 나온다면, 타냐로서는 침묵할 수밖에 없다. 하지만 침묵은 보통 금이 아니라 가짜 금이기도 하다.

반대한다는 뜻을 밝혀야 할까?

아니면 이대로 즉각 헌병에게 달려가야 할까? 하지만 참모본부의 헌병이 장악되었다면?

그때 갈등에 시달리는 타냐를 구하는 손길이 옆에서 나왔다.

"진짜로 필요하다면 말이지."

"무슨 말이지?"

의외라는 듯이 옆을 보는 루델돌프 각하에게 제투아 각하가 대놓고 떨떠름한 얼굴을 했다.

진정하라는 듯이 손을 흔들어 루델돌프를 제지하는 모습은 이 얼마나 든든한가!

"데그레챠프 중령, 어떤가. 귀관의 전투단은 명령에 따라 제도를 무자비하게 제압할 수 있나? 예를 들어서 저항하는 우군에게 발포하고 유린할 수 있나?"

정정!

전혀 아니었다!

희망에서 나락으로 급강하.

그 질문은 솔직히 구원이 될는지 의심스럽다. 애초에 타냐가 알기로는 그게 가능하다. 솔직히 말하자면 아마 확실히 할 수 있을 것이다.

제투아 각하는 모르시겠지만…… 타냐는 오랜 교류로 부하들을 숙지했다는 자부심이 있었다. 녀석들은 '명령에는 절대 복종한다'. 더 말하자면 '적을 가리지 않는 전쟁광 기질'마저 갖추고 있다.

전시하의 미덕이긴 하겠지.

타냐가 적이라고 지시하면, 그 지시를 충실하게 수행하는 놈들! 궁전에라도 주저 없이 술식을 빗발처럼 퍼부을지 모른다!

기가 막힌 규율? 기가 막힌 복종? 누가 이런 걸 만들었을까?!

나다, 제기랄!

"귀관의 부하 아닌가. 귀관의 기탄없는 의견을 들려주게."

제투아 각하가 부드럽게 질문을 던졌지만, 어떻게 해야 할까. 고지식하게 전부 실토할까? 말도 안 되는 소리. 구름 위의 인간들이 나눈 대화에서 실낱같은 구원이 내려왔다. 이걸 붙잡지 않을 수가 없다.

"……실례합니다. 잠시 생각할 시간을 가져도 되겠습니까?"

힐끗 시선을 날리자, 불쾌한 기색인 루델돌프 각하와 만족스러운 기색의 제투아 각하, 대조적인 얼굴이 한 쌍.

보아 하니 쏠 수 있다는 대답을 원하는 게 전자. 후자는…… 어떨까? 내키지 않다는 자세를 믿어도 될까? 아니면 이것은 시험하는 걸까?

"중령, 이 멍청이 루델돌프는 재촉하겠지만…… 무시해도 좋아."

"허언이 들리는데, 무시해도 좋다. 이 경우 귀관은 작전지휘관으로 가감 없이 솔직한 판단을 말해 봐라."

아아, 제길. 타냐는 심각하게 생각하는 시늉을 하면서 속으로는 투덜거렸다. 마음속으로는 투덜거림을 다스 단위로 흘려도 부족했다.

쓰레기 배출 허가증은 어디 있나. 불평을 모아서 대량 투기하고 싶다.

"너무 괴롭히지 말아 주셨으면 합니다."

이게 직장 내 괴롭힘이란 거냐.

이직을 바라는 타냐로서는 가능하다면 근로기준법에 호소하고 싶다. 슬프게도 무력하게 현실을 추인할 뿐인 근로기준법조차도 제국 군인에게는 없지만.

으으, 근로기준법. 근로기준법!

사랑스러운 근로기준법!

이세계의 최전선에서 여러분을 애타게 바라고 있습니다!

시장을 사랑하는 자유주의자로서 굴욕스럽기 짝이 없는 고백을 흘리면서 타냐는 혹독한 현실을 비로보기 위해 호흡을 가다듬었다.

쿠데타의 실행부대가 되냐 마냐는 정말 중요한 결단이겠지.

예비계획이 자신이 모르는 영역인 것도 문제지만…… 자신이 직접 개입하게 된다면 더욱 싫다.

"의무의 요청은 지당합니다. 하지만 장병의 심리 상황은 어떻겠습니까? 그들의 시각이나 내면화한 규범을 가미해서 생각해야만 합니다."

그럴싸한 말을 혀 위에서 굴리면서 타냐는 열심히 생각했다.

*묵돌선우라면 자랑스럽게 아버지를 활로 쏘겠지.

초원의 패자라면 그래도 좋을지 모른다. 슬프게도 지금은 전시라고 해도 근대다. 문화적이며 합법적인 것이 가장 귀하다고 해도 좋다.

지금 세상에서는 윤리 코드와 정면 충돌한다.

그런 '폭력행위'를 하면 악당 딱지가 붙을 게 확실하다. 이직을 위한 전제조건 따위는 월면 여행이나 화성 탐색으로 가버린다.

---

* 묵돌선우(冒頓單于) : 기원전 2세기 무렵의 북방 흉노족의 선우(單于. 군주, 족장을 높여서 부르는 말). 아버지 두만선우를 제거하고 선우가 되었다.

정해진 미래를 피하기 위한 방책은 단 하나.

얼버무릴 수밖에 없다.

"송구하지만, 어렵다고 봅니다."

불가능하다고는 하지 않는다. 하지만 가능하다고 간주되지도 않는다. 고심 끝에 쥐어짠 목소리에는 정말로 곤란함이 짙게 배어 있었다.

얼핏 봐도 기막힐 만큼 당황한 목소리겠지.

그래도 루델돌프 각하는 예상이 빗나갔다는 얼굴로 팔짱을 끼고 뭐라고 입속으로 중얼거리면서도…… 최종적으로는 이해하는 뜻을 내비쳤다.

"좋다. 추이를 봐서 검토하지."

뒤로 미뤘다. 즉 단순한 결정의 주저. 하지만 눈앞에 펼쳐졌던 암초에 좌초, 침몰할 위기는 간신히 피했다.

시간이라는 리소스를 회복한 이상, 긴급회피를 위해 움직일 여지도 생겨난다.

타냐로서는 장기 출장이든 최전선 전개든, 뭐든 좋으니까 어쩔 수 없는 사정으로 루델돌프 각하와 소원해질 구실을 모색할 생각이었다.

예상하지 못했다는 점으로는 정말 그러겠지.

그런데 루델돌프 각하가 대수롭지 않게 투하한 폭탄에 타냐는 무심코 눈을 치켜뜨며 굳었다.

"한 가지 제안이 있다. 귀관, 승진해 보고 싶지 않나?"

출세? 누구든 하고 싶어 하고, 자신도 그 예외는 아니다. 영달을 바라는 것은 실로 인간다운 진리겠지. 이익의 추구는 지극히 당연하기까지 하다.

안팎의 정세가 평범할 경우에 말이지만.

"안 좋은 유혹의 말이로군요."

노골적인 떡밥을 앞에 두고 타냐는 쓴웃음을 지었다.

위기의 시대에서는 우선순위도 변한다.

변화는 극적이다. 물건의 가격이 시장에서 요동치는 것과 같다. 평시에는 출세야말로 정의지만, 위기의 시대에는 안전이야말로 가장 고귀하다.

진정 가치 있는 것을 잘못 판단해서는 안 된다.

"무심코 물고 싶어집니다."

인사부가 '예외적인 발탁'을 대놓고 시사할 리가 없는데! 그래도! 위로 올라갈 가능성은 매력적이다. 특히나 이직 전에 '지난 직장에서의 포지션'을 높일 수 있다는 것은 너무나도 고혹적이겠지.

하지만 루델돌프 각하가 쿠데타의 카드에게 내보인 당근이다. 아무리 가볍게 잡아도 독 당근이 아닐 리가 없다.

"그럼 흥미는 있다는 건가?"

즐거운 기색인 작전가의 시선 앞에서 일부러 진지한 표정을 지키면서, 속으로는 아까워하면서 타냐는 사양의 뜻을 말했다.

"과분한 평가에 진심으로 감사드립니다. 하지만 소관은 책임 있는 장교입니다. 지금 보직을 벗어나는 것에는 장교로서의 의무감이 기피합니다."

여기에 덤벼들었다간 비합법적인 일을 명령받을 테니까.

루델돌프 각하의 시선 앞에서, 애국적인 장교로서, 부대를 생각하는 마음 있는 지휘관으로서, 자기 영달을 도외시하는 지휘관이라는 기분 나쁜 존재로서, 타냐는 가면을 계속 썼다.

"현장을 사랑하는 마음은 참작하고 싶지만…… 장교의 의무라니까 하는 말인데, 이건 인사국이 올린 내용에서 나온 말이다. 중령, 연대장 자리에 흥미는 없나?"

"예? 여, 연대장입니까?"

"전시라고 해도 야전 근무로 쌓은 전공이 말이지, 너무 많아. 이렇게 쌓이면 예외 적용도 어렵지. 커리어 코스를 정규로 되돌리라고 시끄러운 놈들이 늘어났다."

커리어, 본류, 정말이지 감미로운 말.

강철의 자제심으로 이직을 결의했던 타냐조차도 살짝 흔들릴지 모를 정도로 매력적이며 거절하기 힘든 제안이다.

자꾸만 목이 탄다.

붙잡기 공작의 일환으로 제안된 걸까? 하지만 이 정도로 제국이 진흙배인데…… 아니, 하지만 진흙배는 진흙배라도 가라앉기 전에 챙길 건 챙기고…….

"그건 레르겐 대령님처럼 되라는 말씀이십니까?"

"녀석은 완전히 본류니까 조금 다르지만…… 뭐, 비슷하지."

성급한 이야기지만, 관록을 더하는 정도로 야전지휘관을 명목상 겸임하면 충분할 어르신과 비슷한 수준이라니.

멋진 제안이다. 타냐도 일단 참모장교로서 레르겐 대령과 같은 코스를 얻을 수 있다.

그렇긴 해도 역시 비교하면 자기가 훨씬 고생했다는 기분이 들지만.

유년학교–사관학교–모연대–군 대학–참모본부 근무라는 본류 코스에서 다소 일탈한 것도 사실이다.

아무래도 유년학교의 연고가 없다.

일단 직속부대는 경험했지만, 마도장교 커리어인 것도 있어서 다른 병과와는 다소 성질도 다르다.

그러니까 진급이나 지위에 차이가 생긴다.

여기에 차별의 냄새를 맡는 것은 부당한 억측일까?

그렇다면 학력 차별이다. 정말로 무시무시하다.

어떤 상황이라도 필터 그 자체에 일정한 합리성이 있을 수는 있다. 애초에 인사 관련자로서 기꺼이 인정하지. 동시에 말해야만 하겠는데, 실적 있는 인간을 배제할 수 있는 위험성도 있다.

필터도 잘못 쓰면 채용의 본질을 훼손한다고 생각한다.

……역시 이직밖에 없을까.

자칫 커리어 연수를 받으면 계약상으로도 이직이 어려워질 수 있다. 회사의 돈으로 유학을 가서 MBA를 따자마자 얼른 이직하면 평판에도 흠집이 생긴다.

그렇다면 깨끗하고 올발라야만 한다.

모든 것을 머릿속으로 비교검토하고서 타냐는 쥐어짜내듯이 입을 열었다.

"어렵습니다."

몇 년만 더 일렀으면 기꺼이 커리어 코스로 뛰어들었겠지만.

하지만 이건 이미 제도상으로도 연령으로도 무리다. 이것은 모두 전쟁이 시작되기 고작 9년 전에 자신을 환생시킨 점에서 만악의 근원을 찾을 수 있다.

이러니까 그런 자칭 신이란 놈은 마음에 안 든다.

"흠, 아무래도 거절당한 것 같군."

한숨을 내쉬는 루델돌프 각하에 비해 제투아 각하는 실로 유쾌하다는 듯이 웃음을 띠고 계셨다.

"뭔가, 자네도 약해 빠졌군."

군대 담배를 한 손에 들고 황당하다는 표정.

쓴웃음을 지으면서 루델돌프 대장이 의자에서 일어섰다. 벽에 걸린 시계의 시각을 원망스럽게 노려보던 그는 눈썹을 찌푸렸다.

"슬슬 다음 약속 시간이라서."

"자치평의회의 평의원 나리들인가. ……충고하겠는데, 공수표만큼은 말게나. 은근슬쩍 희망을 소비하는 짓도 말고."

자신만만한 모습의 제투아 대장이 던진 말에 대해 루델돌프 대장은 떫은 얼굴과 함께 받아쳤다.

"그렇게 걱정되나? 뭐하면 자네도 감시역으로 동석하겠나?"

"우리가 함께 있으면 너무 좋은 표적이지. 연방의 에이전트가 참다 못해 폭탄을 던지지 않겠나."

"그 정도로 침투했을까?"

한숨이 세 개.

실내에 흐르는 걱정의 빛 앞에서 동부에서 여러 사항을 계속 조정했던 전무 담당자는 심각하기 짝이 없는 사정을 엄연한 사실로 경고했다.

"그렇지 않다는 보장이 없지. 나는 그렇다고 생각하지만……부정할 증거가 자네나 데그레챠프 중령에게 있나?"

"……없군. 유의하지."

"또 하나 전달할 게 있네. 겉모습도 중요하니까. 새로운 호위를 찾았다."

한숨을 섞어 가며 제투아 대장은 투덜거렸다.

"외교상 아이도 장교로 만든다고 찍히고 싶지 않아. 우리는 의식적으로 강국으로서 행동할 필요가 있다. 우수하면서 보기 괜찮은 호위를 준비했다."

"자네 호위를 달고서 가슴 떡 펴고 사람들을 만나라고? 지나친 거 아닌가?"

떫은 표정으로 싫은 눈치인 그 억센 얼굴을 상대로 현장을 잘 아는 동부의 책임자는 어디까지나 진지하게 말했다.

"필요 없다고는 하지 마. 신변에는 조심해. 주위와 자네의 안전을 위해서."

"……알겠네. 시끄럽지 않은 호위를 받도록 하지."

고집도 고집이라고 투덜대듯이 제투아 대장은 한숨을 내쉬었다. 지친 듯이 눈가를 손가락으로 문지르고, 황당하지 않냐는 듯이 타냐에게 한탄했다.

"지금 말 들었나? 저 녀석, 여전하군. 귀관처럼 호위하는 자가 보면 고생이겠지."

"제 부하인 그란츠 중위가 떠오릅니다. 지금 말씀, 그에게 들려주고 싶군요. 각하의 마음씀씀이에 엉엉 울지 않을까 합니다."

힐끗 시선을 전무참모차장 각하에게 보내니 시치미 뚝 떼는 얼굴.

"귀관에게서 빌린 호위중대의 지휘관이었던가. 잘 있나?"

"제도의 맥주에 곯아떨어졌겠지요."

하하핫 소리 내어 크게 웃었다.

자리의 분위기를 가볍게 수습한 것에 안도한 타냐의 앞에서 루델돌프 대장은 시간에 쫓기는지 자리에서 일어나더니 서둘러서 자치평의회 대표들과의 '회합'에 임하려 발을 옮겼다.

내용 없는 대화, 그리고 얼굴을 맞대고 협의했다는 사진이 필요한 거겠지. 특히나 위기의 시대에서는. 그런 시대에 참모본부를 맡은 인간이 되면 1분 1초가 귀중할 따름이다.

순식간에 나가는 뒷모습을 지켜보며 제투아 대장은 쓴웃음을 지었다.

"이거야 원, 저 친구도 바쁘군."

정말로 동감한다. 호위로서 동행하여 제도에서 출장 나온 몸으로서는 제투아 대장이 대신 호위를 구해 준 것에 감사의 말이라도 하고 싶었다.

"덕분에 저도 부하도 조금은 휴식을 취할 수 있겠습니다."

"뭘, 돌아가는 길을 부탁하지. 푹 쉬게."

좋은 상사답게 정말로 확실한 배려.

다만 타냐는 후에 생각했다. 여기서 알아차려야 했다고.

살아있는 인간이라면 철저하게 부려먹는다는 점에서 제투아 대장도 루델돌프 대장과 동류다.

아니, 한통속이라고 하는 게 웃길 정도로 타냐를 신나게 부려먹어댔다.

상사가 슬쩍 보여준 자상함에 낚여서 감동이나 하고 있을 때가 아니었다.

"음, 그렇지. 중령, 부탁을 하나 할까."

"뭐든지 분부만 하십시오."

타냐는 풀어진 마음에 잠겨 있을 때가 아니었다. 그런데도 휴가라는 말에 낚여버렸다.

마음이 풀어지지 않았기에 루델돌프 대장의 민폐스러운 제안을 피할 수 있었는데——.

"아니, 이번에는 간단해. 내 친구 한 명을 죽여야 할지도 모르겠군. 생각해 두게나."

그 말을 받아들이는 신세가 되었다.

"알겠습……네?"

무심코 끄덕이려던 타냐는 경악하여 상사를 바라보았다. 조금 전까지 신변을 경계하라고 친구에게 말하던 입이 자아낸 말은 살의가 연주하는 가벼운 곡조.

내 귀는 멀쩡할 텐데, 설마 귀를 의심하게 되다니.

"각하?"

대체 뭔가 싶어서 맨얼굴의 표정을 확인하는 것이 무섭다.

상사가 정신성에서 괴물이라는 것을 깨달은 순간이었다.

혹시나, 어쩌면, 그렇게 생각할 구석이 없었던 건 아니지만……
일은 너무나도 중대하다. 타냐는 똑바로 확인할 수밖에 없었다.

"지금 뭐라고 말씀하셨습니까? 소관이 잘못 들은 것일까요."

"내 친구의 뇌수를 터뜨려 주게나. 이거면 오해는 없어질까?"

태연하게. 정말 대수롭지 않게 제시된 말은 지극히 명백하다.

죽이라고?

"본심을 말씀해 주십시오."

"어라, 이유에 흥미가 있나?"

"이유 없는 살인자는 없습니다. 소관은 군인입니다. 그것도 의무와 명예를 아는 장교일 따름입니다."

대의명분의 효능도 비웃을 게 아니다. 타냐가 알기로는 쓰기에 달렸다.

제투아 대장과의 사이에 어느새 심적 거리의 장벽을 만들면서도, 상대가 긍정적으로 다가와 준다면 그 본심을 끌어낼 수 있다.

자, 과연, 이라며 기다릴 것도 없었다.

"……애초에 저 녀석은 작전가다."

제투아 대장은 슬프게 웃으면서 그 흉중을 보여 주었다.

"플랜A가 안 되면 플랜B를. 플랜B가 안 되면 비상시를 대비한 [예비계획]을. 모든 것은 승리를 위해서. 녀석은 그렇게 움직인다."

군인의 천성이다. 그리고 때로는 양날의 검이 될 수 있다는 것을 최전선에서 만사를 지켜본 인간만이 안다.

"……즉단즉결. 단호하게 결심을 단행하는 게 작전가의 성질이다. 그 모든 것이, 대전제가, 승리의 모색을 지상 명령으로 삼는다."

이길 수 없다는 경험이 제국에는 없다. 신흥 강국이기에 운명이 자신을 편든다는 소박한 믿음이 있다. 전쟁에서도 예외는 아니다.

어떻게 이길까. 그것밖에 모른다.

태반의 제국인은 '승리가 확실한가'라고 물을 수도 없다. 그렇기에 소수의 제국인은 불행을 떠안아야만 하지만.

슬픈 얼굴로 제투아 대장은 웃었다.

"건국에서 지금까지, 제국군은 언제나 최종적으로 승자였다. 곤경에야 익숙하지. 방어행동으로 시간을 벌고 공격, 승리로 전환한다."

역사를 말하는 어조로 자아내는 것은 잃어버린 신화를 향한 애착과 증오다.

"이길 수 없는 이번이야말로 역사적으로 보면 예외다. 우리 대에서 직면할 수밖에 없다니…… 이게 무슨 부조리일까."

"루델돌프 각하께서는 예외를 거부하실 모양입니다만."

"녀석은 그렇겠지. 애초에 우수한 작전가니까. 슬프게도 개인으로서는 진 적이 없어. 따라서 머리로 '패배'를 상정해도 현실로 소화하지를 못해."

신음하는 듯한 목소리로 자아내는 것은 벗의 생각에 대한 절망이다.

"저 멍청이는, 만일을 위한 예비계획을 '달리 선택지가 없다'는 이유만으로 자동 실행할지도 몰라."

머리를 싸쥐며 제투아 대장은 한탄의 말을 쏟아냈다.

"승리를 위해서, 제도에서 정변을 일으키는 것만이 아니라 즉각 이르도아를 공격한다? 그래선 자살을 지연하는 거나 다를 바 없지. 한 전쟁을 계속하기 위해서 다른 전쟁을 계속한다는 듯이. 전쟁은 수단이다. 목적이 되어서는 안 돼."

"각하, 두 분의 엇갈림은 그 점입니까?"

그렇다.

말로는 하지 않더라도 태도는 너무나도 확연하게 말했다. 지친 얼굴로 끄덕이며 제투아 대장은 귀찮다는 듯이 고개를 내저었다.

"한심한 나는 깨끗한 패배를 위한 예비계획만을 지지한다."

주저하듯이 살짝 입가를 일그러뜨리고 움직였다.

"위대한 제국의 충실한 작전참모인 루델돌프 장군은 다르다. 녀석은 '패배를 거부'하기 위한 예비계획을 모색한다. 시대가 시대라면 나는 목매달려야 할 패배주의자겠지."

"승리주의자로 전향을 생각하시는 건 어떠신지요?"

"그것도 생각했어."

상관이 서글프게 웃었다.

"작전 차원이라면 나도 단호히 요구한다. 그 경우에 따라서는 성공도 가능하겠지. 하지만 전략 차원에서는. 바라는 바도 아니지만…… 미래도 보인다."

메마른 목소리를 내뱉었다.

"……잘못된 판단에서 비롯한 전자동 자살계획에 조국의 운명을 맡길 수는 없다."

의견이야 좋지만, 그건 너무나도 쓸모없는 말이었다.

타냐 개인으로서는 지금 조금 더 확실히 해야만 했다. 만에 하나 법정에 설 때를 대비해서.

"각하, 소관은 군인입니다."

말하자면 상급자가 명언한 지시와 설명이 없으면 앞날이 무섭다. 두 눈동자를 똑바로 바라보며 지극히 고지식한 태도로 타냐는 명분론을 거듭했다.

"군인으로서의 소관은 각하의 의향을 알아야만 합니다."

"중령, 나는 선량한 개인이고 사악한 조직인이다. 파국에 대비할 의무가 있다."

또 의무.

편리한 말이다.

그리고 잔혹한 말이기도 하다.

"레르겐 대령의 강화 협의가 잘 풀리면 전부 잘되겠지. 하지만 그게 주저앉았을 때의 예비안을 만드는 것이 내 의무라고 믿을 따름이다."

타냐로서는 이해하기 어려운 자기희생적 사명감. 하지만 이해가 상충하지는 않는다. 현실을 제대로 이해하는 재산 관리인이 있으면 사양기업 제국의 파산이나 도산의 쇼크도 완화를 기대할 수 있다.

이해 관계자로서는 이쪽 배에 타는 게 옳다.

하지만 배심원에게 설명할 수는 있어도 납득시킬 수 있을지 미심쩍은 그레이존이 남아 있다.

한마디 더 필요한데.

"애국자로서 패배주의적인 나를 쏴도 상관없지만. 중령, 귀관은 전부터 '패배하지 않는 것'을 승리라고 주장할 정도로 현실적이다. 아닌가?"

제투아 대장은 유혹하듯이 미소 지었다.

"나를 쏠 건가? 그보다도 내 친구를 쏘는 게 합리적이라고 생각하는데."

"고로 배제한다, 입니까."

"그래. 종전을 위해서, 평화를 위해서 우리는 움직여야만 한다.

필요하다면 내가 책임을 지지. 그러니까 귀관의 힘을 빌려주게."

거의 만점 대답. 이거라면 꼭 필요한 최소한의 양식을 충분히
갖추었다. 타냐는 빙그레 미소로 답했다.

타냐의 미소 앞에서 제투아 대장은 가볍게 끄덕였다.

"그럼 오랜 친구의 처리를 맡기지."

"쏘라고 하면 쏘지요. 하지만 하나만 더 여쭙게 해 주십시오."

이 경우 전부 다 알고 싶었다.

카드를 알고, 역할을 알고, 해야 할 일을 알 각오를 정했다.

게임을 그만둘 수 없다면, 하다못해 게임의 룰을 숙지해둘 필
요가 있으니까.

"어쩌실 생각입니까?"

"멍청이 흉내는 그만두게나, 중령. 하지만 일부러 명언이 필요
하다면 또 다르지. 기꺼이 말해 주지. 잘 듣게."

그런 말과 함께 상사는 입을 열었다.

"예비계획을 실행한다면 제국의 문을 닫을 준비가 필요하겠
지. 나는 그걸 위해 모든 수단을 아끼지 않는다."

'실적 회복, 업적 도전!'이라며 태반의 녀석들이 생각 없이 돌
진하는 가운데, 채무관리를 냉정하게 고려하는 시점이다. 게다
가 폐점 세일까지 생각한다.

깊은 방책도 있다면 자연스럽게 흥미도 생긴다.

관심이 하나 정도는 생기는 법이다. 말없이 지켜보는 앞에서
말없이 담배를 태운 끝에 제투아 대장은 천천히 일어섰다.

그대로 방의 창가로 다가간 상관은 말없이 하늘을 바라보기
시작했다.

처음이었다.

그 뒷모습이 이렇게 작게 보이는 것은.

제투아 대장이라는 괴물조차도 무력함에 시달리는 걸까. 상관은 등을 돌린 채로 입을 열었다.

"어떻게 안 되는군. 하다못해 연착륙이라도 시켜야지."

그것은 간신히 쥐어짜낸 약한 말이었다. 혹은 체념일까. 타냐에게는 이해할 수 없는 감정의 굴곡을 품었을 대장 각하는…… 담배 연기와 함께 한숨을 하늘로 뿜어냈다.

"시간을 벌면 땅에 발을 내디딜 수도 있을 거다. 그런 마음으로 그 멍청이 루델돌프와 다른 꿈을 꾼 걸지도 몰라."

인간은 자전거 조업을 택하곤 한다. 현행유지 집착은 두렵다.

든든하게도 제투아라는 일개 지성체는 이 점에서 집착을 걷어낼 뜻을 확고히 밝혔다.

"하지만 참모장교로서 규율훈련을 받은 몸이다. 좋든 싫든 내 이성이 확신해 마지않아. ……예비계획으로는 막을 내릴 수 없다고."

지금 상황에서 그것은 곧 패배를 끌어안는다는 말이다. 역시 정상적인 지성이 있으면 제국이 진흙배라고 깨닫는 모양이다.

논리적 추론에 기반을 둔 합리적 예측.

타냐로서는 정말로 놀랍게도 지금 시점에서도 제국 군인 중에 패배가 틀림없다고 공언하는 것은 이 어르신 한 분뿐이지만.

다른 시점을 가진 수뇌진이라면 때로는 정세를 파탄에서 크게 벗어나게 할 수 있겠지. 문제는 그 방책이라고 말하고 나서면 바로 다음과 같은 말이 돌아온다.

"문제라면, 조사해 보니 지금 예비계획은…… 전쟁꾼이 책정한 승리의 꿈과 희망으로 가득한 상태다."

"일원화 국가를 비웃는 것은 아니지 않습니까?"

"그건 그렇지. 하지만 녀석의 플랜은 허용할 수 없어. 너무 억지스러운 수법으로 국가 지도의 일원화를 달성해 봤자, 제국의 파산이 커질 뿐이겠지. 전쟁을 제대로 낙착시키려면 여러 조건을 조정해야만 한다."

일의 복잡함을 말하는 제투아 대장은 조정자로서 민간, 정부, 군 사이에서 어지간히 마모된 거겠지. 체념에 가까운 고뇌가 형태를 이루어 깃든 듯한 한숨을 깊게 흘렸다.

"어떻게 굴러가도 혼란은 피해야지. ……잘못했다간 적에게 우리의 처지를 보여주고 만다. 조건 투쟁을 위해서라도 우리는 지금 조금 온당한 길을 목표로 해야 한다."

제투아 대장은 계산식을 푸는 수학자 같은 얼굴로 침통한 결론을 말했다.

"따라서 위대한 우리의 벗 루델돌프가 방해된다. 그를 단순히 어디로 치워야겠지. ……죽일 수밖에 없다."

장렬한 의지가 담긴 말이었지만, 타냐라는 실무가는 저항감이 들었다.

인내라는 단어는 타냐의 사전에서 삭제되었다. 그리고 인간은 지쳤을 때 본색이 드러난다. 입에서 튀어나오는 것은 참기 힘든 분노였다.

"너무 바보 같습니다."

"뭐?"

"방해가 된다고 죽인다? 믿기지 않습니다."

말도 안 된다.

모든 면에서 논외다.

일고의 가치도 없는 폭론이기까지 하다.

"필요한 희생에 불과하다. 책임은 내가 진다. 귀관은 도구를 탓하는 자인가?"

뭔가 착각한 걸까. 루델돌프 제거론을 정당화하는 말을 시작하다니, 제투아 대장도 스트레스로 정신이 좀 이상해진 것 아닐까?

앞날을 걱정하면서도 타냐는 정정을 시도했다.

"각하께서는 단순히 죽인다고 말씀하십니다. 너무나도 경박한 말씀입니다."

"알기 쉽지 않나?"

"너무나도 바보 같은 제안이지요. 그것이 명령이라면 소관은 명예와 의무에 따라 각하를 쏴야만 합니다."

일이 일인 만큼 타냐로서도 배를 잘못 타서는 안 된다. 제투아 대장이 파산정리를 각오했더라도 실현 가능성이 없으면 동행하는 건 무리다.

"……일이 여기에 이르렀는데, 아군을 쏘기는 싫은가?"

안색이 사라지고 체념한 목소리를 내는 제투아 대장의 질의는 타냐로서 실망할 수밖에 없었다.

완전한 오해다.

"실례입니다만, 애초부터…… 그러한 주지가 아닙니다. 각하는 완전히 어긋난 의논을 하고 계신 것 아닙니까?"

"그래서 뭐지? 귀관은 무슨 말을 하고 싶은가?"

"이거 실례했습니다. 하지만 각하, 정말로…… 이해하지 못하시겠습니까?"

관찰의 시선을 지그시 보냈지만, 눈앞에서는 그저 고개만 내저을 뿐.

"……이건 정말."

놀랍다.

살인에 반대하는 건 아니다. 그저 단순히 타냐로서는 그 수단과 활용에 대해 온당하게 반대하는 것뿐인데. 왜 이렇게 놀라시는 걸까.

"인적 자본의 낭비입니다. 각하, 우리에게는 고급 장성을 낭비할 여유는 없습니다."

"암 세포를 제거하는 것이다. 고통을 수반하지만……."

"각하, 고통은 필수겠지요. 소관이 말씀드리고 싶은 것은 효용과 활용법에 대한 것입니다."

목적은 좋아도 전술적 어프로치가 현저하게 잘못되었다는 단순한 작전 레벨의 이야기인데! 왜 오늘만큼은 이야기가 이렇게 안 통하는 걸까.

자신도 결코 커뮤니케이션 능력이 완전무결하다고는 할 수 없다. 타냐는 이 점에서 전문가이기에 겸허하다고 자부한다. 물론 명확, 명료, 배려에 능하고, 언외의 뜻도 파악할 수 있다는 자각은 있지만…… 전능하지 않다는 것도 안다.

인정한다.

인간은 때로는 오해를 사는 법이고, 오해도 한다.

하지만 전장에서 오해는 목숨을 앗아가는 법. 최전선에서 노력한 경험과 합쳐 보면 커뮤니케이션 능력도 보통 이상으로 갖추었다고 할 수 있겠지.

하물며 같은 참모라는 뿌리를 공유한 직업군인이다. 제투아 각하와의 사이에 공통언어는 부족함 없겠지.

어긋남이 생기는 게 이상하다.

이렇게 되면 이미 기묘하기까지 하다.

서로가 스트레스로 인지능력이 떨어진 걸까.

그렇다면 아예 솔직하게 말해야 할까. 타냐는 설명 방식을 다시금 구축하고 말했다.

"인간은 효율적으로 죽여야만 하고, 낭비해서는 안 됩니다."

진심으로 믿고 있다. 아니, 확신을 품고 단호하게 주장할 수도 있겠지. 인적 자본의 낭비는 언제든지 큰 죄라고.

사랑스러운 자본의 증진, 활용은 의무다.

누구든 아까운 것은 싫으니까.

"대장급을 죽일 거면 제국이 오늘까지 쌓아온 투자에 맞는 리턴을 기대해야 합니다. 우리는, 적어도 저는 결코 쾌락살인주의자가 아닙니다."

"그럼 귀관은 무엇인가?"

"평화주의자입니다."

진심에서 나온 단언이었다. 카오스가 지배하는 전쟁에 참가할 수밖에 없는 개인으로서 타냐는 누구보다도 질서와 평화를 사랑한다.

당연하게도 제투아 각하도 평화를 사랑한다고 타냐는 믿었다.

전쟁을 위해 국가를 장작으로 삼아 총력전의 불길에 던져 넣는 변태가 아닌 이상, 문명인이라면 누구든지 평화를 진심으로 사랑해 마지않을 터이다.

빛나는 평화와 효율의 관점에서 타냐는 이야기를 이어나갔다.

"의심할 바 없이 평화의 가치와 희소성을 진심으로 사랑합니다. 동시에 국가이성에 봉직하는 군인으로서 직무를 효율적으로 수행하려고 노력하는 것에 불과합니다."

'월급만큼 일한다'는 조심스러운 말은 삼켰지만, 타냐가 보기에 '이길 수 없는 전쟁'이란 심각한 적자사업이다.

만사는 더 효율을 중시해야 하고, 돈을 소중히 여겨야 한다.

조국의 용사가 되는 명예 따위 필요 없다. 필요한 것은 조국으로부터 받는 '보수'다. 못 이기는 신흥 벤처에 시간과 커리어를 투자하는 건 낭비에 불과하다. 그때까지의 감정투자를 되찾으려고 발버둥 쳐 봤자, 수렁에 발이 빨려든다.

그렇긴 해도 떠나는 새는 둥지를 어지럽히지 않는 법. 이직하기 전에 원만하게 퇴직할 준비를 할 수 있다면 그 점에 수고를 아끼지 않아야 현명하다고 할 수 있다.

언제든 최선을 다하는 인재가 되자. 타냐는 이때라는 듯이 주관적으로 인정과 도리를 다하면서 자기 주가를 올리려고 했다.

"루델돌프 각하를 죽이면 단순한 살인입니다. 하지만 쿠데타의 주모자로서 처리할 수 있으면 오히려 권력이 강화되겠지요."

숨을 삼키는 상대의 반응을 보고 지금이 어필의 기회라고 타냐는 마음을 굳혔다. 작전 설명과 같다.

요소요소를 파악하는 인간이니까, 필요한 사항을 단순히 지적하면 된다.

"[예비계획]을 뭉갠 뒤를 위한 '대응계획'을 책정하기를 강권하겠습니다만."

"그런가. 루델돌프 멍청이 하나를 외과적으로 도려내는 게 아니라……."

가볍게 거들어 준다.

"그 죽음을 도화선으로 삼아 선별적으로 군 내부에 숙청을 감행하고, 그사이에 최고통수회의를 '참모본부'의 권력 밑으로 넣으면 일원적 전쟁 지도가 가능하지 않겠습니까?"

"……카운터 쿠데타. 나의, 우리의 예비계획인가."

일격으로 다 처리할 수 있다면 효율적이다.

국가에 대한 음모를 깨부수면서, 그 기회에 '상황을 장악'한다.

제투아 대장은 즉각 그것을 생각할 수 있다. 머릿속에 떠오르는 것은 희망이다.

"루델돌프만을 배제할 경우와 비교하면 불어닥치는 폭력은 커지지만…… 제국이 겪을 동요는 제어할 수 있을지도 모르겠군."

동시에 [예비계획]이 원하는 '통합지도'의 이념에도 크게 가까워진다.

아니, 틀림없이 '목표하는 바'를 달성할 수 있겠지.

그것도 합법적으로.

"유혈은 최소한. 꼭 필요한 비용만으로, 최대한의 보상을 얻을 수 있겠지요. 아주 편한 조치가 아닐까 합니다."

"쉽게 말하는군. 아군을 죽이는 일이야, 중령. 자네, 알고는 있나?"

안색을 바꾸며 노골적으로 분연히 말하는 상관은…… 뭔가 오해하는 걸까. 제투아 각하는 잘 이해하기 어렵다.

대체 왜 타냐가 '아군'을 죽이는 것을 전제로 하는 걸까.

"외람된 말입니다만, 각하. 무엇이 문제입니까?"

"뭐? 잠깐, 자네, 무슨 소리를 하는 거지?"

"각하, 부대를 움직일 필요가 있습니까?"

환관의 방식, 특히나 십상시가 푸줏간 주인을 난도질한 음모극 때, *조맹덕이 단언했던 말과 같다.

군대를 쓸 것도 없다.

카운터 쿠데타란 근본적으로는 체제가 '질서와 합법성'의 이름하에 단행하는 권력행사다.

"군사력은 외적에게 쓰는 것입니다. 경찰력으로 충분하지 않겠습니까."

동부에서 적 요새에 돌입한다면, 그야 전투공병이나 마도사, 포병, 보병 등의 병과가 필요하겠지. 하지만 제도에서 누군가의 집무실을 습격할 거라면 이야기가 다르다.

제복을 입은 치안요원만으로 충분하다.

"1개 헌병중대만 있으면 관계자 구속도 간단하겠지요."

"잠깐, 자네 참모본부 제압을 헌병에게……."

시킬 생각인가. 그 말을, 제투아 대장은 끝까지 하지 못했다.

입을 다물고 싸구려 군 담배로 손을 뻗었다.

탄피로 만들었나 싶은 라이터를 꺼내더니 말없이 연기를 내뿜

---

* 후한 말, 대장군 하진이 십상시라 불리던 환관들과 대립하는 과정에서 수도 낙양 밖에서 군벌들을 부르자, 조조는 '원흉을 주살할 때는 옥리 한 명으로 족한데 어찌 바깥의 장수를 부르는가?'라고 했다.

기 시작했다. 때때로 연기를 천장 쪽으로 내뿜는 대장 각하의 생각은…… 머지않아 끝났다.

"나쁘지 않군."

짧게 한마디 중얼거린 그 말.

"부대를 움직이면 동요의 규모가 확대된다. ……외과적인 일격은 꼭 마도부대로 한정할 필요가 없지."

씨익, 하고.

어쩌면 조소일까?

제투아 대장은 자기 턱을 쓰다듬으면서 실로 유쾌하다는 듯이 담배를 피웠다.

"아무래도 동부에서 머리가 자연 상태가 되었던 모양이다."

"만인의, 만인에 대한 투쟁입니까?"

"그래, 그러하다. 나 같은 자가 야만화의 프로세스에 빠져들었다. 전방과 후방에서는 무기도 전법도 다른데 말이지."

자조하면서도 상관의 영민한 두뇌 속으로는 이해가 급속도로 진행되고 있겠지. 못된 짓을 꾸미는 악동처럼 유쾌한 미소가 담배를 문 상관의 입가를 장식했다.

"선수를 쳐서 헌병만으로 처리할 수 있는 범주로 수습이 된다면……."

내뿜은 담배 연기가 지워버린 한마디는 명백했다.

"전부 최소한의 희생으로 최대한의 성과와 함께. 뒷일은 재판이든 증거든 뭣으로든 적당히 지도권을 집중할 수 있겠지요."

타냐의 말에 묵묵히 끄덕이면서, 맛있게 피운 담배를 재떨이에 꽂은 제투아 대장은 새 담배를 꺼내 물었다.

그대로 또 한 대 피운 뒤에 이어진 말은 독백에 가까웠다.

"……제도에서의 암투인가."

"그렇지요. 필연입니다."

"외과적 조치는 언제든 최소한이 바람직하다. 자, 이 국면에서 귀관이라면 어떻게 할 거지?"

마치 사관학교의 교관 같은 질문. 인상만 보자면 온화한 오후의 교실에서 강의하는 듯한 어조이기도 하다.

학구파 군인이란 정말 못된 존재다.

사람을 죽인다는 말. 온화하기 어려운 표현을 타냐로서는 불가능한 우아한 말로 바꿔서 표현하니까.

"귀관의 의견을 묻겠네, 중령."

"일단 참모본부에서 루델돌프 대장 각하를 불러내, 이쪽의 손이 닿는 곳으로 유도해야만 합니다."

표면상 루델돌프 각하는 사고사가 바람직하다. 유품 정리 도중에 음모의 증거를 발견한 뒤에 숙청을 시작하는 게 이상적.

이 점에서 가장 깨끗할 수 있는 것은 전사다. 그렇긴 해도 작전참모차장님이 적에게 사망한다는 것은 바람직하지 않겠지. 동부사령부 부근까지 오실 수는 있어도, 최전선으로 끌어내서 사망하게 한다면?

"방법의 개요는 어떻지?"

"대놓고 경계를 사지 않으며 동부로 불러낼 수 있는 환경을 갖추는 것은 최소 조건이고…… 군 내부에 동요를 일으키지 않는 형태로 처리하는 방법을 검토해야만 합니다."

도시경제학이 말하듯이, 가깝다는 것은 그만큼 이익이 크다.

권력에서도 이 일반원칙은 옳다. 누구든 멀리 있는 부장님보다도 근처에 있는 자기 상사가 무서운 법이다. 그러니까 일을 치를 거면 동부가 제일 확실하다.

게다가…… 사고란 것은 전장에서 드물지도 않겠지.

"레르겐 대령님을 끌어들이면 루델돌프 각하도 잘 유도할 수 있지 않겠습니까?"

"안 된다."

단칼에 거부당하는 바람에 타냐로서는 오히려 그 이유에 흥미가 들었다.

"예? 이유를 여쭈어도 되겠습니까?"

놀랐다는 표현에 상사는 쓴웃음을 지었다.

"이르도아 경유 교섭을 루델돌프가 레르겐 대령에게 명한 것을 고려해 보게."

"신용의 증거 아닙니까?"

국가의 운명을 건 외교 협상이다. 심복이 아니면 누구에게 맡길까. 타냐의 감각으로는 레르겐 대령에 대한 루델돌프 대장의 신용이 깊다는 것을 확인할 수 있는데.

하지만 제투아 대장에게는 다른 의견이 있는 모양이었다.

"그건 루델돌프 나름대로의 '타협'이다. 능력이 아니라…… 그 위치를 믿었으면 예비계획 그 자체에 주체적으로 관여시켰겠지."

"능력은 믿어도 위치는 믿지 않는다는 뜻입니까?"

그렇다고 끄덕이는 제투아 대장은 담배꽁초를 재떨이에 처박으면서 말을 흘렸다.

"동부를 떠맡았으니까 안다. 녀석의 신용은 혹사도에 비례해. 정말로 마음 놓을 수 있는 상대에게 녀석은 언제나 부조리하니까."

과시하는 듯한 말.

그리고 그게 의미하는 바는 너무나도 명료하다.

"그럼 어떤 의미로 간단하지 않습니까? 각하, 실례지만……."

"무슨 말을 하고 싶은지 맞혀 보지."

씨익 웃는 상관은 연방과의 전쟁이라는 힘든 안건으로 루델돌프 대장에게 가장 혹사당한 장성이었다.

"내 손을 더럽히라는 소리로군?"

말없이 수긍하는 타냐에게 제투아 대장은 미소 지었다.

아름다운 웃음이었다.

솔직히 말하자면 어울리지 않을 정도로. 자기 친구를 죽이려는 남자는…… 부드럽게 "좋아."라고 중얼거렸다.

"방법은?"

답은 정해져 있다.

"동부 출장 중의 사고면 어떨까요? 비행기 등은?"

"드물게 있는 일이로군."

"예. 불행하게도 기재의 정비 보수에 문제가 있다 보니."

만성적으로 오버워크인 항공수송망에서 항공사고는 피하기 어렵다. 그걸 문제시하여 안전 향상을 위한 노력도 게을리 하지 않는다. 하지만 전시중이면 안전보다도 필요가 우선되곤 한다. 다소의 사고는 '코스트'로 인식된다.

"확실한 사고를 위해 제 마도부대를 호위로 붙이겠습니다."

다만 타냐의 제안에 제투아 대장은 한순간 침묵했다. 말없이 군대 담배를 물고 라이터로 불을 붙였다.

가볍게 연기를 피운 뒤에 연기와 함께 쓴소리를 뱉었다.

"전체적으로 나쁘지 않지만…… 크루를 끌어들이게 되는군."

책상을 주먹이 두드리고 말이 이어졌다.

"최소한이라고 하지만, 그건 우군이다. 우연히 안 좋은 때, 안 좋은 장소에 있었던 것에 불과한 병사다."

양식적인 말. 정말로 인도적이고 옳다. 타냐 개인으로서도 대찬성이다. 인명은 중시되어야 한다. 필요가 요청한다고 해도 희생되는 쪽으로서는…… 할 말도 있을 게 틀림없다.

탓하는 시선을 받는 쪽으로서는 부끄러워해야겠지.

그 말을 꺼낸 인간이 제투아 대장이 아니라면.

"각하, 외람됩니다만."

"뭐지?"

불쾌하다는 표정을 만드시는 건 좋다. 양식가를 가장하는 것도 자유겠지. 멋진 양식을 크게 찬미해도 좋다.

하지만 그 모든 것을 제쳐두고, 구태여 지적해야만 하지만.

"거울을 보심이 어떻겠습니까? 입가가 풀어지신 듯합니다."

"흠…… 흠?"

제투아 대장은 다소 곤혹스러운 듯이 턱을 쓰다듬었다. 혹은 무의식중에 한 일일지도 모른다.

하지만 현저한 변화는 그 입가로 손을 뻗은 시점이었다. 퉁명스럽던 얼굴이 풀어지고, 마치 봄날의 햇살처럼 부드러운 표정으로 회귀한 것은…… 극적인 변화라고 할 수밖에 없다.

"각하, 꽤 기분이 좋으신 겁니까?"

"……그런 얼굴을 하고 있었나?"

솔직히 말하자면 쾌락주의 살인범의 얼굴 같았다. 희열이 흘러넘친다고 할까, 유쾌 통쾌 같은 얼굴.

유능하고 냉혹하고…… 사이코패스 같은 상사라고 할 수밖에 없다.

"그래……. 귀관의 멋진 제안에 흰희했던 모양이다. 죄를 자각하고는 있지만, 필요라는 어머니의 온기에는 이길 수 없는 걸로 보인다."

결국 다 한통속이겠지.

제투아, 루델돌프라는 벗들은 아주 비슷하다.

타냐가 보기로 두 사람 모두 국가라는 기묘한 구조체에 진심으로 충성심을 가진 애국자라는 점에서 불합리한 존재지만……이것만큼은 근대인과 현대인의 감각 차이일까.

그렇긴 해도, 그렇긴 해도 영합은 사회인의 상식이다.

"작전참모차장 각하는 위대한 분입니다."

작전가로서는 완벽하다. 문제는 실력이 아니라 자질이다. 지금 제국에게 필요한 것은 파산관재인. 미스매치는 더없이 불행한 일이겠지.

그러니까. 하다못해.

"위대한 분께서는 고국 백년지계의 초석이 되어 주심이 어떨까 합니다."

씨익. 기분 좋게 웃는 상사의 표정이란! 제언은 완벽한 어필에 성공했다는 소리겠지.

"중령, 귀관에게 감사해야 할까?"

"각하의 마음에 달리지 않았겠습니까?"

"하하하하, 멋진 대답이군. 일단 어머니를 칭송하기로 할까."

타냐가 눈을 크게 떴다.

"어머니, 입니까?"

대체 갑자기 무슨 말씀일까.

평소의 제투아 대장 각하는 실로 훌륭하고…… 완벽에 가까운 상관이지만, 전시하인 터일까? 조금 기괴한 면도 보이기 시작했다. 상식인인 타냐에게는 때때로 대응이 어렵다. 물론 사회적 생물이니까 얌전히 입 다물고 있지만.

"정말로 잔혹한 포옹을 시키는 분이지. 신이란 것이 존재한다면 필요의 어머니가 틀림없지 않을까?"

종교의 이야기는 모르겠지만, 필요교란 것이겠지. 그 교의에서 필요란 어머니라고 부르는 것일까.

"정말로 냉혹한 존재지만, 어머니는 위대하다. 아닌가?"

존재X는 얼간이에 이기심의 화신이지만…… 필요의 어머니란 것이 존재한다면 제투아 대장의 독백은 틀림없겠지.

"옳은 말씀일지도 모르겠습니다. 각하와 동류겠습니다만."

"어이어이, 그렇게 칭찬하지 말게. 낯부끄럽지 않나."

"실례했습니다."

타냐는 고개를 숙였지만…… 상사가 창피함을 숨기듯이 손을 흔드는 것은 다소 곤혹스러웠다.

혹시 그 말처럼 칭찬을 받았다고 기뻐한다? ……그건 그거대로 무섭군.

"그럼 최악의 경우가 오거든 루델돌프는 사고를 당하게 되는 거로군. 이 경우의 사후책으로 나는 제도로 돌아갈 생각이다."

"헌병 등, 사후처리에 대한 수배는 어떻게 하시겠습니까?"

필요하다면 누구든 믿을 만한 사람에게 전령으로 달려가는 것 정도는 맡을 생각이었다. 애석하다고 해야 할까, 괴물에게는 괴물의 방식이 있는 모양이지만.

"수배하지. 그 정도는 여기서도 할 수 있다."

가볍게 내뱉은 말이지만, 정말이지 손버릇이 나쁘기도 하시다. 참모본부라는 조직에 오래 있던 분은 이런다니까. 타냐처럼 커리어가 적은 인간으로서는 택할 수 없는 선택지가 풍부해서 정말 부럽기 짝이 없다.

그때 타냐는 또 한 가지 떠오른 의문을 말했다.

"그런데 확인을 해도 되겠습니까. 각하께서는 동부에서 중앙으로 돌아가시는 겁니까?"

"그런데?"

"그럼 동부는 상당히 고전하겠군요."

제투아 대장의 마술로 억지로 길항 상태인 전선이다. 현황은 특유의 조정, 줄다리기, 실적이 있기에 가능한 기적에 가깝다.

여기서 책임자가 교대하면 그야말로 파탄이 필연이다.

"전선을 계속 유지하지 못하고 후퇴하게 될까 싶습니다만."

"……귀관이 할 수 있다면 나는 자리를 준비하겠는데? 희망한다면 수석참모 정도로 꽂아주겠는데."

"중장급 사열관조차도 부대 배치와 조정에 난항이라고 들었습니다. 중령급 참모? 사단 하나 움직이는 것만 해도 고생이 이만저만 아니겠지요."

하물며 함부로 제투아 각하 직속 참모로 착임이라도 하면 도망칠 수 없다. 혼란의 책임을 지는 자리는 바늘방석이겠지.

무조건 싫다.

능력을 발휘하는 것이 아니라 대인관계와 절충으로 갈려나가는 것은 정말로 최악이다.

인간은 못 이길 배치를 명하는 인사에 거부권을 행사해야만 한다. 합리적인 회사의 명령을 거부하기는 어렵지만, 단호하게 NO라고 말할 수 있는 환경과 정세를 지키는 것은 조직인으로서 매우 중요하다.

"전혀 기대할 수 없나?"

기대를 담은 시선을 받더라도 한 치의 빈틈도 보여선 안 된다.

"귀관에게는 기대하고 있다. 자부하는 바도 있지 않나?"

"동부를 방치해도 좋다는 지시 이외에 소관의 역할이 있을까요? 솔직히 말씀드리자면, 어느 분이든 변하지 않을 거라 생각하는 바입니다만."

분명히 말하는데, 로멜 중장이든, 루델돌프 대장이든, 얼마나 유능한 후임이든 무리겠지.

애초에 너무 복잡기괴하다.

현재 지휘관으로서 타냐에게는 뾰족한 수가 없다.

할 수 있는 일이 있다면 손해의 국한화. 그것도 자기 전투단이 혼란에 휩쓸리지 않게 미리 조금씩 후퇴시키는 정도밖에 선택지가 없다.

관련된 점으로서 혼란에 휘말리지 않기 위해서라도 '상관이 허용하는 손해 수준'을 어떻게든 알고 싶은데.

"어찌 되었든 동부에서의 혼란은 동부 내에서 막아야 합니다. 본국이나 전쟁 전반에 결정적으로 파급되는 사태는 단호히 저지해야 합니다."

"그거라면 걱정할 필요 없다. 동부에는 아직 내가 만든 공간이 있다."

만들었다는 말에 타냐는 번뜩이는 것을 느꼈다.

제투아 각하가 심혈을 기울인 자치조직. 평의회라는 이름으로 세워져서, 연방의 다민족성을 저격하도록 '자주독립'의 꿈을 주입한 악랄한 조직.

"……자치평의회를 종심으로 쓸 수 있습니까?"

"만들어 두긴 했지만, 어렵겠지."

그럴 거라는 마음에 고개를 끄덕였다.

아무래도 결국은 급조품이다. 근본적인 분리독립이 아니라, 제국군의 우세를 전제로 하여 잠재적인 빨치산을 막는 수준.

"그들의 존재 기반은 제국군이 '전선을 유지'하는 것을 전제로 한다. 치안유지와 민정의 부담을 맡는 것이 한계다."

후방의 보급을 안전하게 할 수는 있어도, 그게 한계다.

"그들에게 기대하는 겁니까?"

"아니, 연방에 기대한다."

"……자치평의회를 연방이 자극하고, 적이 되어 줄 거라고 말입니까?"

말없이 제투아 대장은 수긍했다.

제국에 영토적 야심이 없다고 말하며 자치평의회의 이해자인 척하는 얼굴 뒤에 있는 것은 한없이 실용주의인 국가이성이다.

"거기까지 생각하신다면 초토화하는 수도 있습니다만."

"중령, 이미 늦었다. ……동부는 너무 넓어."

제투아 대장은 패배주의자의 심정으로 토로했다.

"무엇보다도 일부러 후일에 비난을 살 씨앗을 뿌릴 필요도 없겠지."

"역사는 승자의 것이라 합니다만."

"그야 이길 가망이 있다면 말이지."

양자 모두 그 가망이 희박하다는 것을 알고 있다. 그렇다면 이미 언어 유희에 불과한 대화다.

"대장 각하의 말씀치고는 강렬한 말입니다."

"그럼 이길 수 있다고 해 줄까? 중령, 승리를 위해 싸워 주게."

"허튼소리를 했습니다. 용서해 주시지요."

"그렇겠지."

그렇게 말하며 고개를 끄덕이면, 한숨을 쉴 수밖에 없다. 괴롭고 받아들이기 힘들고 불쾌하기만 한 현실을 품고 있다.

"그러니까 중령. 귀관의 부대에는 고생을 시키겠다."

"……언제나, 계속 그러고 있습니다."

"그럼 평소처럼 부탁한다."

역시 제국은 블랙이다.

유혈이 너무 심한 나머지 피가 산화하여 시커멓게 된 것이 틀림없다. 흑자는 좋아하지만, 블랙이나 위법이라는 검정은 좋아하지 않는다.

아아, 빌어먹을 세계에 재앙 있으라.

"미력하나마 최선을 다하겠습니다."

"좋아. 그럼 필요를 위해 피를 흘리자."

외교를 중시해야 한다.
······종력전보다는 싸게 먹히니까.

퇴역 군인 레르겐

》》》『회고록』 – 저자 : 에리히 폰 레르겐(전 제국 군인) 《《《
미출판 원고

회고록을 쓰기에 앞서서 나, 에리히 폰 레르겐은 독자 여러분이 이해해 주었으면 하는 심정을 딱 하나 말한다.

나는…… 우리 일당은 악의 없이 확신했다고.

우리야말로 제국이 명예로운 평화를 차지할 최대의 추진력이라며 의심도 하지 않았다.

착오였다.

결과는 무참했다.

고로 이것은 실패의 이야기다.

실패한 패배자들의, 한탄과 투정이 담긴 이야기.

내가 직면한 최초의 차질은 이르도아에 있었다.

레르겐이라고 이름을 대면, 이르도아인은 지금도 떫은 얼굴을 한다. 부드럽던 얼굴이 흐려지고 악수를 위해 내밀었던 손이 허공을 가른다.

쓸쓸하지만 그것도 당연하겠지.

그 이유는 너무나도 단순하다.

그들이 보기에 내 이름은 '집에 침입한 강도'와 같으니까.

불행하게도 그들이 그렇게 믿을 구석이 너무나도 많다. 대전 당시의 상황은 어쩔 수 없는 필연이었다.

필요, 필연, 의무, 정말로 변명 같은 단어라서 부끄럽기 짝이 없다.

역사에 성실하고 싶다고 생각하지만, 그래도 이 잡스러운 기록에 흥미를 가질 기특한 역사가가 있을 경우, 그자는 내가 쓴 것과 무엇보다도 '침묵'한 것에 주목해야 할지도 모른다. 결국 쪼개진 집안의 한심한 주민인 나는 사기꾼의 옷을 걸치는 것에서 도망칠 수 없으니까.

그래도 내가 모신 한 제국 군인을 따라서 말을 늘어놓는다.

일의 시작은 지금도 기억한다.

제국의 승리가 흐려지고, 내가 '도산 처리'를 의식하기 시작한 직후의 일이다.

당시 제국군 참모본부 소속 참모대령이었던 나는 '제일 유력하다'고 본 이르도아를 통한 정전 공작에 종사하고 있었다.

물론 정전 공작이란 말은 국내를 위한 방편이겠지.

그 일에 관여했던 나 개인의 인식이지만, 공작에 종사하는 극히 소수의 관계자는 태반이 비슷하게 깨달았으리라 생각한다.

모든 수단이 다한 상황에서의 종전 모색에 불과하다고.

자조와 함께 인정할 수밖에 없지만, 실로 참담한 일이었다.

고개를 숙여서 '강화를 애원'한다. 불행하게도 남에게 맡길 수도 없는 그 일은…… 괴로운 과거다.

명예로운 평화를 쟁취한다고 해도, 그것은 제국이 갈망한 '승리로 끝내는 싸움'과 거리가 멀다. 평화야말로 승리라고 강변해도, 말을 바꾸었다는 비난은 피할 수 없다.

그리고 군인이 왜 외교를 했는지? 하는 명석한 의문을 가진 분도 있겠지.

실제로 그렇다.

오늘날과 과거의 제국이 제도적으로 다소 다른 것은 사실이라고 해도…… 군인은 군인이다. 본질적으로 정치나 외교를 그 임무로 해야 할 존재가 아니다.

허용되지 않을 일탈이기도 하다.

폭력장치가 스스로를 두뇌라고 생각하는 것은 국가에 심각한 폐해를 끼친다. 정치가 군사에 복종한다는, 있을 수 없는 역전 현상을 유발하고 국가의 운명을 그르친다.

우리도 그 정도라면 이해하고 있었다.

그럼에도 제국군 참모본부가 마치 철두철미하게 국가전략을 주도한 듯한 말들이 항간에 흐르는 것에 저자로서는 유감을 금할 수 없다.

다만 '무시무시한 제투아'라는 광범위한 전쟁 지도가 전설적이었기에 오해를 유발하는 것도 큰 원인이겠지.

실제로 대전 후반은 극단적인 케이스가 빈발했던 시대였다. 말기의 말기에 이르러서는 오해도 어쩔 수 없다.

필요에 쫓긴 제국군과 제국은 사실상 일체화를 이루었다.

기세에 밀리듯이 군사와 정치가 융합했다.

융합보다는 야합이겠지만…… 참모본부가 국가 안의 국가로 변했는지는 논란의 여지가 있다.

그런데 실제로 제국에서는 선장이 없는 상태였다. 고로 물길 안내인으로서 참모본부가 일종의 키잡이를 맡을 수밖에 없었던 것도 확실한 사실이다.

다행인지 불행인지 그 물길 안내인인 '무시무시한 제투아'는 정말로 유능함을 보였다. 그렇기에 그 파국의 시대에서, 제투아 각하야말로 제국이었다.

그런 시대가 한순간이나마 있었던 것도 인정하자. 하지만 그 것은…… 결코 의도하지 않은 결과였다. 당사자였던 나는 알고 있다.

후세에 증언을 남기는 것. 그것이 살아남은 나의 의무겠지.

따라서 나는 단언한다. 각하는 군사독재 따윈 꿈에도 생각하지 않았다. 그지 의무를 다한 것에 불과하다고.

제국에서 언급된 바도 없는 무명의 사람들과 비슷한 정도로, 그저 의무에 복종했다. 전쟁의 시대에서 조국의 절실한 필요가, 장치로서의 각하를 요구했다.

하지만 그것은 파국에 임하는 가운데 일어난 '예외' 다.

전시에서도 제국군 내부에서는 제국이 파산 선고 직전이 될 때까지, 대다수의 장병은 자기들 군부가 외교 정책을 주도해야 한다고 상상도 하지 않았다.

주류의 견해는 '군인이다! 왜 그런 짓을!' 이 전부다.

나도 과거에는 마찬가지로 생각했던 사람이다.

군인이란 결국 국가의 폭력장치다. 제국 군인이라면 제국의 폭력장치다. 군은, 군인은, 주먹이었다.

자신을, 자기 자신을 뇌세포라고 착각한 적은 없다.

우리 참모장교는 왕왕 들은 적 없는 비판에도 직면했다. 전형적인 사례는 녹색 책상 앞에서 턱을 빳빳하게 쳐들고 있는 거만한 자라는 야유를 듣는 것이겠지. 하지만…… 실태는 반대다. 국가 안의 국가라고 하기에 참모본부는 너무나도 이지적, 그리고 겸허하다.

하지만 거듭 말하는데, 예외가 있었던 것을 인정하자.

나는 군인 신분으로 종전 공작에 관여하는 기묘한 운명에 휘말렸다. 레르겐은 박쥐라고 이르도아인이 인식하는 것도 분명 그런 탓이겠지.

자, 서론이 너무 길었다. 현명한 독자들은 '왜 제국 군인이 종전 외교 공작을 했는가' 하는 점에 의문을 가진 상태일 테니까.

참모장교답지 않게 빙빙 돌려 말하는 것은 본직이 아닌 역사를 말하는 탓이므로 용서를 바란다.

본론으로 들어가 일의 경위를 상세히 말해야 할 때겠지.

한마디로 말하자면 다른 누구도 할 수 없었기 때문이다. 제국이라는 국가에서 패배를 품을 수 있는 조직은 오로지 군의 심장부인 참모본부 안에만 있었다.

다들 떠올려 보기를 바란다.

그 대전에서 패배할 때까지 제국은 상승불패를 자랑했다. 적어도 결정적인 현대와의 단절로서 이 사실이 제국을 속박했다. 각각의 전투에서 전술, 작전 차원으로 눈물을 흘리는 패배를 맛본 적은 많이 있지만, '전쟁'이라는 큰 영역에서 체면이 망가진 적은 단 한 번도 없는 강대국.

그것이 과거의 제국이다.

군사력, 그것도 압도적인 군사력.

그런 제국의 외교란 제국의 무력, 경제력, 나아가 국력의 우위를 전제로 한 강대국의 외교라고 할 수밖에 없다.

오늘의 젊은이들은 상상도 할 수 없을지도 모른다. 과거의 제국은 오늘의 모습과는 크게 다르다.

물론 오늘의 미덕은 과거의 희생과 반성을 토대로 하겠지.

현대에 사는 모든 제국인들은 패배를 끌어안았다. 하지만 뒤집어 보면 당시에는 사정이 또 다르다.

그 당시.

그 전시에.

제국은 '패배를 인정하는 외교' 따윈 한 적이 없었다. ……그것을 허용할 수 있는 바탕도 없었다.

외무성도 예외는 아니다.

결국 전장의 가혹함, 파탄의 위기를 접하는 현장에 몸을 둔 적 없는 인간이란 현실도피와 극단적 낙관주의를 함께 품는 법이다.

군인조차도 그렇다.

전쟁을 수행하는 당사자인 군인조차도 말이다. 패배를 받아들이기까지는 다대한 시간과 절망적일 정도의 갈등이 필요했다.

나 자신도 전장의 경험이 없으면, 레르겐 전투단을 이끌고 동부를 돌아다녔던 경험이 없으면 어땠을까.

마음속 어딘가에 희망이 있다고 생각했을 것이다.

하지만 전쟁이란 언제나 잔혹한 물리 법칙의 몸종이다. 지금도 그것에 대해 기억하는 광경이 있다.

충격적인 일은 동부의 전장에서 일어났다.

그때 나는 전투단의 젊은 장교(인정해야겠지만, 아마도 너무나도 젊은 장교. 전쟁은 어른을 뿌리 뽑았고, 멀쩡한 시대라면 아이라고 불러야 할 사람을 장교로 임명하기에 이르렀다)에게 갓 격파한 연방군 주력전차로 안내받았다.

그 장갑의 두께는 보고서를 읽어서 나도 알고 있었다. 격파가 얼마나 어려운지도 보고서를 통해 이해했다고 생각했다.

백문이 불여일견.

그 순간 눈앞에 주저앉은 강철의 괴물을 젊은 장병들이 어떻게 격파할 수 있었을지, 내 두뇌는 이해하기를 거부했다.

인간이 신화의 괴물에게 도전하는 것처럼 육탄 공격을 하다니.

대령으로서 젊은 축이었던 나도 머릿속에는 오래된 가치관이 가득했다고 통감할 수밖에 없었다.

내가 아는 전차란 기껏해야 대전차 라이플로 격파할 수 있는 장난감이었을까.

전장에서 실제로 목격한 것은 솔직히 말해서 항공마도사조차도 애를 먹고 대구경포로 대처해야 할 강철의 괴물이었는데.

현실에 압도당하기 전까지 내 머릿속은 낡았다.

그러니까 전선이 거듭해서 위기감을 드러내는 것이 당혹스러웠다고 인정하지. 실제로 강철의 괴물에 육박하는 대전차 전투를 경험한 그들과 후방에서 그 보고서를 읽는 인간은 세계가 달랐다.

다행인지 불행인지 전장의, 아니 곤경의 세례를 받으면서 나는 어느 정도 현실 세계의 주민다워질 수 있었다.

……전장에서도 깨닫지 못하는 인간도 많지만.

후방의 문관에게 이 절박감을 이해시키려던 내 노력은 한정된 성공밖에 거둘 수 없었다.

지금도 생각하지만, 이해하고 힘을 결집해 준 사람들에게 진심으로 감사할 수밖에 없다. 암흑의 나날에서, 절망의 구렁텅이에서, 그래도 조국을 위해 되는 데까지 최선의 공헌을 해 준 많은 사람의 공적이 너무나도 쉽사리 잊혔으니까.

어떤 이는 무명인 채로 전장에서 이름 없는 주검이 되어 사라졌다.

어떤 이는 배신자로 불리는 것을 각오하고 의무의 요청에 응했다.

어떤 이는 조국을 위해 모든 것을 바쳤다.

그들의 헌신으로 목숨을 부지한 자가 무슨 말을 할 수 있을까. 지혜를 결집한 것처럼 들린다면, 당신이 당사자가 아니기 때문이다.

당시의 나에게 그것은 저주였다.

파국의 도래를 알리는 발소리를 들었으면서도, 도망칠 수도 없고 격퇴할 방법도 찾지 못하는 나날은 암흑과 같았다.

길은 찾을 수 없었다.

외무성조차도 강화 이야기는 부서 내부에서 기밀을 지킬 수 없고, 안팎에 미치는 여파가 너무 위험하다고 판단하는 지경. 그러니까 당시의 제투아, 루델돌프 대장의 긴한 말과 지시를 토대로 군의 극히 일부가 종전 공작에 종사했다.

그것이 제국을 구하는 유일한 길이라고 믿었다.

……나도 그 소수자 중 하나였다.

그렇기에 몇 안 되는 이해자에게는 지금도 감사를 바쳐야 한다.

일을 시작하면서 제국이라는 국가가 가진 유능하고 성실한 외교관의 조력을 얻을 수 있었던 것은 당시에는 바라지도 않은 행운이었겠지.

내가 친구로…… '전우'로 불러야 할 콘라트 참사관. 그는 이르도아에서 절충을 시작하려는 내게 유익한 조언을 해 주었다.

"레르겐 대령님, 한 가지, 아니 두 가지 조언을 하고 싶습니다."

콘라트 참사관의 말은 항상 안정된 억양이었지만, 그때도 그랬다. 직업 외교관이 빛났던 대전 전의 우아함을 띤 채로, 그 어르신은 실로 귀족적인 거동으로 말을 이었다.

"외교란 융통성이 없고 경직적이다. 그런데 유동적인 부분도 크다. 마지막에는 정통성과 대가의 저울로 수지를 맞춰 보는 거라고 이해해 주었으면 합니다."

그 말에 나는 이해했다는 듯이 끄덕였다.

외교를 장난으로도 건드려 본 적 없는 참모장교에게 '경험자'의 조언만큼 고마운 것은 없으니까.

하지만 다음 조언에는 쓴웃음을 지을 수밖에 없었다.

"그때 비겁함은 무의미하다고 명심해 주면 좋겠군요."

이제 와서 무슨 소리냐고 나는 당연하게도 웃었다. 비겁함? 그거라면 필요가 목숨보다 중한 까닭에 사전에서 지워버렸다.

당연하지 않나.

정치적 결백함 같은 풋풋한 것은…… 제국과 조국의 위기를 접한 참모장교의 마음에 남아 있을 리가 없지 않은가.

태연히 다음 조언을 구하는 나에게 콘라트 참사관도 납득한 얼굴로 비결을 말해 주셨다.

"……상황에 필요하다면 뭐든지 동원하도록 하세요."

구체적으로 어느 선까지 가야 하느냐고 묻는 내게 직업 외교관은 웃으면서 태연하게 말을 늘어놓았다.

"꼼수? 기만? 위선? 뭐든지 좋습니다. 쓸 수 있는 것은 모두 쓰도록 하세요. 외교란…… 무에서 유를 낳는다는 점에서 연금술과 비슷하지요."

다시 말해 제투아 대장이 동부에서 벌인 사기꾼 같은 트릭 같은 거냐고 물었지만, 그는 즉각 부정했다.

"전쟁은 예외이고, 외교는 영원입니다. 국가가 계속되는 한, 우리는 외국들과의 외교를 해야만 합니다. 기책이나 모략은 편리합니다만, 조미료 같은 것이죠. 중요한 것은 신용이라는 재료입니다."

모순이라고 나는 웃었다.

기특하게도 모든 옵션을 제시하고, 그러면서 신용을 쌓으라니, 그게 양립할 수 있다면 기묘하기 짝이 없다.

하지만 콘라트 참사관은 아주 진지했다.

"우선순위의 문제입니다. 신용이 중요하니까 신용을 만들기 위해서라면 수단을 가릴 수 없지요. 인간이든 뭐든, 일단 내던져서 구워삶아 보세요."

신용을 말하는 외교관의 태도는, 신용을 재료로 보고 있었다.

정말로 사악한 말이었지만 나는 고개를 끄덕였다.

외교전이 신용을 무기로 하고, 신용으로 무장한다고 이해한 나는 그것을 받아들였다. 그것이 무기라면 많이 준비하자고. 신용을 이용한다면 양식은 그 행위를 비판할지도 모르지만, 그래도 불행하게도 현실은 언제나 양식을 배신한다.

확실한 것이 있다면, 야전 경험자인 나는 그저 콘라트 참사관의 말을 귀 기울여 들었다.

제국은 —— 지금은 없는 과거의 '제국'은 수많은 남녀노소를 전쟁터에 몰아넣었으니까. 그들은 조국에서 잠들 수도 없었다.

조국이여, 이름 없는 영웅들을 기리소서.

과오를 멈추기 위해서라면 나는 뭐든지 했고, 할 생각이었다.

그러니까 나는 그저 싸움에 임하는 사관으로서 콘라트 참사관이 할 다음 조언을 흥미 깊게 재촉했다.

답은 실로 명료했다.

"신용이 있어야 대화도 가능합니다. 그때의 원칙은 정당성과 등가교환. 혹은, 그래요. 양자가 '믿는다'는 것입니다만."

하지만 참사관은 제일 중요한 부분에서 말을 멈추었다.

내 쇼크를 걱정하며 배려하는 자상함은 친애하는 콘라트 씨에게 없었을 터였다.

애초에 우리는 좋든 나쁘든 폭풍이 몰아치는 밤에 같은 범선에 탄 불행한 승객. 소리치고 고함을 지르고, 아무튼 침몰을 피하려고 발버둥 치는 이들이었다.

그러니까 지금은 생각한다.

콘라트 참사관은 안 좋은 소식을 전할 생각이었을 거라고. 다만 그때의 내게는 그가 다음에 자아내는 말의 행간을 읽어낼 만한 경험이 없었던 것이다.

"신용을 기반으로 하면서도 교섭에는 쓸 수 있는 것을 모두 쓸 수밖에 없다. 상대 또한 똑같은 짓을 할 겁니다. 그 자리에는 그저 국가이성이 있을 뿐."

그 점에 관해서 나는 전혀 오해의 여지가 없다고 대답했을 거라 생각한다. 국가이성이 기세를 떨치는 정도는 이해했다.

전쟁도 상대가 있어야 가능하고, 그런 줄다리기는 머릿속에 있었다. 사소한 자부심이었지만, 도상연습에서도, 실전에서도 나는 그럭저럭 우수했다.

바꿔 말하자면 결국은 우수한 정도지만.

나 같은 참모장교는 과거의 제국에서 정말 흔했다.

나보다 젊은 참모장교조차도 나보다 우수했다. 그리고 극단적인 사례가 '무시무시한 제투아'라고 칭해지는 그분이다.

각하께서 '장난감 상자'를 굴리는 순간을 본 인간으로서 자기 재능을 자랑하기보다도 한때 건재했던 조직이 체계적으로 베풀어준 양호한 교육, 규범에 진심으로 감사와 한탄을 보낼 뿐이다.

그분의 전쟁 지도가 제국 땅을 불태웠다.

필요에 의해.

그것을 긍정해야 할지, 잘못으로 봐야 할지, 나로서는…… 영원히 답을 내놓을 수 없는 문제다.

탈선을 되돌려서, 그 시대, 그때, 나는 외교관의 조건을 지극히 단순한 '줄다리기의 가르침'으로 이해했다.

"이르도아라는 나라만이 아닙니다. 중개자란 저울에 올리는 '재료'가 우리와 다른 법입니다."

'전쟁과 같군요. 익숙합니다.'라고 대답했던 점에서 내 대답은 콘라트 참사관의 생각과 완전히 다른 소리를 한 것이겠지.

알고 있는 듯하면서 모르는 대화.

이 점에서 동료에게도 사정없는 콘라트 참사관의 지성은 참모장교에게도 사정이 없었다. 이쪽이 이해했는지, 못난 학생을 지도하는 교수 같은 태도로 꼼꼼하게 보충 설명까지 해 주었다.

"전쟁이 궁극의 현실이라면 외교는 궁극의 비현실입니다. 저울의 이치를 잘 살펴야 합니다. 보이는 게 같아도 해석이 다릅니다."

그랬겠지. 나는 아무튼 알겠다는 듯이 끄덕였다.

제국에는 불행하게도 참모장교란 생물은 태생적으로 결점을 품고 있었다. 이 점에서 나도 도저히 예외가 아니었다.

'사물을 보는 견해'라는 점에서 참모는 참으로 어리석다. 그들은 군사적인 면으로 모든 것을 이해하도록 훈련받았다. 정치의 이해조차도 군사가 전제였다.

정치가 먼저가 아니라 군사를 위한 정치라는 왜곡된 생각. 우리 고급참모가 가진 나쁜 버릇은 심각했다.

이 끝없는 어리석음을 콘라트 참사관의 신랄한 지성도 꿰뚫어 보지 못했던 걸까.

이해했으면 다행이라는 듯이 얼굴을 펴고 어깨를 두드리며 격려를 해 주었다.

"잘 풀리기를 기도하겠습니다. 군인이 길만 잘 닦아 준다면 다음은 우리가 밀고 나가죠."

'기갑돌격 같은 것이로군요.'라고 나는 대답했다.

우리 군인이 선봉으로 길을 열고, 보병처럼 외교관이 제압한다는 식의 이해다. 군인으로서 나도 쉽게 이해할 수 있는 방식이라고 해도 좋다.

동부에서 실천하고, 혹은 전투단으로 달성한 전투들과 같다. 전장과 외교라는 차이는 인정하지만, 하나같이 다 인간이 하는 일이다.

결국 하는 일은 비슷하다……고 득의양양했던 기억이 난다.

망설이지 않고 자기 역할을 결단한 것은 중요하다. 이 점에서 콘라트 참사관의 고마운 가르침에는 진심으로 감사한다. 1개 사단에 필적하는 유익한 조언이었다. 다만 슬프게도 내게 필요한 것은 1개 군단이었겠지.

결국 신은 대대가 많은 쪽의 편을 들어 주니까.

하지만 잘 훈련된 장병은 때때로 합리의 범주 밖의 일도 달성한다. 그래서 나 또한 무리한 일을 해내기 위해 이르도아로 향했다.

기왕에 하는 거니까, 당시의 교통 사정에 관한 회상을 적당히 기록해 보겠다. 구체적으로는 이르도아로 가는 물리적인 루트에 대해서.

……불운한 경위로 내가 여러 번이나 오갔던 길이기도 하다.

주요 가도, 철도선, 그리고 도시와 도시의 접속.

좋든 나쁘든 양호한 상태로 정비되어 있었다. 그야말로 발 빠른 기갑사단의 이상적인 진격로가 될 수 있을 정도로 가도가 갖추어져 있었다.

물론 그 길을 통한 여행은 무조건 즐겁기만 하다고 할 수 없었지만.

물리적인 이야기가 아니다. 아니, 물리적인 이야기이긴 하지만…… 제대로 표현할 수 없는 것을 용서 바란다.

자, 무엇부터 쓸까. 그 시대, 두 나라는 국제철도로 연결되어 있었다. 그 열차에 타고 있으면 차량의 흔들림으로 싫어도 아는 게 있다.

제국 쪽 노면은 거칠어서 덜컹덜컹, 이르도아 쪽은 잘 정비되어서 흔들림도 조용하다고.

정말이지 노골적인 격차를 체험할 수 있다.

울적함을 부끄러움으로 악화해 주는 여로였다. 전쟁 전이라면 이르도아에 앞선다고 제국이 자랑하던 철도망이 이 꼴이다. 애국자라면 그렇게 가는 길에서 벌써 쓰디쓴 것이 치밀어 오르겠지. 하물며 산악지대를 넘어서 도착한 것에 있는 것은…… 다른 세계다.

빛이다.

눈부셨다.

이상하게 들린다면 이해를 바란다.

그 당시, 이르도아는 거의 전쟁의 불길 바깥에 있었다. 그렇기에 그 나라는 여전히 평화를 구가하는 중이었다는 사실을.

태양, 활기찬 사람들, 밝은 거리의 색채.

빛으로 가득한 세계가 있다면, 그곳은 제국의 남쪽에 있는 이 나라였다.

가도가 폐쇄되지 않고, 검문도 없고, 더군다나 자유롭게 오가는 자가용차. 등화관제라는 개념조차 없는 평화로운 세계.

하지만 그 빛은 '중립'이라는 포지션에서 나온다.

제국이라는 회색 세계에서 빠져나온 망자 같은 당시의 나는 그 중립이라는 말을 도저히 참을 수 없었다.

지금이니까 질투였다고 솔직히 인정할 수 있다.

궁지에 몰린 제국의 인간이 봄의 세계에 발을 디뎠으니 당연하다. 정말이지, 이르도아는 참 잘했다.

내가 칭찬하더라도 이르도아인들은 기뻐하지 않겠지.

하지만 실제로 그들은 참으로 잘했다.

호불호는 별개로 치고, 국민의 생명과 재산에 대한 이르도아 정부의 노력과 헌신은 정당하게 평가받아야만 한다.

오늘날 불행하게도 많은 사람이 아무것도 모르면서 이르도아 정부와 이르도아군을 욕한다. 이런 오해가 어디 있을까. '작전 차원'에서의 실패, 잘못, 능력 부족을 논하는 것은 후세의 일방적인 짐작에 의한 바가 크다고 나는 당국자의 명예를 옹호하고 싶다.

내가 그런 말을 해도 그들은 기뻐하지 않겠지만…… 진실은 기록되어야 한다.

하긴, 이르도아인은 전쟁터에서 만부부당, 백전백승, 상승군 단이라는 표현에 어울리지 않을지도 모른다. 하지만 이르도아인 은 예방의 천재였다. 제국인은 대증요법의 천재였던 것에 불과 하다.

예방은 치료보다 낫다.

그 까닭에 제국은 전쟁을 계속했고, 이르도아는 평화를 만끽 했으니까.

이 두 나라의 차이를 단적으로 말하는 에피소드로, 사소한 일 이라서 미안하지만 '선물'로 고민했던 것을 고백하지.

공적인 만남이라고 해도 외교가 되면 사적인 교우로 위장하는 법. 이 점에서 이르도아인은 정말로 실탄이 풍부했다.

그들은 만나러 갈 때마다 기호품을 아낌없이 베풀어 주었다. 언 제든지 풍요로움을 과시했다. 물론 개인적 선의도 있겠지만……

외교 현장에서는 자신들의 부강함을, 상대에 대한 태도를 물건 하나로도 말하는 법이다.

겉치레라고 해도 제국이 극도로 뒤져서는 국위에 영향을 준다.

허영.

체면.

결국 그럴싸한 겉모습.

멍청하기 짝이 없는 소리지만, 국가란 상습적으로 허세를 부리는 곳이다. 결국 나도 이것저것 무리를 해서라도 준비하리라는 기대를 받는다.

전혀 분야가 다른 것도 있어서 나는 크게 난항을 겪었다.

애초에 내 카운터 파트인 칼란드로 대령은 이르도아 중앙 소속이라 매우 유복하다. 뒤지지 않을 만한 '약소한 물건'을 준비하려면 머리를 싸쥐고 신음할 수밖에 없다.

현안을 들고 가는 사절이 한 손에 챙길 물건조차 부족하다.

웃기는 소리로 들리겠지만, 현실의 일이다. 예산 문제가 아니다. 강화를 위한 공작비라면 참모본부의 기밀비에서 무진장하게 지출할 수 있었다. 하지만 정작 물건을 도저히 화폐로 조달할 수 없는 상황이었다.

참모장교가 기밀비로 암시장을 이용하면 규탄당할 것은 말할 것도 없다. 정규 수단으로……라면 머리를 써야 했다.

참담한 마음으로 나는 강도 같은 짓을 저질렀음을 고백하지.

옛날의 제국에서는 궁중사교계가 존재했음을 다들 알고 있을까. 전쟁 전의 사교계란 정말로 화려했다.

그리고 궁중이나 외무성은 아주 공들여서 연회를 세팅하는 법. 사람이 전부이며, 신용을 양성하기 위해서다. 오늘도 근본은 변하지 않았다고 믿는다. 외무관이 국가를 위해 교섭에 매진할 때, 그것은 크게 장려되는 법이다.

전쟁보다 외교관에게 술을 먹이는 게 훨씬 싸게 먹히니까.

총력전 같은 것보다도 외교공세가 비용에 비해 효과가 뛰어나다는 것을 나는 한 명의 군인으로서 여기에 명기한다.

이야기를 그 당시로 되돌리지.

화려한 사교에는 와인이 필수다. 궁중이나 외무성에는 전용 와인셀러가 구비되어 있었다. 슬쩍 찾아보니 전쟁 전에 비축된 사교용 와인이 궁중 창고에 비축되어 있음을 알았다.

참모장교라면 어떻게 할까?

말할 것도 없다. 참모본부의 강권으로 나는 그것을 반쯤 강탈한 것을 고백한다.

크게 체면을 세울 수 있었다. 물론 선물이 있다고 환영받는 것은 아니지만.

애초에 이르도아는 중립국이다.

외국의 눈이 있는 가운데, 제국 군인이 백주대낮에 당당히 활보하는 것은 그들을 심히 귀찮은 처지로 몰아넣는다.

따라서 열차가 수도의 역에 도착하자마자 그들은 재빨리 움직였다.

안내 겸 감시로 기다리는 것은 이르도아 관헌들. 역에 내려서자마자 제복 차림의 건장한 그들에게 이끌려 물 흐르듯이 호텔에 연금되었다.

물론 그 모든 것이 정중하면서도 단호했다.

철저하게도 외부와의 접촉은 언제든지 최소화. 체크인하는 사무원조차도 아는 얼굴이었다. 분명 이르도아 왕국군 정보부나 비슷한 부서 소속이겠지.

그리고 거듭해서 룸서비스 이용을 요청받았다.

나도 딱히 식당에서의 사교를 목적으로 하는 건 아니지만……되도록 밖으로 내보내고 싶지 않다는 마음이 전해졌다.

자, 요청을 무시하는 것은 가능했다.

나는 제국 군인이고, 형식적으로는 이르도아의 동맹국 군인이다. 중립이라고 해서 동맹국에 동맹국 군인이 돌아다녀선 안 된다는 법은 없다.

하지만 이르도아의 호의에 기대는 입장인 만큼 불만을 사는 짓도 하기 어렵다.

더 말하자면 참다못한 내가 거리로 산책을 나가지 못하게 하기 위해서일까, 칼란드로 대령은 언제든지 즉각 내 호텔로 달려와 주었다.

그날도 그랬다고 생각한다.

오후에 체크인한 뒤, 호위라는 이름의 이르도아 관헌이 칼란드로 대령의 방문을 전달한 것은 내가 가방을 책상 위에 내려놓으려는 찰나였다.

예의도 바르게 노크를 한 뒤에 문에서 얼굴을 비친 구면의 이르도아 군인은 떨떠름한 표정이라고 할 수밖에 없었다. 입을 열자마자 튀어나온 말도 강렬했다.

"바로 그 이골 가스만 각하께서 질겁하시더군요. 또 시끄러운 자가 왔다면서."

입을 열자마자 친근함을 가장한 노골적인 견제. 슬프게도 나는 무신경함을 가장하며 태연히 다가갈 수밖에 없었다.

부드럽게 미소를 보이며 악수를 나누었다.

"가스만 각하께는 죄송합니다만 당분간은…… 친하게 지냈으면 합니다."

솔직히 말하자면 당사자로서도 다소 놀랍지만, 내게는 이런 절충에 재능이 있었던 모양이다. 무탈하다고 할까, 일을 복잡하게 만들지 않는 자세. 참모장교로서는 드물게도 '귀관은 평범한 성격이군.'이라는 평을 옛날에 교관에게 들었던 것은 좋은 일인지 나쁜 일인지.

적어도 이르도아 군인을 놀라게는 할 수 있었지만.

"의외입니다. 마치 외교관을 상대하는 듯합니다."

칭찬의 말.

물론 외교석상쯤 되면 이것도 줄다리기다. 칭찬과 동시에 견제하는 정도야 일상다반사였다.

"하지만…… 귀관은 군인이지요. 그것도 참모장교. 외교에 손을 더럽히는 것을 혐오하지 않았습니까?"

예전을 생각하면 참으로 믿기 힘든 일이라며 나는 수긍했다. 군인은 군인이고, 외교관이 아니라고 호언장담했던 과거가 부끄러울 따름이다.

"칼란드로 대령님, 나는 군인입니다."

"그렇지요."

"그렇다면 조국의 필요가 그것을 명하겠지요."

그런 대화는 자리의 분위기를 데우는 인사와 같다.

견제와 아유.

아무래도 너무 에두르는 것처럼 느껴졌다. 그렇게 느낀 것은 나만이 아닌 모양이다. 칼란드로 대령도 군인이고, 솔직한 말을 좋아하는 타입이다.

고로 그는 서둘러 오늘의 화제를 꺼냈다.

"……중요한 조건을 가져오셨다고 들었습니다."

내가 중대제안을 지참한다는 취지는 제도에 있는 이르도아 무관을 통해 이미 전달되었다. 좋든 나쁘든 제국군 참모본부는 절차를 좋아한다.

이상적인 것은 레일을 밟아 나가는 진행.

물론 계획대로 레일이 깔려 있는지가 가장 큰 문제지만.

"솔직히 말씀드리고 싶습니다만, 당신이 제시할 수 있는 조건이 뭡니까?"

그렇게 묻는 칼란드로 대령은 아주 진지했고, 그렇기에 나는 확실한 반응을 느낄 수 있었다.

자신만만하게…… 당시의 나는 결정적인 카드를 내놓는 마음으로 제국군 참모본부가 내부에서 쥐어짠 조건을 칼란드로 대령에게 제시했다.

"무배상, 무병합, 민족자결이라는 세 가지 축으로."

제국이 할 수 있는 양보의 한계.

아니, 그 이상이다.

한계에서 한 걸음 더 나아간, 단호한 결의로 내놓은 양보였다.

내부에서는 위험할 정도의 융화주의라고 간주된 제안이고, 교섭이 굳어지기 전에 초안이 유출되기라도 하면 그것만으로도 제국 내부가 크게 어지러워질지 모를 만큼 위험한 줄타기.

목소리가 떨리지 않도록 냉정함을 가장하는 데에는 의외일 만큼 고생했다.

말을 마쳤을 때는 '나의 큰 역할은 이걸로 끝난 게 아닐까.' 라는 후련한 마음마저 솟았다.

그리고 이르도아 측의 반응도…… 나쁘지 않은 걸로 보였다.

그 순간에는 희망을 품었다.

"귀국의 현황을 생각하면 꽤나 크게 결심한 제안이로군요. 하지만…… 실례입니다만, 그게 교섭의 시안입니까?"

크게 결심했다는 말을 강조하는 칼란드로 대령의 안색은 놀라움으로 가득했다.

좋은 징조라고 나는 받아들였다. 제국의 양보와 성의를 더없이 솔직하게 전했고, 상대가 그걸 이해하게 했으니까.

"……중개인으로서 귀국이 대륙의 평화를 회복하는 데는 충분한 조건이라고 봅니다."

전쟁을 끝내게 하는 제안.

몽상했던 그것이 이뤄지지 않나.

지금이야말로, 이번에야말로 제국이 갈망하는 종전이란 것이 손이 닿지 않을까……라는 기대.

하지만 의외이게도.

놀란 듯한 상대의 눈에는 의문이 떠올랐다.

"이거 단독으로? 그건…… 글쎄요. 애초에 배상 없이 정말로 끝나리라고 생각합니까?"

"우리 제국은 감수하겠습니다. 나중에 배상 청구 같은 것도 하지 않겠습니다."

"실례, 이건 소관이 잘못 들은 것일까요. 제 제국어는 그렇게 열악하다고 생각하고 싶지 않습니다만…… '감수한다'고 말씀하셨습니까?"

동요한 듯한 칼란드로 대령은 서서히 확인의 말을 유창한 제국 공용어로 던졌다.

그때 나는 확신했다. '그에게 이쪽의 제안은 그만큼 충격적이었던 모양이다'라고.

애초에……, 가짜가 아닌 명백한 감정이 그의 눈동자에 떠올라 있었다.

희미하지만 동요를 드러내는 칼란드로 대령의 표정. 제안을 예상하지 못했던 거라고 확신하기에 충분했다.

이때다 싶어서 힘주어 고개를 끄덕였다.

강화로 가는 절차를 만들 수 있지 않을까. 그런 희미한 기대가 없었다는 말을 어찌 할 수 있을까.

"틀림없습니다. 우리는 감수할 뜻이 있습니다. 무배상, 무병합, 그리고 민족자결이라는 평화의 제안을 하고 싶습니다."

중요한 점이다.

제국의 실책은 명쾌하겠지.

여태까지의 외교 협상은 시간을 들여서라도 '최대한의 과실'을 추구하는 것이었다. 모래시계의 모래가 다 흘러내렸을 때, 그때 참모본부가 선택한 것은 바로 '최소한의 과실'을 확실히 수확하는 것이었다.

그러니까 이 교섭이 결실을 얻는다는 반응을 믿었다.

"시, 실례. 레르겐 대령님. 만일을 위해 정리하고 싶군요. 오해를 피하기 위해 내가 조심스럽게 정리해서 표현할까 합니다."

"물론입니다만."

"감사히 말씀에 따르지요."

그런 전제를 시작으로 칼란드로 대령은 입을 열었다.

"제시하신 무배상이란 '제국에 대한 청구의 거부'가 아니라 '제국이 청구하지 않는다'라고 이해하면 문제없습니까?"

비공식이라고 해도…… 제국군 중추의 뜻을 받은 참모장교가 강화를 갈망하는 말을 꺼냈다. 그럼에도 불구하고 칼란드로 대령은 이해하지 못하는 눈치였다.

대체 왜 이러는 걸까.

"그렇습니다만. ……잠시만 기다려주시죠. 왜 그런 말을?"

"귀국이 배상을 지불할 의사는 없습니까?"

난처한 얼굴과 함께 날아온 질문이 너무나 기가 막혀서 순간 이해가 늦었다.

멍하니 시선을 돌려주었던 것으로 생각한다.

칼란드로 대령이 꺼낸 말의 의미는 예상의 범주 밖에 있었다. 의미가 뇌에 침투한 순간, 나는 뚫어져라 상대의 얼굴을 바라보며 중얼거렸다.

"배상이라고요? 우리가?"

"……레르겐 대령님. 귀관에게 묻고 싶습니다만, 진심으로 하는 말입니까?"

"이런 말을 진심이 아니면 할 수 있을 리가 없지요. 나는 화평을 청하러 온 당사자로서 최대한의 제안을 했다고 생각합니다만."

서로의 얼굴을 바라보면서 우리는 쌍방의 눈동자에서 의문을 찾아냈을 것이다.

뭔가 이상하다. 말도 안 된다고 외치고 싶다.

제국은 청구자일 터였다. 시작한 것은 협상연합과 공화국. 제국으로서는 어디까지나 방위를 위한 전쟁이라는 인식으로 승리를 찾았던 거니까.

하지만 제국인의 시점을 이르도아인은 이해하지 못했다.

"진심으로 하시는 말입니까? 배상금 지불의 면제를 원해서 교섭 조건으로 '무배상'을 제시한 거 아닙니까?"

나는 순간 헛소리라고 내뱉었다.

"우리가, 청구를, 포기하는 겁니다! 이 정도의 타협조차도 양보로서 불충분하다는 겁니까?"

"……잠시 실례하죠. 그럼 무병합은 무슨 뜻입니까?"

"현재 제국 점령지의 해방입니다. 우리에게는, 제국에 영토적 야욕이 없다고 증명할 준비가 있습니다!"

단순 명쾌.

오해의 여지조차 없다.

그럴 터였다.

그러니까 당시의 나는 이야기가 엇갈리는 데 짜증마저 느꼈다.

"즉…… 분쟁지역의 포기는? 영토의 양보는 원칙적으로 생각하지 않는다?"

"필요하다면 민족자결의 투표로 해도 좋습니다! 하지만 그건 점령지에 한한 이야기겠지요!"

아니, 곤혹과 공포를 품었다고 인정해야 할지도 모르겠다.

목청을 높여 보았지만, 보람이 없다. 이야기가 맞물리지 않는다. 그것도 뭔가 치명적인 근간 부분에서.

"……실례입니다만, 알레느 사건 이후에 그런 말씀을 하십니까? 분쟁지역에 지금 제국에서 분리 독립하자는 일파가 얼마나 남아 있습니까?"

"법적으로 아무런 문제도 없겠지요."

"그럼 민족자결이라 함은 현재 제국이 점령한 지역의 귀속을 현지 주민이 결정하는 것으로 이해하면 되겠습니까?"

"그렇습니다만, 무슨 문제라도?"

대화 중에 나는 생각했다. 제도에서는 이 대화를 예상하지 않았을 거라고.

사실 나는 이런 반응이 있을 거라는 언질도 받지 못했다.

이르도아인은 기꺼이 중개 준비를 시작하든가, 악의와 함께 우리를 배신하든가. 가능한 거라면 둘 중 하나라고.

제국의 생각은 그 정도였다.

그 생각과 달리 이르도아인은 곤혹스러워했다.

한숨과 함께 칼란드로 대령은 책상에 있는 주전자로 아무렇게나 손을 뻗더니 물을 따랐다. 뭔가를 중얼거리면서 컵을 비웠다. 목을 축인 뒤에 그는 시가로 손을 뻗으려다가 그 손을 멈추었다.

"레르겐 대령님, 조금 편하게 해 보죠. 군인들끼리 마음을 좀 터놓고 솔직하게 상식을 맞춰 보았으면 합니다."

형식을 벗어난 솔직한 말을 던지는 동시에 그가 권하는 것은 군 담배였다. 이르도아군의 제식품이었을 거라고 기억한다.

그가 권하는 대로 나도 그것을 입에 물었다. 그리고 우리는 라이터를 한 손에 들고, 어딘가 지친 남자 둘이서 한 대 피웠다.

평소에 외교용으로 사용하는 고급품과는 다른 냄새. 기분 나쁘게 익숙한 그것을 듬뿍 폐부에 빨아들이고, 어딘가 진지함을 띤 시선으로 칼란드로 대령이 입을 열었다.

"외교관이 아니라 군인의 사적인 대화로 다시금 묻지요."

"물론. 빠뜨리는 것 없도록 말했으면 합니다."

칼란드로 대령은 좋다는 듯이 끄덕이면서 담배를 피웠다.

"꽤나 대화가 어긋나는 인상이군요. 실례지만, 무슨 야유나 비유라면 솔직히 표현해 주었으면 합니다."

아니냐는 듯이 날아온 시선에는 깊은 의미가 담겨있었다. 하지만 참모장교인 나 개인으로서는 곤혹스러울 따름이었다.

"나 개인으로서는 군인으로서 최대한 간결하게 말씀드렸다고 생각합니다만."

그렇게 말한 것은 정말 적나라한 본심.

행간에 담긴 의도 따윈 전혀 없다. 단순하며 명료. 오해의 여지도 없는 제안. 강화를 바란다는 사실 앞에서 제국군 참모본부는 한계까지 오해의 여지를 없앴다.

"무배상, 무병합, 민족자결의 3원칙을 진심으로 제안한다. 거기에 제국의 성의를 느낄 수 있다면 다행입니다."

"제국으로서 양보를 거듭한 끝의 제안이라고 이해하면 되겠습니까?"

당연하다며 끄덕였다. 이것 때문에 부서 내에서도 상당한 실랑이가 있었다.

"배상 청구를 포기. 신규 영토 획득은 없음. 덧붙여서 제국 정부 괴뢰를 만드는 일 없이 현지의 희망에 획득 지역을 맡긴다. 이것이 우리의 각오입니다."

농담도 줄다리기도 아니다.

현재의 길항 상태를 생각하면 이 이상 바랄 수 없을 정도로 양보한 제안이다……라고 믿고 싶었다. 그 시대의 우리는.

"당신들은 그렇게 생각하시는 거로군요."

지친 얼굴을 한층 찡그린 칼란드로 대령의 투덜거림. 그대로 그는 말을 찾듯이 천장을 올려다보았다.

평소에는 거동이 부드러운 칼란드로 대령이지만, 아무래도 조잡한 동작이었다. 하지만 그다음에 그가 쥐어짜낸 말만큼 충격적인 것은 내 인생에서 찾을 수 없었다.

"귀국의 제안으로는 상대방에게 도발로 간주되겠지요."

나는 즉각 되물었다.

대체, 어디가? 라고.

"배상을 거부, 영토 할양을 거부, 나아가 민족 문제에 불을 붙인다. '교전국들'이 보자면 제국의 제안 내용은 노골적인 도발이겠죠. 실례입니다만, 레르겐 대령님. 귀하가 정말로 이걸 예상하지 않았다면……."

칼란드로 대령의 말은 이해하기 어려웠다.

아니, 그 이상이다.

의미하는 바를 뇌가 좀처럼 처리할 수 없었다.

"실례, 레르겐 대령. 귀하의 표정을 보기로는 상상하지 않았던 것으로 보이는군요."

그것은, 이라고 신음하다가, 이어질 잔혹한 지적을 기다릴 수밖에 없었다.

"제국으로서는 화평을 구하는 굴욕적인 제안도…… 제삼자가 평하기에는 오만불손 그 자체입니다. 괴리감이 듭니다."

뻣뻣한 표정을 억누르고 안경을 고쳐 쓰면서 나의 뇌는 하나의 가설을 만들었다. 서로 바라보는 세계가 다른 게 아닐까? 라는 가설을.

"……우리의 원리원칙과 다르다?"

여기서 드러난 차이를 우리 제국은 도저히 소화할 수 없었다.

그것은 다른 이치의 충돌이고 마찰이다.

다른 렌즈, 그리고 다른 차원의 패러다임.

제국은 스스로를 피해자로 인식했다. 하지만 외국들 또한 '피해자 지위'를 원한다.

제국에서 그것은 모순이다. 시작한 건 그놈들이다. 협상연합이고, 공화국이고, 연합왕국과 연방이라는 분노.

고로 당시의 나는 반론을 외쳤다.

"하지만 칼란드로 대령님. 귀관도 알겠지요. 제국은 먼저 걸어온 싸움에 스스로를 지킨 것에 불과하다고."

제국이 본 이번 대전은 바로 그렇다.

분연히 토해낸 그 말에 대해 동의의 말은 없었다.

이르도아인은 깊이 고개를 끄덕이면서도 지친 얼굴로 시가를 한 손에 들고 쓴웃음을 지었다. 외교적으로는 네가 하는 말을 '이해' 하지만 '동의' 하지 않는다는 예의 바른 반론이다.

"정의의 문제라면 학교 안뜰에서 선생님에게 호소하는 게 어떻습니까?”

“……그렇군요.”

돌아온 것은 머리가 아플 정도로 알기 쉬운 비유.

정의나 공정함의 관념을 논해 봤자 교섭에서는 씨알도 안 먹힌다고 단방에 이해하게 되었다.

그때의 나는 헛수고라는 느낌에 시달리면서 물었다.

“애들 싸움을 어떻게 수습해야 합니까?”

제국이 강화의 대가로 지불해야 할 것은 대체 어느 정도일까?

그 정도를 들어보고 싶다고 묻는 내게 칼란드로 대령은 느긋한 태도로 정중한 강사 역할을 맡아주었다.

지금 와서 생각하면 대령도 어색한 기분이었을지도 모르지만…… 그때의 내게는 거기까지 신경 쓸 여유가 없었다.

애초에…… 필사적이었다. 제국에 활로를 열고 싶다고. 강화의 실마리를 놓치고 싶지 않았다. 그런 일념으로 매달리듯이 칼란드로 대령의 대답을 고대했다.

불행하게도 나의 카운터 파트는 실로 성실했다.

그가 한 말은 지금도 떠올릴 수 있다.

“단적으로 말하자면 제국은 ‘전장에서의 승리’와 ‘외교상의 승리’를 등가교환할 필요가 있습니다. 귀국의 적은 그들이 창을 거둘 정당성과 맞먹을 정도의 대가를 요구하겠지요.”

등가교환과 정당성.

콘라트 참사관이 말했던 외교의 개요라는 것이 정말 이다지도 기분 나쁜 이론이었다니. 현기증을 느끼며 눈가를 누르면서도 그때의 나는 헛소리 같은 설명에 의식을 계속 집중시켰다.

"제국에 대한 배상금 청구는 상정해야 할 겁니다. ……이런 말씀을 드리기 그렇지만, 영토의 할양이나 군비제한의 요구도 있을 수 있습니다."

"그건 영토 교환, 상호 군비 억제입니까?"

"……편무적이겠지요. 제국에게만 부여될 겁니다."

탐색 사격으로 물어본 것이지만, 낚인 것은 난적. 협상할 여지를 찾기는커녕, 협상 테이블에 도달하는 것도 위태로울 뿐이다.

"패배한 것도 아닌데 배상금만이 아니라 일방적으로 영토할양? 그건 다소 등가교환의 원칙에서 어긋나지 않습니까? 이르도아 왕국에서는 이걸 공평하다고 합니까?"

"물론 제국의 동맹국으로서 보다 나은 조건을 끌어낼 노력은 아끼지 않습니다."

칼란드로 대령의 부드러운 미소.

아아, 그 순간 나는 반쯤 포기하고 있었다.

결국 공허한 공수표. 아니, 부도가 난 것은 제국이 먼저일까. 전쟁을 끝내기 위한 열쇠는 이미 제국 국고 안에 없다.

정말로 무시무시할 뿐이라고 몸을 떨 수밖에 없다.

"……잠시 생각을 하게 해 주십시오."

그렇게 말하고 나는 주전자에서 내 컵에 물을 따라 비웠다. 신경이 꽤나 소모되었겠지. 묘하게 목이 타서 견딜 수 없었다.

평소에 나는 외교관이 일하지 않는 것을 원망하던 군인이었다. 나는 크게 오해했다고 인정할 수밖에 없다. 그들의 태반 또한 결과를 얻을 수 없다고 알면서 직무를 수행하는 애국자였다고.

우리와 같다.

노력해도 희생에 견줄 만한 전과는 약속되지 않는다. 파국을 피하는 것을 제일로 삼고 전술적 승리를 거듭하며 전략적 파탄을 뒤로 미룬다.

그동안에도 전쟁터에서는 인명이 사라진다. 조국의 미래를 짊어질 젊은이들. 빛나는 장래와 희망의 결정체. 잃는 것은 크고, 현황을 유지하는 의의는 너무나도 멀다.

거기서 나는 한 가지 가능성에 걸기로 했다. '그러니까 군인으로서 적국에게도 같은 눈높이를 갖게 할 수 있지 않을까' 라고.

"……평화 회복이라는 대의를 위해 교전국들이 한 걸음씩 양보하는 것은 도저히 불가능할까요?"

초보 외교관 나름대로 양보의 한 걸음을 요구하는 말이었다.

지금이라면 도저히 말할 수 없다. 슬프게도 국제정치의 잔혹한 현실에서는 모두 무의미하다. 현실을 모르는 몽상가의 제안과 크게 다를 바 없겠지.

……그리고 나보다도 외교와 정치를 잘 아는 이르도아인은 슬픈 듯이 나를 그 눈동자로 바라보았다.

"레르겐 대령님, 당신은 성실한 군인입니다. 그걸 감안하여 한 가지뿐입니다만…… 사견을 말씀드릴까요."

"귀하의 의견이라면 뭐든지."

목소리, 눈동자, 무엇보다 진심에서 나오는 성의. 직분을 넘을지도 모르는, 인도적인 호의에서 나온 말이었다.

그러니까, 분명.

성실하고 선량한 칼란드로 대령의 말은 나를, 이 교섭을 통한 평화 모색 구상을 절망으로 떨어뜨렸다.

"제국이 상당한 양보를 내놓고…… 비로소 교섭의 기초가 만들어진다고 이해해 주십시오. 상대방은 그 정도로 강경합니다."

"제국만이 일방적인 양보를 하는 꼴입니다만."

그게 아니라고, 미소와 함께 그렇게 대답해 준 것은 자비일까.

상대는 다소 말을 고르는 시늉을 하다가 그건 아니라고 생각했는지, 있는 그대로를 말해 주는 성실한 카운터 파트너였다.

"말하자면 제국이 멸망하기를 바란다. 그것이 상대측의 기짓 없는 희망입니다."

나는 분노하듯 답했다.

"……우리의 큰 양보는 그들에게 도발. 그들이 우리에게 원하는 것은 자비를 갈구하는 사형수, 입니까."

한순간 오해라는 듯이 칼란드로 대령은 고개를 내저었다.

"그 정도는 아니지요."

앞서나가지 말아달라면서 그는 타이르는 어조로 흥분한 나에게 진정하라고 말했다.

하지만 어찌 냉정할 수 있을까.

이 충격을! 어찌! 태연하게!

"하지만 사실상 제국을 패전국으로 대우할 생각 아닙니까?"

그 질문에 대한 답은 하나밖에 없다.

담담한 태도지만, 칼란드로 대령은 직접적인 부정을 하려고 하지 않았다. 사실은 너무나도 명백했다.

"이르도아는 중개인에 불과합니다만. ……어중간한 조건으로는 중개할 자신이 없다고 말씀드리지요."

마치 퍼즐이 완성되듯이 나는 깨달았다. 하나하나는 작은 부품이라도 맞춰 나가면 놀랄 만한 경치를 만드는 법.

보였다. 이건 이길 수 없는 싸움이었다고.

아니, 싸우는 방식부터 틀려먹었다.

군인의 외교 이야기를 하고, 중개역에게 '패배하는 방법'을 배우는 시점에서 어떻게 할 수 없겠지. 승자가 될 수 없다고 해도, 제국은 명예로운 전사로 있으려 했다.

패배했다는 말조차도 곤혹스러움의 대상이다.

아니, 사실은 패배했다고 자각이나 했는지 의아스럽다.

그리고 우리의 존경스러운 적들은 명예로운 패배 같은 '영광'을 제국에게 허락한 마음을 추호도 가지고 있지 않았다.

그들은 그 정도도 허용할 수 없는 차원에 있었다.

우리는 아직 그 정도로 해결할 수 있다고 꿈꾸고 있었다.

우스꽝스럽지 않나.

불명예를 개의치 않고 의무의 요청 하에…… 그런 것에 취해 있던 나 또한 현실을 제대로 보지 않는 채로 오만하고 자신감 넘치는 제국인이었다는 소리다.

현실과의 조우는 심히 불쾌한 경험을 수반하는 경우가 있다. 조국의 비참한 운명과 대면하게 되면 눈앞이 흐려지는 거야 귀여운 정도다.

돌아가는 길, 어느 틈에 내가 탄 국제열차가 국경을 통과해 있었다. 넋 놓고 있던 내가 그걸 깨달은 것은 덜컹 흔들렸기 때문이다.

차량의 흔들림이 국가의 뒤틀림으로 들렸다.

슬프게도 나로서는 부정할 수 없었다.

당시의 정세를 생각하면 식량 사정이 양호한 국제철도 식당차를 이용할 수 있는 것은 일종의 특권이었겠지만…… 아무것도 목구멍을 넘어가지 않았다.

차창 밖으로 보이는 조국의 풍경은 축 처진 기분을 더욱 나락으로 떨어뜨리듯이 어두웠다. 제도로 돌아갔을 때는 도시 전체의 어둠이 한없이 마음에 꽂혔다.

철저한 등화관제가 실시된 시가지.

과거의 제도는 더없이 빛나는 빛의 성채였을 텐데. 역 플랫폼에 내려섰을 때는 이미 내가 실패했다는 사실을 받아들이고 있었다.

의무가 없었으면 그때 나는 어떻게 했을까. 그대로 발작적으로 권총을 입에 물었을지도 모른다.

다행인지 불행인지 나는 참모장교로 가공된 몸이었다. 내면화된 규율훈련과 혹독한 교육의 잔재는 마지막 한순간에 넋 나간 나를 참모본부로 이끌어 주었다.

남 일처럼 말한다고 느꼈다면 바로 그렇다.

분명히 기록으로는 내가 보고했다.

지인 장교들에 따르면, 망가진 태엽 인형처럼 공허한 발걸음으로 참모본부를 배회했다고 하니까 실제로 보고를 마친 것은 사실이 틀림없다.

다만 기억하지를 못한다.

'외교에 활로 없음'이라는 보고.

그걸 말한 순간, 그 중요한 부분의 기억이 지금도 확실치 않다.

지인에 따르면 인간의 뇌는 때로는 괴로운 기억을 망각하려고 한다는 모양이다. 혹은 나도 기억을 감췄을 뿐일까.

지금 와서 생각하면 그날은 '전환점'이었다. 그날, 제국은 이르도아를 경유한 교섭에 대한 희망이 한없이 수그러들었으니까.

제국이 꿈꾸는 것은 '승자'로서의 강화.

오늘날의 독자가 보기에는 이해도 공감도 할 수 없는 시점이겠지. 전후에 진정이 되고서 기록한 문장을 다시금 읽은 나도 동감한다.

너무나도 탐욕스럽고.

너무나도 무지하다.

하지만 그렇기에 그 당시의 우리로서는 더 바랄 것이 없었다.

받아들이기 힘들다고 반발을 외치고, 결과적으로…… 현대에서 내가 이르도아에서 악명을 떨치게 되는 씨앗을 뿌렸다.

훗날 나는 명령에 따라 뜻하지 않은 전쟁에 참가했다.

이르도아와의 전쟁의 선봉에 있었다. 교섭 담당에서 갑자기 침략자로 이직했다.

그렇긴 해도 한 가지 오해를 정정하고 싶다.

애초부터 외교 협상으로 위장한 스파이였다는 말은 사실과 다르다. 이르도아와의 전쟁을 목적으로 외교 협상을 한 적은 한 번도 없다.

나는 명예와 의무에 따라 선서한다.

제국의 퇴로를 모색하는 것만을 염두에 두고 힘을 다했다.

이르도아와의 전쟁이 '있을 수 있다'고 상정되었더라도, 아슬아슬한 순간까지 파국을 피하기 위한 노력을 계속했다. 그걸 위해서 모든 노력을 기울였다.

불행하게도 나의 노력은 결실을 보지 못했지만.

그리고…… 책임을 인정한다.

인정할 수밖에 없다. 성실해지려면 그럴 수밖에 없다.

나는 '외교 협상'과는 다른 계획이 있을 거라고 확신했었다. '공격계획'이 태동할 것을 의심할 정당한 근거도 가지고 있었다.

다만 정확함을 기하려면 조금 다르게 표현해야 할지도 모르겠다. 정확하게는 '공격계획'의 존재를 확신했다고 말해야 할까. 기묘한 말돌리기를 멈추고 표현하자면, 나는 내가 실패하면 다른 뭔가가 움직일 거라고 느끼고 있었다고 해야겠지.

아무도 알려주지 않았지만…… 그런 냄새를 맡았다. 즉, 흘러나온 조각을 모아 보면 전체적인 모습이 보였다.

자랑으로 들릴까?

나는 그저 서류를 훔쳐본 것과 같다. 당시의 나는 그것을 감지할 수 있는 지위와 인맥을 가졌던 것에 불과하다.

누구든 당시에 내 입장에 있으면 알 수 있었다.

물론 당시 참모본부에서 기밀 보호가 허술했던 것은 아니다.

대다수의 동료는 이르도아 공격을 꿈도 꾸지 않았을 터이다. 그뿐만 아니라 이르도아 경유의 강화 모색조차 비밀이었다. 고로 이러한 움직임들은 참모본부의 조직적 행동이라기보다도…… 루델돌프 각하, 제투아 각하 그리고 나 같은, 개인 행동의 연속이 결과적으로 하나의 형태를 만든 것과 같다.

이런 점을 풀어내기 위해서 당시의 관계성을 돌아보는 것은 후세에게도 유익하겠지. 조금 내용이 새는 것을 용서 바란다.

일단 내 지위를 말하겠다.

이르도아 방면에서의 강화 공작에 전념했던 것은 앞서 말한 바와 같은데…… 말하자면 나는 참모본부에서 다소 모호한 포지션이었다.

공식 지위는 참모본부 작전국의 고급참모.

다만 애초부터 외교 협상의 한 축을 맡기도 했다. 내 위치를 단적으로 말하자면 참모본부의 잡일꾼이었다.

작전국의 기밀만이 아니라 전무의 기밀서류도 마음대로 볼 수 있다. 또한 전무에서 철도 운행과 동원 계획을 담당하는 우거 중령(당시)에게 한정적이나마 명령권도 행사했다. 장식이라고는 해도 참모총장 각하조차도 밑에 두고 일을 처리시킬 권한을 가졌다. 생각해 보면 그 당시부터 제국군 참모본부는 창설 당초의 상정에서 대폭으로 일탈했다.

다만 당시의 정세는 그걸 필요로 했다.

그것도 절실하게.

하루하루의 집무에 쫓겨서 막대한 업무처리에 몰두했던 당시는 위화감조차 갖지 않았다.

……반쯤 도피라는 요소도 있었던 것을 부정할 수 없지만.

그 커다란 권한을 기뻐하기보다도 계속되는 과로와 마음의 피로로 내 위장은 한껏 망가질 정도였다. 위염의 괴로움은 지금도 K-brot의 잡맛과 함께 떠오른다. 제도적인 이탈의 시비는 둘째 치고, 당사자로서 그게 지속될 수 없는 이유를 단적으로 말하지.

과로사다.

가혹한 야전 근무를 견디는 참모장교도 직무의 중압과 과로로 후방에서 명예로운 죽음을 맞이하겠지.

그런 말도 안 되는 일의 발단은 요즘으로 말하자면 후방(병참, 물동, 철도 전반 등)을 담당하는 전무국의 수괴인 제투아 전무참모차장 각하가 제국 최고통수회의의 불만을 노골적으로 산 것에서 시작된다. (과거의 제국에서 전무참모차장이란 '군 내무'의 우두머리다)

후방과 전선의 정세를 비교, 검토할 수 있다는 점에서 입장의 영향도 있겠지. 하지만 그걸 감안하더라도 승리의 곤란함을 지적한 제투아 중장(당시)은 실로 혜안을 가지고 계셨다.

역사가 증명하듯이 '무시무시한'이라고 형용되는 지성은 자연스럽게 빛을 보이는 법이다.

하지만 사람들이 아는 카산드라의 이야기를 살펴보면 알겠지.

전설적인 예언자는 그 정확함 때문에 찬미받지 않는다. 슬프게도 나쁜 소식을 가져온 자를 쏴 죽이는 악습이 보편적이다. 나쁜 소식에 귀를 막고 싶다는 인간의 욕구는 현실을 인정하지 않는 행위를 동반한다.

당연히 불쾌한 사실을 정론으로 말하는 제투아 각하의 입장은 급격히 악화되었다.

그 결과, 제투아 각하는 동부 방면에 사열관으로 '출장'한다는 명목으로 사실상 경질되었다.

많은 독자들도 알듯이 '작전가'인 각하는 이 뒤에 나타난다.

그래도 당시의 제투아 중장은 전무참모차장.

말하자면 참모본부의 중요한 톱니바퀴에 불과하지만, 중요한 고로 그 구멍을 메우기 위해 우리 같은 아랫사람이 혹사당했다.

여담이 되겠지만, 그렇게 나는 이르도아 방면에 관한 '공세계획' 의 존재를 부하인 우거 중령과 함께 발굴하기에 이르렀다.

막을 수 없었던 거냐고 사람들이 물은 적이 있다.

아쉽지만 그건 불가능했다.

내밀하게 정보를 교환했던 우거 중령에게서는 시시각각 작전 준비가 진행된다는 경고가 들어왔다. 다른 업무의 명목으로 정세를 협의하던 때, 그는 비장한 얼굴로 제지할 수 없는 곤경을 내게 전했다.

"대령님, 아슬아슬한 곳까지 도달했습니다만, 역시 시간 여유가 없습니다. 없는 정도가 아니라 초읽기 단계입니다."

이르도아와의 전쟁 작전? 사방이 적으로 둘러싸인 정세에서 또 한곳을 적으로 만든다? 정신머리가 제대로 박힌 군인이라면 이미 두 손 든다.

그럼에도 제국군 참모본부라는 군사적 합리성의 신전이 당찮게도 자기가 모시는 전쟁의 원리원칙에 모순되는 행동을 자발적 결의로 감행한다고 했다. 위대한 선배들은 우리의 추태를 뭐라고 비웃을까.

나와 우거 중령은 얼굴을 맞대고 말없이 담배를 피우며 달력으로 시선을 보냈다. 노면 상황, 날씨와 기상 조건을 생각하면 유예는 정말로 없었다.

"……강화는 어떻게 됐습니까?"

"가치관의 조정이 마음대로 안 된다."

"조정?"

의아한 기색의 우거 중령에게 나는 깨달은 사실을 단적으로 말했다.

"놈들은 제국의 굴복을 빌고 있다."

"실례입니다만…… 그 정도라면 이미 계산하지 않았습니까?"

이치, 결국은 이치다.

얄궂게도 우거 중령의 의문이야말로 내가 칼란드로 대령과의 대화에서 느꼈던 것과 완전히 똑같았다.

"그러니까 상당히 양보한 제안을 준비했습니다만."

우거 중령의 밀을 들었을 때, 내가 무슨 생각을 했는지는 상상에 맡기겠다. 정말로 맞는 말이라고 웃어야 할까, 울어야 할까, 아니면 고개를 내저어야 할까.

결국 그 순간의 내가 할 수 있었던 것은 쓴웃음이었다. 모호하게 웃는 내 모습을 앞에 두고 곤혹스러워하는 우거 중령의 얼굴이 흐려진 것은 미안했지만.

다만 내게도 남아 있었다.

홍보를 전해야 할지 망설이는 정도지만, 양식의 잔재가 마음속에 있었다. 이유? 우거 중령은 인간이었으니까 당연하지.

나와 다른 종족이라는 사실은 아무래도 느껴지는 법이다.

특히나 나처럼 참모장교라는 종족이 된 전쟁기계의 톱니바퀴와 인간성을 지키는 정상적인 장교는 감각이 정말 다르겠지.

그래도 말해야 한다며 의무가 내게 요청했다.

"중령, 미안하지만 이야기를 시작하기 전에…… 의자에 편하게 앉아 보게. 등받이를 확인해 준다면 기쁘겠군."

최악의 소식을 전하기 전의 약소한 서두.

내가 말하려는 바를 이해한 우거 중령이 의자에 몸을 맡기고, 심호흡을 한 차례 했다.

그대로 둘이서 아끼던 시가까지 꺼내서 피운 뒤에, 나는 이르도아에서 경애하는 칼란드로 대령님과의 회담에서 얻은 결론을 지극히 간결하게 말했다.

구태여 말하자면 극력, 감정을 배제하고.

"우거 중령, 우리가 양보라고 생각한 건 말이지. ……우리의 적에게는 도발적이고 말도 안 될 만큼 고압적인 요구로 보인다는 거야."

"……예?"

"제국은, 우리의 제국은 '멸망하라'라는 말을 들었다. 교섭 따위는 논외. 엎드려서 자비를 빌라는 것이 단적인 요구다."

그때.

우거 중령이 지은 경악의 표정은 전쟁 이후 몇 년이 지난 지금도 선명히 떠올릴 수 있다. 어떻게 잊을 수 있을까.

절망, 체념, 분노의 삼색이 아름답게 뒤섞인 고통스러운 표정.

제국의 운명을 깨달은 얼굴은 칼란드로 대령의 앞에서 내가 지은 표정과 똑같았을 테니까.

그때, 나는, 우리는, 남몰래 절망에 빠지고 있었다.

……그 순간, 분명히, 체념하고 있었다.

그 뒤의 일을 나는 뭐라고 하면 좋을까. 해야 할 말은 많고, 정리하기도 힘들다. 그리고 말해서는 안 되는 것도 너무 많다.

역사가는 우리를 어떻게 평가할까. 그것은 이미 노인이 된 이 몸으로서는 전혀 알 수 없다.

뛰어난 선배, 동업자, 전우 제군을 수없이 먼저 보내고, 나는 몇 없는 생존자가 되었다.

언젠가 심판의 때가 오겠지.

레르겐 회고록 / 미출판 원고에서

모르겠다. 그 10월 사건은 정말로 의문이 너무 많다.

제투아 대장이 꾸몄다는 설이 있는가 하면,
연합왕국 정보부의 비밀작전이라는 설도 유력하다.
당사자들의 증언이 너무나도 엇갈리고 있어서,
나로서는 진실이 하나인지도 확실치 않다.

앤드류 기자

》》》 통일력 1927년 9월 26일 제국군 참모본부 《《《

나쁜 소식은 언제나 우르르 찾아온다.

나쁜 소식 하나가 도착할 때는 또 하나 정도는 각오해야 한다.

가장 무시무시한 경우는 첫 소식이 언뜻 보기에는 무해한 얼굴로 찾아오는 것이지만.

제국의 군령 관계자는 이번 대전에서 신경을 한없이 혹사했다. 그런 그들의 안색이 창백해질 수밖에 없는 흉보는 서방의 대해원에서 전파의 파도와 함께 찾아왔다.

⋯⋯첫 소식은 아주 기쁜 것이었다.

소식에 따르면 무차별 잠수함 작전에 종사 중인 제국군 잠수함이 함종 불명이지만 서방 근해에서 추정 배수량 1만 톤 급 이상의 적함 격침을 보고.

해군 사관이 의기양양하게 참모본부에 연락할 정도였다.

해군도 제법이라고 육군 사관들이 행복한 기분에 잠들었던 그 다음 날 아침.

전개는 180도 바뀌어서 머리를 싸쥔 해군 담당자가 참모본부로 달려와, 안 그래도 분위기인 뒤숭숭한 참모본부에 정치적 폭탄을 터뜨렸다.

말하기로 '중립국 화물여객선 격침 가능성 큼'.

그것도 이 시국에 중립 의무 위반이 노골적인 합중국의 배라고 들었을 때, 참모본부의 장교들은 일제히 머리를 잡고 신음했다.

'저질렀나.' 라고.

합중국은 제국이 채용한 무차별 잠수함 작전을 태연하게 묵살했다.

봉쇄선을 자국의 화물선으로 돌파할 뿐만 아니라, 국가 위신을 건 여객선까지 투입. 작금에는 연합왕국으로 가는 군수물자를 가득 채운 합중국 상선단마저 야간에 당당히 국기를 내걸고 태연히 대해원을 오기는 형편이다.

그런 주제에 그들은 표면적으로 '중립'을 칭해 마지않는다. 외교상으로 지금도 제도에 대사관을 둘 정도다.

따라서 공격하면 외교문제.

일촉즉발만이 아니라 자칫하다간 참전의 구실을 줄지도 모른다. 그렇지만 이걸 방치하면 통상파괴작전이 와해된다.

현장이 사고를 쳤다고 한순간 생각하는 것도 당연하다.

당직장교들은 신음하듯이 외무성, 상관, 기타 관계부처에 경고를 날렸다.

동시에 상황 확인을 개시했다. 다만 그들은 거기서 커다란 문제를 몇 개 파헤쳤다.

격침 자체도…… 큰 문제다. 그렇지만 더 심각하며 중대한 문제가 있었다. 이 정치적 폭탄의 제조과정에는 놀랍게도 '문제'다운 문제를 발견할 수 없다는 점이다.

애초에 모든 것이 완벽했다.

함장의 보고와 잠수함의 기록은 하자의 존재를 부정. 공격 판단은 제국군의 기준을 완벽하게 만족시켰다.

계기는 접촉이었다.

지정봉쇄해역을 불빛 없이 고속항행하던 선박을 발견. 뱃전에 공격을 면제받는 병원선, 민간인 교환선, 제국인가기호 등이 없는 것을 함장, 당직사관이 함께 확인.

이 시점에서도 추측 20노트에 달하는 고속, 주위에 구축함인 듯한 음원을 다수 확인했기에, 호위를 받는 주력함으로 상정.

접촉 시에 배의 위치는 우연하게도 좋은 조건에 있었다.

적함의 속도가 빠른 것, 호위구축함인 듯한 적함의 존재를 감안한 함장은 일격에 나서기로 결단. 어뢰를 일제 사격, 실패하면 군소리 한마디로 넘어가지 않을 정도로 큰 도박. 하지만 어뢰는 장어가 아니라 멀쩡한 어뢰였다.

목표에 명중하자 베테랑 함장조차도 본 적 없을 정도로 거대한 불덩어리가 되어서 폭침했다는 대목에서는 해군사관이라면 굉침을 연상할 만했다.

가연물을 가득 채운 주력함의 옆구리에 어뢰를 멋지게 명중시킨 프로의 솜씨였다. 덧붙인 말에는 잠행 후퇴 중에도 폭발음을 확인했다는 내용까지 있었다.

아무리 말 많은 인간이라도 여기서 규칙 위반을 찾아내기란 어렵겠지. 어찌 되었든 잠수함 사령부에서 오래간만에 거둔 풍작에 갈채가 쏟아진 것은 지극히 당연했다.

잠수함 승조원의 세계는 좁다. 격침시킨 함장의 인품 등은 지금 와서 다급히 확인하지 않아도 다들 안다. '고참' 중의 '고참'으로서 과도한 전과 보고를 꺼리며 확인한 사항만을 보고하는, 바닷바람에 절은 사관이었다.

추정이라는 주석이 달려 있는 격침 보고는 견실했다. 젊고 티 없는 함장이라면 '적함 격침!'이라는 보고를 하며 기뻐했겠지.

오랜만의 전과에 고양되면서도 크루에 대한 치하의 말을 하는 잠수함 사령부는 격침되었다고 여겨지는 적 대형함의 특정 작업을 개시했다.

당연하지만 제국 해군의 정보 분석 부문도 전력으로 참가.

하지만 같은 시기, 제국 해군 안에서 설치된 암호해독 부문에서는…… 실로 불길한 암호를 주웠다. 격증하는 통신문 안에 거듭 나오는 부호가 '민간선/합중국'을 의미하는 것이 아닐까 하고 복수의 담당관이 추측을 제시.

암호반의 자료를 받은 분석반은 일제히 신음소리와 함께 검토 리스트를 변경했다.

그렇게 해서 낭보가 흉보로 바뀌었다.

실태는 어찌 되었든, 중립국에 속하는 화물여객선이다. 민간인을 포함한 다수의 사망자는 피할 수 없겠지. 당연히 외교상의 큰 문제가 예상되었다.

머리를 싸쥐는 꼴이 된 부서가 한둘로 끝날 레벨이 아니었다.

안 그래도 조악한 식사를 견디는 그들의 속은 비명을 질렀다.

쿡쿡 쑤시는 위장을 누르면서 정보를 정리하고, 합중국 상선대가 '야간등화관제'를 개시했다는 사실을 뒤늦게나마 제국군이 이해했을 때는 또 다른 추격타가 그들의 위벽을 덮쳤다.

'추가 격침 보고'가 해군에서 날아오는 꼴. 바닷바람이 있든 없든 잠수함 작전의 관계자는 단숨에 폭풍 속에 내던져졌다. 첫 공격에 기울어 가던 그들의 몸은 이어진 정치적 폭탄의 직격에 복원력의 한계를 시험하는 꼴에 처했다.

애초부터 자업자득이다.

무제한 잠수함 작전이니까 이론상으로는 예상된 리스크에 불과하다. 하지만 실제로 일어난 충격이라면…… 타이밍도 있어서 그들의 두통을 더 늘린다.

하지만 구원의 손길은 없다.

신에게 버림받았을까, 아니면 악마에게 홀렸을까? 당사자들은 그저 하늘을 저주할 수밖에 없었다.

참모본부도 상세한 보고를 받고서 같은 결론에 도달했다.

"합중국의 화물여객선을 격침. 그것도 두 번이나! 한 척이라도 큰 문제인데 다음 날에 또 한 척을!"

짜증 내듯이 책상을 주먹으로 내리치고 포효하는 루델돌프 대장은 무심코 눈을 감았다.

지나가지 말라고 선언했고, 그래도 지나가려는 배는 족족 가라앉힌다.

……아무리 주의해도 합중국 배가 가라앉는 일이 생기겠지.

타국 선적에 편승한 합중국 국적 보유자 중에서 사상자가 나오기만 해도 사태가 쉽지 않았다. 하지만…… '합중국 선박'이 제국의 공격으로 가라앉았고, 그 결과로 '합중국 국민'이 대량으로 죽었다면?

고급 부관 대신 서 있는 우거 중령이 지친 얼굴로 루델돌프 대장의 걱정을 대신 말했다.

"이런 식이면 합중국의 여론도 거칠어지겠지요."

루델돌프는 쓴웃음과 함께 고개를 내저었다.

"그 정도가 아니다. 콘라트 참사관을 경유하여 나쁜 소식이 들어왔다."

"외무성 루트? 적에게 움직임이 있었습니까?"

우거 중령은 예상하지 못한 사태에 눈썹을 찌푸렸지만, 상상력이란 왕왕 현실을 따라잡지 못한다는 사실과 직면했다.

"적이 아니다."

"예?"

"아직 비밀이지만, 외무성 외교 정책조정국이 '합중국 참전 가능성'을 경계하고, 대응계획의 책정을 신대륙의 재외공관에 타전했다."

그게 의미하는 바는 아군에게 움직임이 있다는 사실. 하지만 그 말을 들은 우거 중령은 문제점을 곧바로 떠올리지 못한 모양이다.

"……실례입니다만, 각하. 지극히 상식적인 조치 아닙니까? 외무성이 태평하게 자다가 깨어나서 일을 시작했다면 축하해야 하지 않습니까?"

"우거 중령, 귀관은 '행복' 하군."

살짝 선망의 빛과 함께 루델돌프 대장은 어깨를 으쓱이며 투덜거렸다. 근무시간만 아니라면 책상 안에 넣어둔 위스키라도 마셨겠지.

그대로 그는 서랍 안에서 방금 받은 다른 보고서를 꺼냈다.

"읽어 보게나."

멍한 얼굴로 서류를 받은 우거 중령, 그는 그걸 훑어보자마자 곧 새파란 표정으로 고개를 들었다.

"합중국 포위망 형성을 꾀하는 신대륙 공작 개요? ……기초는 외무성?! 이, 이런 걸 재외공관에 전신으로 보냈습니까?"

우거 중령이 즉각 뇌리에 떠올리는 것은 놀랄 만한 소홀함.

통신은 방수될 수 있다.

일의 중대함을 보면 신용할 만한 장교가 운반해야 할 물건. 원격지라는 사정을 생각하더라도 목적을 통지하고 자세한 내용은 현장의 재량에 위임해야 할 범주겠지.

그런데도 자세한 수순까지 포함하여 타전했다? 외교관의 감각이란 정말로 너무 뒤처졌다.

"콘라트 참사관은 뭐라고 합니까? 문제를 인식할 분입니다. 그분이 저지해 주실 거라고 생각했습니다만."

"알아차리고 막으러 움직인 모양이지만."

목소리에 배인 안타까움과 함께 루델돌프 대장은 한숨 섞은 모멸을 관료기구에 아낌없이 날렸다.

"……이건 제국 외무성의 정식 결정인 모양이다. 결국 그는 일개 관료다. 시국이 보이지 않는 인간이 관료기구에는 많은 모양이다."

경고는 했다.

열심히 설명도 했다.

사람도 찾아서 악수했다.

그래서 이건가.

실망과 함께 허탈함이 어깨에 달라붙었다. 이런 조직기구와 함께 외교 해결을 모색하는 건가. 가능할 리가 없다.

어떻게 할 수 없는 절망에 사로잡힐 수밖에 없었다.

이게 한 번이 아니다. 항상, 일상의 제도에서 실감한다. 여태까지 제투아에게 떠넘겼던 분야. 이를 접하면서 친구의 몰랐던 위대함을 거듭 인식할 정도였다.

그러니까 그는 다른 길을 모색했다.

그런 심경을 알 리 없는 우거 중령도 문제의 정체를 제대로 이해할 만큼 제국 외무성의 행동은 상식을 벗어났다고 해도 좋다.

"그럼 최악의 경우 적에게 암호가 뚫렸을 경우는……."

우거 중령의 걱정은 루델돌프 대장의 걱정과 정확히 일치했다.

암호. 통신의 핵심. 그 강도에 대한 의문은 서방 방면군의 로멜 중장에게서 수차례에 걸쳐서 환기되었다.

물론 확증은 없다.

중요한 정보는 철저하게 장교편으로 대응하지만, 전쟁이 되면 어딘가에서 타협할 수밖에 없다. 게다가 절망이 확정된 것도 아니었다. 한 줄기 희망은 있다고 루델돌프 대장은 쓴웃음과 함께 지적했다.

"군사용과 외교용 암호는 그 사양이 다르다, 중령."

"저는 통신 쪽에 약합니다만, 확실한 안전을 의미한다고는 생각되지 않습니다."

뭐, 마음의 위안거리 정도다. 발언한 본인도 곧바로 인정할 정도였다.

루델돌프 대장도 군 암호보다도 외무성 암호가 낫다는 환상을 품을 정도는 아니었다.

가령 그렇다면 외무성에 무슨 수를 써서라도 새로운 암호의 제공을 강요했겠지.

"군이 외교 걱정을 하는 것도 기묘합니다만, 외무성은 만일의 사태를 이해하는 걸까요. 대외정책상, 중대한 문제가 될 수 있습니다만."

"귀관의 말처럼 암호도 무적은 아니다. 언젠가 어딘가에서 해독하는 것도 충분히 가능하겠지."

고개를 끄덕이는 철도 전문가는 본래 관할 침범을 꿈도 꾸지 않는 양식적인 군사관료다. 그런 그가 제국 외무성의 조치에 항의와 야유를 내뱉는다.

"프로파간다의 재료를 적에게 주는 짓이로군요. 하물며 민간선 격침 후의 조치로는…… 불에 기름을 붓는 짓입니다. 어느 나라의 외무성이냐고 묻고 싶어집니다."

루델돌프 대장은 지친 듯이 고개를 내저었다.

"합중국 선적의 화물여객선을 우리 쪽 잠수함이 가라앉힌 시점에서 이미 틀렸어. 외무성은 상대방에게 괜한 재료를 준 것에 불과해."

중립의 이름으로 연합왕국을 지원하는 합중국의 상선대.

눈에 거슬리기 짝이 없지만, 더욱 징글징글한 것은 '민간인'이 희생될 때마다 제국이 비난을 받는다는 점이다.

해결책은 단 하나.

지극히 엄격한 검문 조치를 하면 된다. 법적으로 어떤 틈도 보이지 않고 할 수밖에 없다. 하지만…… 제국이 하는 것은 수상함정이 아니라 '잠수함'을 이용한 통상파괴작전이다.

느긋하게 떠올라서 검문하다니, 제국 해군은 불가능하다.

"통상파괴작전은 역시 부작용이 너무 크군요."

그 말을 하는 우거 중령은 다소 망설이는 얼굴을 하고 있었다.

"뭐지, 중령. 의견 있나?"

결심한 것처럼 중령은 입을 열었다.

"예. 중지를 검토하심이 어떻겠습니까?"

그로서는 대담한 의견이겠지.

물론 의견을 들은 루델돌프 대장이 즉각 코웃음을 칠 만한 의견이기는 했지만.

"잠수함 작전을? 말도 안 되는 소리."

"재발 방지는 불가능하다고 생각합니다. 구조적인 문제입니다. 상선을 노리면 반드시 합중국의 배도 섞입니다. 이 경우 통상파괴작전 자체를 재고해야 하지 않을지."

"그게 적이 노리는 바라면? 안 그래도 피아의 회복력 차이가 크다. 여기서 적의 통상망을 해방하면 어떻게 될까? 논할 것도 없이 자명하다."

루델돌프 대장은 결론을 말했다.

"서방의 위협을 키우는 꼴이다."

연합왕국은 본질적으로 해양국가다. 놈들이 가진 바닷길을 절단할 수 없으면 그 잠재적인 힘을 최대한으로 발휘하게 된다.

"저도 물동의 전문가입니다."

유통의 중대함은 잘 안다. 우거 중령으로서는 그래도 상황을 위구시하여 의견을 낼 수밖에 없었다.

"우리 쪽의 통상파괴작전으로는 이미 적에게 심각한 위협을 줄 수 없습니다. 주요한 적의 물류는 호송선단 방식으로 확보되었습니다."

"그 말은?"

"무제한 잠수함 작전은 비용에 따른 효과를 재검토해야 하지 않을까 합니다."

우거 중령의 진언은 전무를 맡은 인간으로서 한 말이었다.

이 점에서 루델돌프 대장은 자기가 어느 면으로는 우수한 아마추어에 불과하다고 인정하는 도량을 보였다.

조용히 고개를 끄덕이고, 지친 목소리로 그는 작게 중얼거렸다.

"상황이 유동적이다. ……제투아와 이야기해야겠지."

》》 통일력 1927년 9월 28일 연합왕국 정보부 《《

연합왕국 정보부 근무자라면 본국이 자랑하는 전통을 듬뿍 맛볼 수 있다.

일단 말로 시작한다. 친애하는 기관장인 하버그램 소장 각하의 특기인 비아냥거림, 야유, 독설을 구경할 기회라면 부족함 없다.

예의 바른 신사 제군으로 구성된 부하들은 진심 어린 경의를 담아서 존불 화법으로 대답할 따름이다. 그런 부서를 생각 없다고 평하는 자는 정말 구제할 길 없을 정도로 경험이 부족한 멍청이든가, 단순히 극단적으로 꼬인 놈이다.

현실은 괴롭다.

마음속으로 눈썹을 찌푸리고, 담배 끄트머리를 씹고, 주먹을 움켜쥐고, 그러면서도 표면상으로는 웃는다.

얼굴에 미소를 붙이지 않으면 힘든 현실에 부드러운 마음이 갈려 나간다. 알코올을 벗으로 삼더라도, 차가운 웃음이 없으면 고귀한 지성조차도 썩어버린다.

모든 것은 괴로운 현실을 계속 직시하기 위해서. 연합왕국의 정보부원들은 오늘도 억지로 뻣뻣한 미소를 짓고 태연한 모습을 가장하며 직장으로 향했다.

평소처럼 구름 낀 하늘, 수위 마도사에게 인사. 감이 좋은 이는 벌써부터 경비담당자가 자신들을 빤히 관찰하는 사실을 알아차린다.

대규모 작전, 또는 돌발적인 사태일까.

살짝 고개를 갸웃거리면서 직장의 복도를 걸을 때, 몇 명은…… 경악했다. 신사로서 어떤 때라도 냉정침착하려는 그들이 놀라 자빠졌다.

자기가 본 것을 믿을 수 없다는 듯이.

그 시선 끝에는 존 아저씨가 무슨 춤이라도 출 기세로 기분 좋게 웃으면서 복도를 경쾌하게 활보하고, 소장 각하의 집무실 앞에서 발을 멈추더니 신명 난 손길로 넥타이를 체크. 손에 든 폴더를 사랑스럽게 바라보던 그는 정중하게 문을 노크하고 안에 들어가지 않는가!

기밀관리에 까다로운 정보 부문이 대체 이게 무슨 꼴인가. 누구든 무슨 일이 있었다고 깨닫겠지. 그러나 당사자로서는 무리도 아니라고 주장하겠지. 그만한 낭보다.

상사의 집무실에 웃는 얼굴로 들어간 존 아저씨는 명랑한 바리톤으로 복음을 조국에 가져왔다.

"각하, 재미난 소식이 두 가지 있습니다."

"호오? 두 개나?"

어쩐 일로 기쁜 소식이라며 표정을 푼 하버그램 소장에게 존 아저씨 또한 싱글거리며 설명을 계속했다.

좋은 소식이 가져오는 것은 언제나 편한 일이다.

"일단 우리의 오랜 친구에게서 온 것입니다."

"제국 멍청이들이 '또' 뭔가 선물을 줬나?"

씨익 하고 서로 미소를 지었다.

존 아저씨는 최신 선물을 개봉했다.

"물론입니다. 제국 외무성의 주재공관으로 가는 전신입니다. 지난번에 방수해서 해독반을 몇 개 붙였던 작업이 끝났습니다. 보십시오. 꽤나 고혹적이며 자극적인 문건이지요."

매직 정보를 내밀면서 존 아저씨는 진심 어린 놀라움과 함께 '발견' 한 사건에 웃음소리를 흘렸다.

"으음, 믿기 어려운 일입니다. 제국 외무성을 얕보았던 것을 저는 사죄해야 할지도 모르겠습니다. 거칠다고만 생각했던 그들이…… 희극작가의 재능을 가졌을 줄은 꿈에도 몰랐습니다."

"단적으로 말해 보게."

"적 외무성의 실책입니다. 패닉에 빠져서 자멸했습니다."

'합중국' 참전을 예상하고 대응계획 책정을 명하는 건 좋지만…… 파괴공작이나 외교공작의 적극적인 준비 지시 같은 것을 자세히 요구하는 것은 실책이다.

변명할 수 없는 이 문건은 도저히 구제할 길이 없다.

자료를 훑어보자마자 하버그램 소장조차도 자연히 웃음이 나오는 물건.

"민간선을 침몰시켜 놓고 사죄는 고사하고 적대적 대응이라?"

"외교를 모르는 국가란 슬프기 짝이 없습니다. 당찮게도 대사관을 음모의 거점으로 쓰라고 본국에서 명언하다니! 전신입니다! 방수될 가능성을 생각하지 않다니 정말로 웃음이 나옵니다."

속셈이 너무 노골적이다.

제국인답게 꼼꼼하다고 할까, 치밀한 계획이 첨부되어 있다. 저걸 해라, 이걸 해라, 그걸 해라, 라는 섬세한 열거!

도무지 연합왕국 정보부로서는 흉내도 낼 수 없는 '한심한 짓'이다. 얼굴 가득 웃음을 지으면서 존 아저씨는 욕했다.

"제국이 무슨 못된 짓을 꾸미는지 일목요연하지요. 중립국에 반 제국 무드를 환기시키는 데 이만한 것은 우리의 신사 제군도 만들어낼 수 없습니다."

존 아저씨로서는 웃음밖에 나오지 않는다. 대조적으로 그 상사는 회의적이었지만.

"최고의 선물이로군. 사실이라면."

이야기가 너무 잘 돌아가는 것도 미심쩍다. 그렇게 노골적인 의심과 함께 하버그램 소장은 존 아저씨에게 확인을 구했다.

"미끼일 가능성은?"

"예를 들어서 어떤 것 말씀입니까?"

"우리가 만든 것으로 날조된 가능성. 혹은 이것은 이쪽의 암호 해독력을 확인하는 계획이라든가? 제국 외무성에 지성이 남아 있을 가능성은?"

짜증 내듯이 책상을 손가락으로 쿡쿡 찌르면서 질문.

과대망상에 가까운 시점이다. 즉 전시하의 정보부로서는 건전한 비판적 정신이다.

존 아저씨 또한 자기 직분에 따라 대답했다.

"저 자신은 확신할 수 없습니다만, 킴이나 잭슨 등 복수의 과장급이 각자의 담당 부문에서 모은 정보라고 합니다. 파일에 첨부된 문서를 확인해 주십시오."

"자네가 설명해 줄 거라고 생각하고 있었다."

"애석하지만, 1차 정보원에 상당하는 가공 전 정보가 너무 많기 때문에 저로서도 볼 수 없습니다."

정보부란 그 안에서도 확실히 정보의 벽을 설정하는 법이다. 불편하다는 경향도 있지만, 자기가 가져온 파일의 내용도 알 수 없는 것이 일상.

호기심은 고양이도 죽인다.

사랑스럽고 인기 있는 고양이조차도 사정 봐주지 않는다.

야유꾼, 풍자가, 또는 정보부원이 엿보려고 한다면 독약이나 도끼가 나설 차례다. 그런고로 친애하는 상사가 엄중히 봉인된 서류를 페이퍼 나이프로 뜯어서 여는 동안, 존 아저씨는 예의 바르게 시선을 피하고 있었다.

웃기지만, 규칙은 규칙.

베테랑이기에 존 아저씨는 이런 것을 꼼꼼히 지킨다. 물론 그의 자제심도 직속 상관이 손뼉을 치며 웃기 시작하면서 금이 갔지만.

"하하하, 하하하핫! 이거 좋군! 기가 막혀!"

평소부터 험악한 표정이 보통일 터인 상사가 이렇게 갈채를 올린다. 의사를 불러야 할까?

"미스터 존슨. 자네도 읽어 보게."

별로 내키지 않지만, 책임자가 건네는 물건이다.

얄팍한 갱지에 실려 있는 것은 발주된 듯한 물건의 리스트. 그 자체는 그리 대단할 것 없다. 다만 제국 외무성이 발신한 전보와 맞춰 보면?

전문가의 눈에는 조금 다른 실루엣이 떠오른다.

"제국 외무관 놈들이 각각 발주한 물품의 리스트입니까. 보아 하니 놈들은 지금부터 진흙으로 스파이 놀이를 하는군요. 연락 담당관과 공작원을 통째로 겸임하다니 정말 무모하기 짝이 없습니다. ……참고로 어떻게 이것을?"

"놈들의 재외 대사관은 우리와 친구가 공동 경영하는 회사의 단골이다. 일용품을 싸게 제공하고, 차액은 기밀정보로 지불하는 것이지."

더미 회사로 철저히 포위했다는 말에 존 아저씨는 사정을 이해했다.

제국 대사관의 일용품, 기타 물자 납입까지 연합왕국 정보부가 죄다 저렴하게 제공한다. 전시하에서는 딱히 놀랄 만한 공작이 아니다.

환경에서 정보를 빼내는 건 당연하다.

뭐, 리스트의 상세한 내역은 부서 안에서 돌려보기에 기밀도가 너무 높겠지만. 다만 여기에 기재된 움직임은 믿어도 될까?

"명령이 있었으니까 유사시에 대비하여 공작 도구를 즉각 구입했다. 우리의 감시를 경계하는 모습은 있지만, 놈들은 외교관

이지 정보부원이 아니야. 연락 담당관과 공작원을 구별할 줄도
모르는 초보가 상대니까, 실로 간단한 일이겠지."

"그렇다면 명령대로 움직이고 있다는 뜻인데……."

"그래. 자, 다른 이야기인데. 귀관은 너무 많이 알고 있다."

연합왕국군 정보부로서는 미스터 존슨으로 알려진 에이전트
겸 케이스 오피서의 에이스급 뇌세포에 담긴 정보가 너무나도
가치 있다.

만에 하나라도 적의 포로가 되면 큰 문제다.

거기까지 생각하고 존 아저씨는 깨달았다. 지금 기밀문서를
보여준 것도 이 이야기의 연장을 위해서였나.

……밖에 나가기 어려워지는 걸까?

"슬슬 내근으로 갑니까?"

"음."

연락 담당관 전문이 될 수 있는 걸까?

가볍게 희색을 보이려던 존 아저씨에게 불행하게도, 근무의
수호성인에게 가호를 비는 나날은 여전히 그의 두 어깨를 누르
고 있었다.

"식민지인과 함께해 주었으면 하네. 반 제국 감정을 신대륙의
중립국들에게 환기시켜 주게."

"……하지만 외무성의 관할이라고 생각합니다만."

"그렇지."

부드러운 얼굴로 하버그램 소장은 자기 직함이 무엇인지 떠올
리듯이 존 아저씨의 어깨를 두드렸다.

"우리의 공식 직함이 무엇이었더라?"

"나이는 먹기 싫군요. 아무래도 건망증 기미가 있어서. 국왕 폐하의 충실한 정보부원이라는 것은 가까스로 기억합니다만."

현명한 노인은 즉각 저항을 시도했다.

하지만 그건 결국 꿈. 그것은 언제나 아련하니 약하다.

"미스터 존슨. 농담은 치우게."

딱 자르는 말과 함께 날아온 것은 불평을 무시하는 날카로운 시선.

그리고 존 아저씨가 떨떠름하니 현실과 대면하자⋯⋯ 연합왕국 대외정보부가 표면적인 내건 간판은 연합왕국 외무성 외국이다.

다시 말해 존 아저씨 또한 국왕 폐하의 일개 관리이자 외무성 소속이다.

"본성의 이야기로는, 이르도아와 합중국이 무장중립동맹에 손을 담근다는 소문도 있는데⋯⋯."

갑자기 '외무성'이라고 남처럼 말하는 게 아니라 '본성'이라며 외무성의 가족 행세를 시작하는 하버그램 소장의 압력은 명백했다.

존 아저씨에게 선택지는 없다. 깨끗하게 항복의 백기를 내걸어야 한다.

"자세히 조사하겠습니다."

"수고 많군! 이걸로 하나 정리되었군. 간만에 좋은 소식이었다. 이것과 맞먹게 재미있는 소식이 또 하나 있다고?"

평소와 달리 기분 좋은 정보부장님도 이 정도의 일은 예상하지 않았겠지. 모호하게 표정을 수습하면서 꺼낸 것은 오늘 최고의 사냥감.

"이쪽을 봐주십시오. ……10월 2일부로 적의 참모차장 나리가 동부에 시찰을 예정하고 있는 듯합니다. 돌아오는 건 3일입니다. 비행여정 같은 자세한 경로도 포함되어 있습니다."

그걸 내밀자 곧바로 짧고 단적인 말이 돌아왔다.

"자세히 말해 보게."

호기심을 숨긴 눈동자의 광채는 언외의 말로 '해치울 수 있나?' 라는 의미도 품고 있었다.

사냥에 대해 말하는 것은 당연하겠지. 확인할 것도 없이 연합왕국 정보부의 작전부는 즉시대응을 개시했다.

이미 초기 입안 프로세스는 완료되었다.

"세 시간 전에 해독이 완료되어서 습격계획을 담당관들이 입안, 검토 중입니다. 과거에 상정했던 계획을 가져왔습니다만, 담당관들이 잘 검토하겠지요. 동시에 분석관들이 정보의 확인과 작전의 성공 가능성을 검토하고 있습니다."

뭘 해야 할지 아는 인간으로 이루어진 조직. 지시를 기다리는 게 아니라 지시자의 의도를 참작하는 집단이란 언제든 움직임이 신속하다.

한 명 한 명의 손을 유용하게 활용한다. 연합왕국의 긴 손이란 짧은 손들이 서로 손을 맞잡은 네트워크의 집합지혜다.

"좋아. 신사 제군에게 고맙다고 전해 주게."

하버그램 소장의 만족스러운 감사의 말은 그가 야유하듯이 꺼낸 다음 말에 날아갔다.

"그래서? 이 암살 작전은 정말로 좋은 이야기인가?"

물음표가 직접 귀에 굴러들어오는 듯한, 마치 부하의 가치를 평하는 듯한 날카로운 시선. 방심하던 젊은이라면 그것만으로도 몸을 떨겠지.

하지만 존 아저씨는 주저하지 않고 자기 의견을 제시했다.

"소견을 말씀드리자면…… 아마도 리스크를 감수할 가치는 있다고 봅니다."

"이유는?"

"사용되는 기체, 항로의 지정, 호위부대까지 파악했습니다. 이 정도의 정확도로 이만큼 자세한 내용을 파악하는 일은 좀처럼 없을 겁니다. 최대의 리스크가 있다면, 적이 라인의 악마를 호위로 쓸 심산이라는 정도일까요."

"녀석인가."

"그렇습니다, 녀석입니다."

존 아저씨는 괴롭게 동의했다.

실로 귀찮은 호위였다.

라인의 악마, 네임드 중의 네임드. 라인 전선에서 공화국을 잡아먹고, 동부에서 공산주의자를 괴롭히고, 그것도 모자라 이쪽의 해병마도사조차도 날려버리는 제국의 악귀.

이런 걸 호위로 달고 있으니까 루델돌프 대장도 마음 편히 시찰을 다닐 수 있다.

최강의 사냥개를 최강의 파수견으로 운용한다. 기막힌 사치지만, 신변 경호라는 점에서는 만점이라고 할 수밖에 없다.

통상적인 우발 조우로는 그냥 쫓겨나는 것으로 끝.

우연을 가장하여 코만도를 파견하더라도 어지간한 부대로는 격파당하겠지.

"녀석의 존재가 습격계획 최대의 리스크이고 장애물이라는 것은 부정할 수 없습니다."

"제국인도 요인 경호를 생각할 정도로 전쟁에 익숙해졌나. ……참수전술을 애용한 놈들인 만큼 그쪽은 제법으로 보이는군."

존 아저씨도, 하버그램 소장도 명석한 두뇌로 암살 계획의 앞을 가로막는 '라인의 악마'라는 문제에 달라붙었다.

물론 이 점에서 존 아저씨에게는 이미 복안이 있었다.

"라인의 악마 자체를 해치울 거라면 전선의 숙련도를 지키는 1개 해병여단은 필요합니다. 신병을 녀석에게 돌격시키려면 양심을 속일 필요가 있지요."

그는 단언할 수 있다.

"하지만 목표가 수송기라면 이야기는 다릅니다."

"녀석의 발을 묶고 수송기를 친다?"

상사의 질문에 존 아저씨는 웃으며 고개를 끄덕였다.

"전투기와 항공마도사의 혼성팀으로 공격하면 호위를 떼어내고 처리하는 이야기에 현실미가 있지 않을까 합니다."

라인의 악마, 징글징글한 최정예를 이끄는 두목.

수적으로 불리함을 개의치 않고, 대전에서 장병의 피와 살을 뒤집어쓰며 이빨을 갈았던 짐승 중의 짐승. 하지만 그래도 녀석도 물리 법칙의 노예다.

녀석들 자체를 해치울 수는 없더라도 녀석이 호위하는 패키지만 노린다면 이야기는 다르다. 신화 속의 괴물이라도 따돌린 이야기가 많지 않나.

짐승과 짐승다움으로 겨루어도 의미는 없다.

"지혜 싸움이라면 우리에게도 승산이 있겠지요."

사실과 추측의 결론.

성실한 정보부 직원이라면 희망 사항과 사실을 헷갈리는 것은 좋지 않다.

위에 알랑거려서는 안 된다.

의식적으로든 무의식으로든, 윗선에서 듣고 싶어 하는 정보만을 선택적으로 보내면 현실과 괴리된 추측이 나온다. 그러니까 존 아저씨는 좋은 정보부원으로서 항상 '중용'일 것을 명심했다.

"실제 사실로 호위진이 아주 화려합니다. 사적 견해로는 너무 그럴싸하지 않냐고 감이 속삭입니다. 제가 적의 거물을 앞에 두고 흥분했을 가능성을 부정할 수 없습니다만."

"마지막 말에는 동감한다."

입가를 느슨하게 만들며 하버그램 소장은 살짝 고개를 흔들고 팔짱을 꼈다.

그대로 묵고하던 그는 느슨해진 입가를 바로잡듯이 시가를 물더니 연기를 내뿜기 시작했다.

상사의 옆에서 존 아저씨도 어울리듯이 싸구려 담배에 불을 붙였다. 군대 담배지만, 밖으로 나가는 정보부원은 호불호를 가리지 않는 것이 중요하다.

그렇게 뻑뻑 연기를 내뿜자, 눈앞의 상사가 두 손 든 것처럼 시가 케이스를 내밀었기에 감사히 받아서 피웠다.

진한 향기.

제국군 잠수함 덕분에 기호품의 우선도가 내려가는 가운데, 이렇게 좋은 것을 손에 넣는 상사가 부럽기 짝이 없다.

"한 대 더 괜찮겠습니까?"

존 아저씨는 이왕이니까 제대로 맛보려고 했지만, 슬프게도 상사는 담배 시간은 끝났다는 듯이 손을 흔들었다.

"미스터 존슨. 미안하지만, 이야기를 우선해 주면 좋겠군."

국왕 폐하의 선량한 정보부원인 존 아저씨로서는 거부할 수 없다. 다만 선물로 담배 몇 개비를 집어가서 상사에게 눈총을 받기는 했지만.

"신사 제군의 습격 계획에는 마음이 끌리는군. 하지만 확증은 있나?"

"방증이라면 있습니다."

계속 말해 보라는 시선에 존 아저씨는 근거를 제시했다.

"제국 동부군의 통신문입니다만…… 이 날짜와 맞추어서 제투아 대장이 전선에서 물러나는 모양입니다."

"악당 두 마리가 꿍꿍이를 꾸미나."

하버그램 소장이 단적으로 평한 바와 같다.

제국군 중에서 실로 귀찮은 놈들이 랑데부! 비밀 접선이라는 것이다. 참모본부의 괴물들! 놈들의 꿍꿍이라는 말만 들어도 등골이 오싹해질 정도다. 방에 남은 담배 냄새에 씁쓸한 것이 섞였다.

하지만 하버그램 소장은 아직 신중했다.

"다름 아닌 제투아다. 연방인을 상대로 게임판을 벌인 사기꾼 아닌가? 녀석이 얽힌 통신이 진짜라고 확인할 수 있을까?"

실로 정확한 걱정이라고 해야겠지.

위장, 기만, 또는 의도를 오해하게 만들기 위한 통신문. 제투아 대장은 동부에서 자기가 기막힌 솜씨를 가졌음을 입증한 지오래였다.

연합왕국 정보부가 보증한다.

이 녀석만큼은 제국인 주제에 연합왕국인 수준으로 게임의 룰을 숙지했다.

"지적하신 대로 아주 귀찮습니다."

"정말로 고개를 내저을 정도지. 이 참모장교 출신의 장군들은…… 아주 성가셔."

"실로 곤란한 놈들입니다. 제국의 멍청이들은 영원히 룰을 이해할 수 없다고 생각했습니다만……."

두 사람은 함께 동의했지만, 그렇게 까다로운 놈들의 요리법도 이해하고 있다. 적이 유능하다면 퇴장시키는 게 제일이다.

하물며 전시 상황이라면 더더욱.

'배제'는 옵션 중 하나로 언제든지 들어있다. 하지만 사냥이란 기본적으로 사냥감을 쏘기 전에 음미해야 할 것이 있다.

생태계를 무너뜨리지 않을까? 암살도 비슷하다.

두 사람 다 귀족 계급에 속하는 정보부원이었기에, 하버그램소장은 죽이기 전에 죽인 후의 일을 말했다.

"이 루델돌프라는 적장에게 필적하는, 혹은 능력적으로 능가하는 적의 사관이 있는지 정보부 안에서 리스트업 해 주게."

"그렇다면 이 제투아 대장은? 어떻습니까, 이 또한 정말 성가실까 합니다."

그 지적에 하버그램 소장은 확신으로 가득한 말을 돌려주었다.

"미묘한 입장이겠지. 친구인 루델돌프 대장이 후방에서 받쳐주는 것 외에 제투아 대장을 지지하는 기반이 제국 상층부에 없다."

연합왕국의 정보 부문은 알고 있다.

제투아 대장은 제국의 상층부와 극단적일 정도로 맞지 않는다고.

제국의 시가지에서 떠도는 것보다도 더 많이 알 정도다. 무엇보다 최고통수회의에 참가할 만한 관계자 사이에서의 평가는 '밑바닥'이라고 흘러나올 정도니까. 물론 요인의 속마음을 엿보는 것은 간단하지 않지만…… 제도의 사교계에서 흘러나오는 소문에도 어느 정도의 진실은 있는 법이다.

이르도아를 경유한 휴민트의 정보를 수수하게 모아 보면, 그가 밖으로 쫓겨난 경위까지도 알 수 있다.

하버그램 소장도 그러한 경위를 잘 숙지하고 있었다.

"제도에 있는 우리 쪽 정보원에 따르면, 제투아 '사열관'으로 동부에 쫓겨났다고 하지 않나."

카산드라, 혹은 불행을 알리는 사자로서 적절한 경고를 했던 탓이겠지.

유능한 인물이 중앙에서 쫓겨났다는 점에서 연합왕국으로선 축복이었다. 존 아저씨도 종합적으로는 하버그램 소장의 견해에 동의한다. 다만 현장 사람으로서 한두 마디 의무적으로 덧붙였지만.

"뭐, 덕분에 우리의 드레이크 군이 아주 고생했습니다만. 아,

일단 연방인도 말입니다."

"그들은 모두 젊지. 고생을 시키는 것도 친절한 노인의 의무겠지."

노인 둘이 하하핫 웃으면서 못된 꿍꿍이를 꾸민다. 국가이성을 신봉하는 그들은 정말로 선량한 국왕 폐하의 긴 손이며 귀였다.

국왕 폐하 만세를 말하며 웃는 두 사람.

반공주의도 공유하는 두 사람은 그때 '공동교전국'이 된 아름다운 아군을 화제로 올렸다.

"연방인이 편해지는 것 아닐까?"

"아무래도 제투아 대장에게는 동부에서의 실적이 있으니까요. 전선에서 경질되는 것까지 기대하는 것은 아무래도 너무 낙관적이지 않겠습니까?"

그 말도 맞다 싶어서 하버그램 소장은 쓴웃음과 함께 서류를 들여다보았다.

제투아 대장은 몰라도, 주목해야 할 것은 이 억세게 생긴 남자의 얼굴 사진. 표적으로 삼을 루델돌프 대장은 딱 보기에도 암석과 같은 남자였다.

하지만 정말로 무시무시한 것은 그 뇌세포다.

뇌수를 날릴 수 있으면 얼마나 많은 인명을 구할 수 있을까.

연방인이야 솔직히 아무래도 좋다.

하지만 조국의 젊은이라면! 그들이, 미래를 짊어지는 젊은이가 살아서 종전을 맞을 가능성이 늘어난다. 신사가 손을 더럽힐 이유로 이보다 더한 것은 없으리라.

결론을 내려야겠지.

"이 제투아가 다시 귀환할 가능성만큼은 꼼꼼히 검토했으면 하는군."

"곧바로 하겠습니다."

퇴실하는 부하를 지켜보며 하버그램 소장은 다리를 꼬면서 생각에 잠겼다.

"이 대화가 제국에 득이 될까, 우리에게 득이 될까. ……부디 저울이 우리 쪽으로 기울기를."

수호천사가 자기 위에 있기를 기도할 따름이다.

추가 분석 임무를 받게 된 것은 연합왕국 정보부의 자랑스럽고 선량한 분석반 직원들.

그들은 이미 몇 잔 마셨는지 모르는 홍차를 비우고, 오늘도 어려운 일이 추가되었다는 푸념을 삼켰다.

여기는 필요하다면 직원에게 카페인이 풍족하게 공급되는 부서다.

실로 무서운 것은 제국군의 통상파괴작전이 아니다.

사악의 상징은 한 잔의 차로 잔업시간을 무한하게 늘려대는 전시하의 상관이라는 생물이다. 반짝반짝 눈동자가 빛나는 신사 제군으로서는 상사에게 갈 살의를 적군에게 돌리는 것에 이미 익숙해졌다.

그렇긴 해도 그들도 인간이다.

자랑하는 뇌세포도 판단을 위한 정보가 없으면 움직이지 않고, 술도 고프다.

분석실이 애용하는, 정보부 내부의 바에 달려간 그들은 스카치위스키를 한 손에 들고 각자의 분석을 말했다.

"제투아 대장이 다시 귀환할 가능성은 잘해야 반반. 실제로는 정보 확인이 어렵습니다만……."

"아무리 마술사라고 해도 밑천은 필요하겠지."

그 말에 조용히 동의가 퍼졌다. 벗이 갑자기 시망하면? 아무리 제투아 대장이라도 예상 밖의 사태에 움직임이 제한되겠지.

따라서 즉각 움직였다고 해도 '정보 전달의 시간차' 사이에 사태가 흘러간다.

그것은 곧 한발 늦는다는 뜻이다.

"후방의 격변에 맞춰서 윗자리로 올라가는 것은 곤란하다."

괴물이 아무리 무시무시한 괴물이라고 해도. 결국은 그도 조직과 집단 안에 사는 인간이다.

인간 집단이란 '불합리'한 법이라고 연합왕국인은 숙지하고 있다.

인간이해를 기반으로 둔 현실적인 추론은 제투아 대장에 대한 제국 상층부의 반응에 집중되었다.

"문제다. 과연 좌천된 영민한 장군이 위기 상황에서 무대에 극적으로 귀환할 수 있을 것인가?"

"그걸 제국의 높으신 양반들도 허용할 수 있을까?"

"……애초에 말이지. 제투아 대장은 제도 중추에게 평판이 나빠. 그는 시야에도 안 넣고 있지 않을까?"

어느 것도 연합왕국인은 '곤란하다'고 올바르게 추측했다.

지극히 정당한 정세 추측에서 유래한, 실로 이지적인 정세 분석을 기반으로 한 추론. 지극히 지당하며 상식과 양식 덩어리라고 해야 할 견해.

연합왕국의 정보 부문은 견실한 결론을 도출했다.

——루델돌프 대장과 제투아 대장은 정치적으로 동맹관계이며, 전자가 쓰러졌을 경우에도 후자가 대응하는 '가능성'은 배제할 수 없다, 라고.

다만 '극적인 정세 변화에 견딜 수 있는 기반이 제투아 대장에게는 없다'라는 주석을 덧붙였다.

바꿔 말하자면 그것은 보증이다.

제투아 대장도 인간이다. 루델돌프 대장의 돌연사에 의한 대혼란의 도가니에 내던져지면, 거기에 빨려들 뿐. 그 후임을 노리기란 도저히 어렵다고.

일석이조의 대음모.

모략이란 바로 이래야 한다는 듯이 상황이 좋다.

보고서를 가져오는 분석관은 어느 틈에 춤을 추듯이 하버그램 소장의 집무실을 노크하는 자신을 경악과 함께 발견했다.

미스터 존슨을 비웃을 수 없다고 반성하면서도 그 또한 낭보를 상사에게 가져갔다.

그리고 상사 또한 이를 고대하고 있었다.

분석관들이 철야로 만든 보고를 집무실에서 기다리던 하버그램 소장은 일어나서 자료를 낚아채더니 읽기 시작했다.

얼추 다 읽었을 때 그는 심호흡을 한 차례 했다.

"……우연을 가장할 준비는 다 된 건가?"

분석관의 대답은 실로 명료했다.

"완벽합니다. 마침 연방령을 이용하는 장거리 폭격 계획이 있었습니다. 거기에 연동시키는 것으로 최대한 우연한 조우를 가장합니다. 적을 기만하기에도 충분합니다."

결단은 한순간이었다.

"수상 각하의 재가를 받지. 신사 제군, 발동에 대비해 주게."

》》》 통일력 1927년 10월 2일 동부 방면군 사령부 《《《

거인들이 격돌하고 있었다.

제국군 참모본부 소속의 대장 각하 두 명.

직업 전문가로서도 아주 존경받아야 할 장군들.

실적은 빼어나고, 지성, 능력은 보장되어 있다. 어쩌면 전쟁사 교과서에 특별히 페이지가 할애될지도 모르는 위인이다.

그런 어른들이 마치 신임 장교들의 결투처럼 노려보며, 서로 단호한 결의와 시선으로 감정마저 드러내며 격론을 벌이는 모습을 달리 뭐라고 형용해야 할까.

"그러니까 발동해야만 한다!"

"안 돼. 정세를 봐라."

루델돌프 대장이 소리치고, 제투아 대장이 단칼로 부정한다.

두 사람이 친하다는 사실을 알고 있는 타냐조차도, 가능하면 자기가 없는 곳에서 했으면 싶을 정도의 너무나도 솔직한 의견 교환이었다.

장소는 동부 방면군 사령부.

엄중하게 경비되고, 경비를 구실로 대부분의 눈과 귀를 치운 사령부 안이라고 해도…… 장군의 격론이 밖에 새어나가지 않는다는 확증은 없다.

타냐의 위장에도 안 좋은 통증이 슬금슬금 퍼졌다.

힐끗 시선을 돌려보니 루델돌프 대장이 제투아 대장에게 고함을 지르는 참이었다.

"더 이상 우리는 소극적이 되어선 안 된다! 움직이지 않으면, 앉아서 지켜보면, 이르도아 공략의 승산이 없어져! 최소한 춘계 공세. 가능하다면 지금 당장 이르도아를 공격. 그저 이것만이 파탄을 피하는 유일한 길이다!"

"말도 안 돼."

[예비계획]을 둘러싼 양자의 대립은 그저 뜨거워질 뿐. 떨떠름한 얼굴의 제투아 각하조차도 팔짱을 끼고 추호도 움직이지 않을 듯한 태세다.

"정세가 이렇다. 이르도아를 공격해 봤자 얻을 수 있는 게 너무 적어. 최소한 춘계까지라고? 말도 안 되는 소리 하지 말게. 환경을 의식하는 건 좋지만, 계절보다도 정치를 봐."

안팎이 불안하고 제국이 위기에 처했다는 공통 인식은 있다.

두 사람 모두 제국의 미래를 걱정한다는 건전한 문제의식조차 공유하고 있다. 그럼에도 불구하고 총명하고 친했던 두 인간조차도 '서로 이해' 하지 못한다.

"국내의 의견 통일만 해도 한 번 움직이면 수정할 수 없어. 병사는 국가의 중요한 자산이다."

"그렇지! 제국의 앞날을 걱정한다. 그러니까 꾸물대다가 시기를 놓치는 일 없이 움직여야만 한다! 꼼꼼하게 천천히 움직인다는 건 헛소리! 모냐 도냐로 나가야 한다!"

"함부로 도박을 논하지 말게! 루델돌프! 자네가 칩으로 삼은 건 제국과 제국의 장병 아닌가!"

"……동부에서 머리가 굳었나, 제투아?! 주저하다간 운명의 여신을 놓친다! 희생을 헛되이 하지 않기 위해서라도 움직여야 한다!"

양쪽 다 본심이겠지.

어떻게 수습할 수 없을 정도로 드러난 감정 어린 말은 시대정신의 덩어리다. 역사학자나 후세의 학도라면 울음을 흘리며 한마디 한 구절을 받아쓸 게 틀림없다.

하지만 그 자리에 동석한 당사자인 타냐로서는 흥미가 없다.

그렇다면 돼지 목에 진주와 같겠지. 실상은 스트레스가 엄청나게 쌓이는 기막힌 노동 환경이다.

"자네야말로 전장을 너무 오래 떠나 있었던 것 아닌가?"

"모욕인가, 그건?"

"……들어보게. 계획이란 결국 계획에 불과하다는 말이야. 전장도 정세가 변화한다. 적응할 수 없는 오랜 생각에 붙들려 있으면 안 되지!"

제투아 대장은 짜증 내듯이 말을 잇고 험악한 시선을 루델돌프 대장에게 날려댔다. 학구파 인간이 논리로 남을 다스리려는 모습은 정말로 그럴듯하다고 할 수밖에 없지만…… 상대도 얌전히 듣는 타입이 아니다.

"일단 결단하면 뚝심으로 밀고 나간다! 그거면 되겠지!"

루델돌프 대장의 말에 평소에 달리 감정적이 된 제투아 대장이 격하게 고개를 내저었다.

"……우리는 하급 장교가 아니야. 냉철한 전략에 봉사하는 참모다."

말귀 어두운 상대에게 짜증을 숨기지 않으며 내뱉은 말은 본심에서 나온 격노였다. 하지만 상대 또한 그렇다.

온갖 반론이 돌아올 뿐이다.

"정세에 소극적으로 대응하는 것을 옳게 보나! 무슨 일이든 주도권을 쥐러 가는 것이 전제 조건이다! 전쟁의 기본마저 잊었나, 제투아?!"

옆에서 듣고 있는 타냐로서는 실로 위장이 아픈 상사들의 대립이다.

의논이 달아올랐기 때문일까, 급기야 항상 조용한 제투아 대장까지 목소리가 거칠어져서 소리치지 않나. 추운 동부인데 실내는 안 좋은 열기를 띠고 있었다. 타냐는 창문이라도 열어야 할까 하는 망상했다.

"벨이 울렸다고 바로 침을 흘리면 어쩌나! 자네가 무슨 동물인가! 무엇을 위한 두뇌인가! 자네의 머린 장식인가! 조금은 써서 생각을 해! 이성을 끌어내!"

"헛소리! 제투아! 사관학교 때부터 자네는 이론만 주무르고 현실 대응이 늦어! 지금 여기서 움직이지 않으면 제국의 승산은 어떻게 되겠나?!"

믿기 힘들다는 듯이 가느다란 눈을 크게 뜨며 제투아 대장은 고개를 내저었다.

"제정신인가, 루델돌프?! 현실을 봐라! 자네는 좀 이상해졌어! 좀 더 신중함을 되찾아!"

"아니다! 자네야말로 결심해! 지금 움직이지 않으면 우리는 기회를 놓친다! 승리를 위한 희생을 헛되이 할 셈인가?!"

"마음과 머리를 좀 식혀!"

"하고 있어! 합리적인 판단이 결심, 결단, 단행의 때는 지금이라고 외친다! 이 기회를 놓치면 제국은 움직일 수도 없어진다!"

"아니다! 움직일 때도 아닌데 뛰쳐나가는 바보가 되지 마!"

제투아 대장은 말 좀 들으라고 소리쳤다.

자네나 그러라고 루델돌프 대장은 맞받아 소리쳤다. 두 사람이 얼굴을 맞대고 입에 거품을 물고 침을 튀기는 거리에서 서로 욕해댔다.

그 주장은 서로에게 전해지지 않는다.

버릇일지도 모르지만, 루델돌프 대장의 팔이 움찔 움직일 때마다 배석해 있던 타냐는 신경이 거슬렸다.

눈앞에서 주먹질이라도 벌였다간 정말로 민폐다.

상사가 주먹질을 시작할 때의 선후책 검토라니, 이번 생은 고사하고 전생에서도 한 적이 없었는데, 이건 심하다.

현기증을 참으면서 타냐는 슬쩍 시선을 피했다.

재량권이 없는 입장은 왜 이렇게 참담할까.

생산적이지 않은 의논에 어울리게 되었으면 마음의 자유를 행사할 수밖에 없다. 자유롭게 입퇴실할 권리가 있다면 완벽하겠는데…… 군인에게 그런 권리는 없다. 실로 유감이지만 꼿꼿하게 서서 다리를 모으고, 마음속으로 한숨을 내쉴 수밖에 없다.

문제가 중요하다는 건 알지만, 왜 내가?

UN 안보리도 개입 전에 이런 기분일까.

하지만 끝이 나지 않는 사태에 간섭을 검토하기 시작한 타냐의 눈앞에서 주먹을 쳐들려던 루델돌프 대장이 벽에 주먹을 휘두르는 것으로 사태는 흘러가기 시작했다.

벽에 주먹을 꽂은 루델돌프 대장은 침묵했다. 반대로 제투아 대장은 눈을 감고 한숨.

머리가 식었다는 걸까.

혹은 단순히 과열되었다고 알았을 뿐일까. 아니, 그래도 냉정함은 회복되었다고 볼 수 있겠지만…… 나란히 지친 안색을 한 점을 보면 도무지 '이성'이 이겼다고는 할 수 없다.

감정의 총력전으로 마모되어서 지친 어른들인가.

대충 그런 감상을 품은 타냐의 눈앞에서 루델돌프 대장은 말없이 문에 손을 대고 기분전환을 하고 오겠다는 말을 남긴 채 무거운 발걸음으로 떠나갔다.

방에 남겨진 것은 잠시 말없이 머리를 누르는 노인이었다.

그것도 빈 껍질처럼 무기력하게.

"각하?"

"……잠깐 기다리게."

완전히 마모된 목소리의 주인, 피폐했다고밖에 평할 수 없을 정도로 야윈 제투아 대장은 머리를 흔들더니, 이윽고 평소처럼 학구파의 얼굴을 했다. 하지만 묵묵히 책상에서 군 담배를 꺼내어 묵묵히 재떨이에 꽁초를 쌓아 나간다.

겉으로 보이는 만큼 진정된 것도 아닌가.

연방군의 주력과 전쟁을 한창 벌일 때도 여유작작한 태도를 무너뜨리지 않는 어르신이 이렇게 소모되었다.

책상을 펜으로 딱딱 두드리기 시작하는 상사의 모습은 처음 보았다.

입에 담배를 물고 무기력하게 천장으로 연기를 토하는 제투아 대장의 모습을 누가 상상할 수 있을까.

때때로 눈을 감고 한숨을 허공으로.

재떨이에 꽁초를 몇 개나 처박아서 작은 산을 만든 끝에 상사의 입에서 말이 나왔다.

"중령, 처리해라."

뭘? 이라고 물을 것도 없다.

루델돌프 대장을 '처리해라'. 다만 위가 주저하는 것을 보았을 때, 확인의 중요성을 타냐는 잘 알고 있었다.

"괜찮겠습니까?"

"꼴사나운 모습을 보인 뒤인데. 그렇기에 의심하나?"

대답하기 어려운 질문을 하면서도 제투아 대장은 자기 자신의 발언을 허튼 것이라고 쓴웃음으로 지웠다.

"아니, 대답하지 않아도 좋다. 내 추태를 자각하고 있어. 하지만…… 저건 친구다. 마음을 바꿀 수만 있으면 하고 욕심을 부렸지."

쥐어짜낸 목소리는 아무래도 쓸쓸함을 띠고 있었다. 그대로 잠시 말없이 턱을 쓰다듬던 대장 각하는 어딘가 의아하다는 목소리로 중얼거렸다.

"아무래도 내게도 인간성이 남아 있었나 보군."

"외람됩니다만, 우리 모두가 인간입니다. 이제 와서 무슨 말씀을."

"의외로군, 중령. 귀관도 인간인가?"

"더없이 인간입니다. 신이나 악마가 제 앞을 가로막는다면 인간의 힘으로 짓뭉개는 운명조차도 믿어 의심치 않습니다."

존재X를 인정할 정도라면 타냐는 시장을 관장하는 '보이지 않는 손'이 없다고 믿는 쪽을 택하겠지.

그것은 결국 타인과 자신은 다르다는 자아의 문제다.

인간에게는 누구든 마음의 자유가 있지만, 타인의 망상에 어울리지 않을 자유 또한 자기가 가질 자유이며 권리라고 타냐는 진심으로 확신했다.

"항공마도장교의 말이군. ……나는 이미 인간성을 다 태운 걸지도 몰라."

"각하?"

"아무것도 아니다. 루델돌프를 원수 각하로 만들어드려라."

상사의 친구 살해. 뒤가 무섭다면 아마추어다. 제투아 대장이 호의를 원망으로 갚는 기질이라면 애초에 이런 이야기를 하지 않는다.

합리주의를 공감하기에 위험한 다리도 건널 수 있다.

인간, 역시 신용이 제일.

"임무를 받았습니다. 흉보를 기다려 주십시오."

따악, 하고.

규칙 바르게 발뒤꿈치를 모으고 타냐는 퇴실했다.

그걸 지켜보는 제투아 대장은 넋을 놓고 뭔가 생각했다.

자신만만하게 퇴실하는 작은 장교의 뒷모습에서 오늘만큼은 이해하기 어려운 중후한 두께가 느껴졌다.

혹은 이건 자신의 죄악감 때문일까. 하지만 어느 쪽일까. 부하의 손을 더럽히는 것 때문일까? 또는 친구의 등에 칼을 박는 것 때문일까?

"모르겠군."

전쟁을 너무 오래 했다. 마음을 정리하는 일에 능숙해졌다.

자조와 함께 잠시 싸구려 군 담배를 물고 연기를 내뿜고. 오랫동안 피운 담배는 전쟁 전이었으면 도저히 손도 대지 않았을 것이기도 하다.

모든 것이 다 변해버린 지 오래다.

하지만 그래도.

"나는 나로 있을 생각이었는데."

이미 자신의 결단조차도 주체적이라고 보증할 수 없다.

휩쓸리고 선발되어서, 파국으로 가는 길을 조금이라도 낫게 하려고 발버둥 친 곳의 어디에 '자신'이 있을까?

한숨을 삼키고 고개를 흔들며 담배만을 벗으로 삼는다. 오랫동안 피운 군대 담배가 실로 맛없다. 맛은 없지만, 지금 알코올에 빠질 수도 없다.

하다못해 흉보를 기다려야.

"아니, 아닌가."

자기 말 앞에서 제투아 대장은 메마른 미소를 띠며 자조했다.

친구를 죽인다.

자신에게는 개인으로서 최악이고, 조직인으로서는 필요하다.

"뭐가 낭보고 뭐가 흉보인지 모르겠군."

의무.

필요. 우정.

무엇이 옳은가 생각하다가 고개를 흔들었다.

"총력전인가."

이미 돌이킬 수 없다.

조국을 위해서.

……아니, 그는 웃었다.

나는 한없이 비겁한 놈이다.

조국의 미래와 역사만이 나를 이해하면 된다.

그 이상을 바라면 욕심이 지나치다.

"인간성의 잔재, 이 욕심쟁이가."

인간이면 안 된다.

참모장교로도 부족하다.

……필요의, 논리의, 짐승이 되어야 한다.

》》》 통일력 1927년 10월 3일 동부 상공 《《《

동부발 제도행 중편기.

거기 탄 것은 참모본부 작전차장, 루델돌프 대장 본인을 필두로 한 고급 막료, 참모장교 같은 기라성들.

그만큼 호위도 두터운 법.

제국군 전체를 뒤져도 찾아보기 어려운 숙련도를 지키는 제203 항공마도대대에서 1개 항공마도중대가 선발되어 따른다. 빠르지 않은 수송기라면 장거리를 가볍게 수반비행 가능한 마도부대였다.

제국의 전력 사정을 보면 사치스럽기 짝이 없겠지.

그런 보석 같은 이들을 1개 중대 규모로 호위로 붙인다는 사치스러운 운용도 승객의 중요성을 생각하면 제국군의 힘든 병력 사정으로도 허용된다.

그렇다고 해도 호위치고 많이 한적한 인원이었다.

고작 열두 명의 호위.

제국군 참모본부 대장의 호위치고 다소 약소하다.

호위 지휘관인 타냐로서는 항상 불안과 불만도 있지만…… 그렇기에 못된 음모를 이끄는 쪽으로서는 유리하다고 인정했다.

애초에 지금 타냐의 미션은 아케치 미츠히데.

'적은 혼노지에 있다' 다. 실행하는 쪽으로서도 목격자가 많지 않은 것은 참으로 좋겠지.

다만 현실이란 때때로 예기치 않은 전개를 세계에 가져온다.

때를 가늠하여 '불행한 사고'의 타이밍을 엿보던 타냐는 상정하지 않은 사태와 맞닥뜨리게 되었다.

"경보! 경보! 적 전폭 혼합편대입니다!"

부관의 엄한 얼굴, 그리고 즉각 울리는 영롱한 경보의 외침에 타냐는 '불행한 사고'에 대한 생각에서 벗어나게 되었다.

적이라고?

"저지 공업지대에서 몇 킬로나 떨어졌다고……."

생각하나, 라고 외치기 전에 쌍안경으로 실물을 확인.

두 눈이 포착한 것은 분명히 기체. 위장 패턴으로 하늘에 녹아들려는 모양인데, 그 숫자가 보통이 아니다. 개개의 모습을 발견하기 어렵더라도, 그 무리라면 볼 수 있다.

"적기의 편대인가."

폭격기가 눈에 띄지만, 짜증 나는 날개가 위에서 붕붕 소리를 내는 발동기는 사발식 기체. 중폭격기가 행차하나 보다.

서방의 제국 지배영역 상공이라면 익숙하지만, 여기는 동부의 하늘이다.

"놈들은 어디서 왔지?"

항속거리를 생각하면 이상하다.

"함재로 항속거리를 연장했나?"

순간적으로 떠오른 것은 과거의 유명한 작전. 둘리틀처럼 대형 폭격기를 항공모함에 실어서…… 하지만 그렇다고 해도 기체가 너무 많다.

명백히 비행갑판의 한계를 넘었다. 그럼?

계속 생각하려던 타냐는 한 결론에 도달했다.

"*기생전투기인가!"

중시하지 않았지만, 전술적 옵션에서 망각하는 것은 좋지 않다. 그거라면, 편도라면…… 제국 상공을 횡단하여 연방의 지배영역에 착륙하는 것도 가능하겠지. 그다음은 지상의 비행장에서 보급을 받고 연합왕국의 지배영역으로 귀환하는 건가.

---

* 기생전투기(Parasite aircraft) : 전투기를 폭격기 등에 탑재하여 전투영역까지 운반하고 발진시키자는 생각으로 제작, 개조된 전투기.

문제는 하나. 작은 의문이다.

그게 묘하게 마음에 걸리는 것이 꽤씸하다.

"이 타이밍에 조우라고?"

수송기의 호위 중에 적의 대규모 부대와 맞닥뜨린다.

원한 건 아니지만…… 좋은 타이밍이다. 하지만 그것이 최고
이자 최악이다. 타냐가 알기로 입맛에 딱 맞는 우연이란 것은
'거짓'이다.

이야기의 주인공도 아니고, 데우스 엑스 마키나가 밥상을 차
려 줘?

말도 안 돼. 그렇게 단언할 정도로 이성과 양식이 타냐의 뇌리
에 남아 있었다.

돌발적인 조우일 리가 없다. 그렇다면 여기는 *부건빌 상공이
나 마찬가지. ……호위로서 해야 할 일을 해야 한다. 암살 임무
였는데 대체 왜 이렇게 됐지?

이렇게 되었으면 '적이라는 목격자'를 앞에 두고 이상한 짓을
할지 모르는 기묘한 상황이 된다.

참으로 성가시게 말이다!

"중대 전력의 호위로 지연전투를 선택. 수송기에게는 탈출을
촉구해라."

"중령님…… 이 경우 우리가 엄호라는 구실로…….'

"너무 노골적이다. 부관, 자중해라."

"안 됩니까?"

---

* 부건빌 섬 : 파푸아뉴기니의 섬. 1943년, 제2차 세계대전 태평양 전선에서 옛 일본군 연합함대 사령장관이었
던 야마모토 이소로쿠가 전선을 시찰 중, 일본군의 암호를 해독한 미군 육군 항공대의 출격에 격추, 사망했다.

"외부의 눈은 의식해야만 한다."

물론 손을 더럽히지 않아도 된다면 타인의 손을 빌리는 게 최고겠지. 전력으로 호위에 임한 상황에서 적이 처리해 준다면 꼭 자기 손을 더럽힐 필요도 없다.

"물론…… 나로서도 부하에게 시키고 싶지 않다. ……내 마음이 약한 걸까?"

"……감사합니다."

타냐로서는 고개를 갸웃거렸지만 곧 이해했다. 부관도 자기 몸을 챙기는 인간미가 남아 있는 거겠지.

혹은 우군을 끌어들이는 것에 대한 죄악감일까?

어찌 되었든 인간다워서 좋다면서 활짝 웃을 만했다.

"적 마도부대 급속접근 중!"

타냐는 경보에 따라 적 편대에게 시선을 보냈다.

"어차, 이거 장난이 아니군."

적 폭격기에서 펑펑 튀어나오는 것은 폭탄이 아니라 항공마도사들. 탱크데산트도 아니고, 일부러 사람을 태울 기체를 준비했다니 기가 막힌다.

조금은 위장해도 좋을 텐데, 철저하게 살의가 느껴지는 조합.

숫자를 보면 참으로 싫다. 아무리 봐도 대대 이상. 수적 열세란 사실이 마음속에 괴로운 마음을 떠올리게 해 준다. 게다가 움직임이 좋다. '소질이 있다'의 차원이 아니라 '이쪽과 겨뤄볼 만하다'의 레벨로 기민하다.

훈련된 마도사는 전 세계에 아무리 많아도 부족하다고 생각했다. 그런데 이런 때, 이런 곳에서, 귀찮은 놈들과 만나?

"제길. 아무리 봐도 단순한 우발적 조우가 아니야."

"······예, 도무지 우연이라고는 생각되지 않습니다."

적절히 이해하는 부관은 주위를 신경 쓰는지 타냐에게만 들리도록 말했다.

"역시 상층부에 스파이가?"

정보 누설을 의심하는 감성도 뛰어나다.

다만 타냐로서는 숫자와 로직을 의심하고 싶지만.

"부정할 수는 없지만······ 암호일 가능성이 크다."

앞으로 통신에는 더욱 경계가 필요하겠지. 자유로운 통신이 불가능하다면 정말 귀찮다.

고생이 예견된다.

물론 그것도 '지금'을 빠져나간 뒤의 문제다.

"어이, 비샤. 본국 방공함대에게 급전. 구원을 요청해라."

"괜찮겠습니까?"

"나는 적의 우수함을 믿지. 어쩌면 놈들은 그것도 계산했을 가능성이 크다."

군용 수송기. 장성이 이용하는 것도 '쾌적성'은 설계 단계에서 포기했다. 설계진이 바란 것은 얼마나 화물을 싣고 수송편을 최대화하는가 뿐.

즉, 대장이라고 해도 '화물'이라는 점에서는 다른 이와 다를 바 없다.

제투아 대장과 격론을 주고받고 지친 마음으로 비행기를 탄 루델돌프 대장도 눈을 감고 생각에 잠겨 있었다. 평소라면 서류 작업이라도 했겠지만…… 오늘만큼은 기력이 다했다.

친구와의 현저한 의견 차이. 그것도 시국을 둘러싼 격돌이다.

굽힐 줄 모르는 그라도 이해받지 못한다는 슬픔과 갈등은 뿌리 깊다.

헛돌기만 하는 생각에 잠기려던 그는 뜻하지 않은 일 때문에 현실로 되돌아왔다. 덜컹, 하고 수송기가 기분 나쁘게 흔들렸다. 무슨 일인가 하고 의문을 품었는데 갑자기 침로 변경.

"무슨 일이냐?"

"데그레챠프 중령의 마도부대가 요격 중! 본 기체는 곧바로 이탈을……."

기장의 외침이 순간 끊기더니, 떨리는 목소리가 계속해서 흉보를 전했다.

"제203에서 긴급! 새로운 적 마도부대 확인!"

수송기 안에 무심코 격진이 일었다. 침묵하고 서로의 얼굴을 바라보던 승객들이 일제히 참모본부의 주인에게 시선을 보냈다.

"……이건 혹시?"

비행기 안에 있다 보니 한가하던 남자는 어느 가능성에 도달했다.

"각하?"

"한 방 먹은 걸지도 모르겠군."

"여, 역시?! 연합왕국이 각하를 노리고?!"

동승자가 외친 말에는 '그게 아니었으면 좋겠다'는 바람이 담겼다. 슬프게도 기내의 인간들에게는 너무나도 익숙한 것이다.

그것은 전술로서 너무나도 유용하다.

적의 머리를 자른다. 그것은 제국군의 특기인 참수전술이다.

빈번하게 활용했고 비교적 성공시켰던 참모장교에게는 정말로 익숙한 걱정이라고 해도 좋다.

그들은 '연합왕국의 암살 작전'임을 즉각 확신했다. ……단한 명, 표적으로 찍힌 남자 말고는.

"……흠?"

루델돌프 대장은 팔짱을 끼고 마음속으로 쓴웃음을 지었다. 신기하게도 주범이 연합왕국일 가능성은 그 말을 듣기 전까지 떠오르지 않았다.

기묘하다 싶어서 흥미가 어린 쓴웃음을 표정에 지으면서 루델돌프 대장은 말없이 턱을 쓰다듬었다. 왜 나는 하수인에게 다른 심증을 품는 걸까.

왜 한순간이라도 '제투아 이 멍청한 자식'이라고 생각했을까?

기내에서의 의심을 알 바 없이, 광대극의 호위에서 진짜 호위 임무로 전환한 타냐는 노성과 함께 무전기에 달라붙어 있었다.

"여기는 샐러맨더 01! 어서 스크램블을!"

얼른 원군을 보내라고 소리쳤지만, 반응은 없음. 간신히 붙잡은 지상관제관도 반응은 신통치 않았다.

"긴급이다! 항공지원을 요청한다!"

"……라이히 컨트롤이 샐러맨더 01에. 라이히 컨트롤이 샐러맨더 01에. 스크램블은 낼 수 없다! 미안하다!"

한순간 귀를 의심했다.

혹시 확실히 암살하고 싶으니까 증원을 안 보내는 건가?

무슨 소리.

타냐는 머리에 떠오르는 의심을 지웠다.

제투아 대장은 그만큼 손버릇도 상당하겠지만, 한도라는 게 있다. 애초에 제국에서는 이렇게 노골적으로 강행할 수 없다.

고개를 흔들고, 이쪽으로 다가오는 적의 사선에 들어가지 않도록 기동하면서, 그러는 동안에도 타냐는 무전기에 대고 소리쳤다.

"헛소리는 정도껏 해라?! 여기는 방공식별권 안이다! 항공함대는 어디서 농땡이 치고 앉았나?!"

"제국에 접근 중인 적 편대를 요격 중!"

"스크램블 후발조는?! 동부관구의 비행대라도 좋다!"

"기재 조달에 문제가……."

"시끄러워! 최우선 요청이다! 참모본부다! 항공사령부의 우선 코드를 확인해!"

호위임무에 임할 때 타냐와 부하들은 패키지의 우선도 때문에 방공사령부에서 최우선의 원호요청 권한을 부여받았을 텐데.

권한이 있어도 현물이 없다고?

"항공마도부대라도 좋다! 움직일 수 있는 부대를 닥치는 대로 이쪽으로……."

경쾌한 음악이 흐르기 시작해서 기내의 군인들 모두가 무심코 눈을 치떴다. 긴급후퇴 중에 기내의 무전기가 느긋한 음악을 성대하게 흘리면 누구든 그렇게 되겠지.

하지만 통신 담당자가 받은 충격은 각별했다.

창백한 안색으로 통신참모들은 노골적으로 허둥대며 외쳤다.

"통신을 가로챘다고?!"

"무슨 일인가?!"

설명을 요구하는 루델돌프 대장에게 돌아온 설명은 실로 단적이었다.

"우리 쪽의 주파수를 정확하게 파악한 겁니다!"

참모본부가 이용하는 통신이다.

그리 쉽사리 적이 특정했다고는 생각하기 어렵지만, 이렇게 확고하게 웅변하는 현실 앞에서 통신참모들의 안색이 새파랗게 변했다.

이때 그들은 우연이라는 생각을 내버렸다.

창조주가 '우연이다.'라고 말해도 그들은 믿는 시늉도 하지 않겠지. 하지만 경악의 도가니에 휩싸인 참모들도 기내에서 어쩔 도리 없이 공중전을 지켜볼 수밖에 없다.

창문에 달라붙어서 하다못해 정세를 캐려는 그들의 눈앞에 있는 것은 참담한 것이었다.

"저, 적, 항공마도사, 제203의 요격망을 돌파!"

"그럴 리가?! 그런 게 가능한 마도사가, 얼마나 있다고……!"

허둥대는 동승객들과 대조적으로 창문으로 바깥 상황을 엿보면서 루델돌프 대장은 실로 냉정한 얼굴로 입을 열었다.

"숫자의 차이겠지."

제국이 자랑하는 최정예, 전 세계에서도 다섯 손가락에 들 수 있는 제203항공마도대대조차도 중대 규모의 호위로 무력한 수송기를 지켜내라고 하면 무리겠지.

언젠가 마도사의 본질은 그 속도라고 들은 적도 있다.

움직임이 느린 짐을 경호하는 것이라면 아무래도 경우가 다른 것으로 보였다.

"흠. 적의 움직임도 나쁘지 않아. ⋯⋯이거 정말로 우연이라고 말하기 어려울까."

신기하게도 연합왕국군의 전력을 생각하면 할수록 기분이 편해졌다. 표적이 되었는데 이런 것도 묘하지만, 정말로 '불쾌함'과는 거리가 멀었다.

루델돌프 대장이 쓴웃음을 짓는 동안에도 정세는 급격히 악화되었다. 적의 습격을 막아내려고 버티던 마도소대가 적의 압력에 밀려서 서서히 후퇴. 커버하려고 기동으로 위치를 차지하려던 다른 소대도 일격이탈에 철저한 적 전투기 때문에 위치가 제약되어서 포지션을 지키기 어려웠다.

"제, 제203에서 긴급! 낙하산 강하 준비를 하랍니다!"

드디어 올 것이 왔군.

각오를 다진 남자들은 망설이지 않았다. 제국군 참모장교인 그들은 이 점에서 실로 깔끔하다. 손에는 낙하산. 상사에게 달려가서 애원하듯이 그들은 탈출을 재촉했다.

"마도사가 회수하러 올 겁니다! 각하, 서두르십시오!"

자기 몸을 아끼지 않고 탈출을 재촉하는 막료들의 헌신. 고마움에 루델돌프 대장도 표정을 펼 만한 것이었다.

물론 왜인지 그는 알고 있었다.

"각하, 낙하산을……."

계속해서 말하려는 젊은 부하에게 그는 부드럽게 고개를 내저어주었다.

"이미 늦었어."

수송기를 사정거리에 넣은 연합왕국 항공마도사는 확신했다.

'중요 화물'이라는 정보밖에 듣지 못한 표적. 그것에 대해서는 자세히 모른다. 딱히 아무래도 좋다. 중요한 것은 그 가치뿐이다.

그것은 확약되었지만.

정보부가 직접 나섰을 정도다! 그럼 특무부대로서 자기 임부를 다할 뿐이다.

"잡았다!"

중폭렬술식을 이중기동으로 발현.

무모하다는 건 알지만 그는 그것을 발현시키기 위해 겨냥했고, 문득 피부에 달라붙는 불쾌한 뭔가를 느꼈다.

발현 중의 술식이 흐트러지는 것도 감수하고, 감에 따라서 긴급회피기동을 그린 직후에 방어막을 뒤흔드는 폭렬술식의 불길은 방어외피에까지 도달.

가까스로 막아내었지만, 난수회피를 시작한 마도사를 붙잡을 정도의 효력권?

"칫, 파수견인가!"

돌진하는 적 페어는 그 유명한 제국 항공마도사들. 기막히게도 폭렬술식을 연막 삼아서 마도검을 번뜩이며 돌진해 오다니, 제정신으로 할 짓이 아니다.

물론 그런 위험한 놈들이 호위라고, 분석관은 입에서 신물이 나게 경고했지만.

……정보부원 놈들도 일을 제대로 하는 모양이다. 감탄하면서 최대한의 경계심으로 그들은 새로운 적을 보았다.

살펴보니 참 멋진 공중기동.

"엿같이 빠르군?! 통제사격! 머리를 잡아라!"

경계하고 대응하고 열심히 환영해 주려고 그들은 술식을 짰다.

어지간한 마도사라면 아주 바짝 구워버릴 생각으로 발현한 통제사격. 그럼에도 불구하고 놈들은 간단히 그것을 피했다.

"움직임이 아주 기가 막히잖아?!"

하늘을 헤엄친다는 말보다도 하늘을 미끄러지듯이 돌격해오는 모습은 중력과 항공역학에 대한 마도공학의 반역일까.

"귀찮긴……!"

방심하면 자기 목이 날아갈지도 모른다는 오한이 온몸을 훑어서, 연합왕국군 지휘관은 즉각 위험도를 올렸다.

확인하고서 혀를 한 번 찼다.

"알파 중대, 아니, 베타도! 놈들을 쫓아내라! 잘 봐라! 네임드다! 게다가, 오오, 신이시여! 엿 먹을 〈라인의 악마〉다!"

정보부 놈들, 뭐가 귀찮은 놈들이냐?!

"저게 '귀찮은' 정도라고?! 그걸 말이라고 했냐?! 이 사기꾼 자식들아!"

아슬아슬했다.

적 마도사의 술탄이 발사되기 직전에 마도사가 방어외피를 전개하여 말 그대로 수송기의 방패가 되었다.

"마도사가 전개! 데, 데그레챠프 중령입니다! 데그레챠프 중령이 본 기체를 지켜줍니다!"

환희의 외침 속에서 데그레챠프 중령이 외치는 통신이 혼선 속의 무전기에서 튀어나왔다.

"샐러맨더가 라이히 컨트롤에! 지상의료반을 요청! 긴급 및 최우선! 모든 공항에⋯⋯."

아, 그렇지.

위기가 물러간 게 아니다.

"샐러맨더가 카고에! 패키지만이라도 탈출시키고 싶다! 으으, 제길, 이렇게 집요하다니⋯⋯."

저 데그레챠프조차도 약한 소리를 내뱉는 모양이다.

의외의 발견이겠지. 루델돌프 대령은 이런 때임에도 살짝 재미를 느꼈다.

제투아 녀석에게 언젠가 말해 줄 수 있으면 좋겠는데.

"⋯⋯너무 의심에 사로잡혔던 모양이군."

"각하?"

"아니, 아무것도 아니야."

친구를 이유도 없이 의심했다.

나는 부끄러워해야만 한다. 나야말로 망설임과 망집에 사로잡혔던 거라면, 그 말에 귀를 기울여야 했다.

　루델돌프 대장은 쓴웃음을 짓고, 제투아의 떨떠름한 표정을 유쾌하게 떠올렸다.

　"적이 접근 중!"

　그거면 됐다.

　이쪽을 향하는 적의 살의를 받는 쪽이, 그나마.

　"이런, 각하……."

　도망치십시오, 라고 승무원이 외칠 틈도 없이.

　그리고 두 번의 기회는 없었다. 감싸려던 마도사들이 따라잡을 틈도 없이, 날아온 공격은 수송기에 직격했다.

　……마지막으로 본 불꽃은 붉었다.

　"대충 싸운 건 아니지만, 존불 놈들. 살의가 너무 심하잖아."

　적 마도부대와의 숨바꼭질은 정말로 가혹하기 그지없었다.

　진지하게 말하자면 우발적 조우가 아니라고 깨달은 순간부터 몸을 지키려는 마음과 미묘한 공명심으로 진지하게 호위에 임했는데…… 자기 몸을 방패로 쓰면서도 지킬 수 없었다니.

　눈앞에서 불길을 내뿜으며 추락하는 수송기가 한 기.

　적은 정말 철저하게 술식을 선택했다!

　의도적으로 폭렬술식으로 기체를 불덩어리로 만들고 폭파.

　"마도사로 구조하려고 해도 늦었나."

　가까이 가려는 자신들에게 견제하려는 듯이 날아드는 맹렬한 사격.

때때로 전투기가 일격이탈의 기세로 이쪽을 엿보는 것도 실로 교묘하다.

연합왕국 놈들은 철저하다. 처음부터 끝까지 루델돌프 대장을 2계급 특진시킬 생각인 모양이다. 그게 너무 노골적이라서 차라리 웃고 싶을 정도다.

"이거 너무하는군."

"중령님? 저기…… '어떤 의미'로는 완벽한 상황이라고 생각됩니다만."

"일리는 있지만…… 너무 완벽하다. 나로서는 다소 지나칠 정도다. 연합왕국인의 손버릇은 정말 나쁘군."

황당함이 반, 나머지는 감탄과 감사.

삼중주로 기묘한 푸념을 하늘에 내던지면서, 타냐는 97식 돌격연산보주의 기동성을 살려서 중대에 증속 명령을 내렸다.

호위 대상이 당한 이상 후퇴를 우선한다.

물론 사회적 생물인 타냐로서는 '도망친다'라는 표현이 다소 저어된다. 남의 마음을 헤아려야 하는 법이다. 커뮤니케이션의 달인이라고 자부하기에 단어 선택에는 신중을 기해야 한다.

"중대, 돌파한다! 보복전이다!"

사정을 아는 부관이 시선을 힐끗 보내지만, 타냐는 어깨를 으쓱이며 대답했다. 실제로 상황이 이렇게 뒤집힐 줄 누가 예상했을까.

제투아 각하와 연합왕국 정보부의 기묘한 합작. 서로 상대를 고려한 작전이 아니라는 것이 참 묘한 점이다.

휘말린 타냐로서는 적의 멋진 목이 아니더라도…… 선물 하나 정도는 챙겨서 돌아가고 싶다. 호위부대로 책임을 묻게 되지 않을 '명분' 을 생길 만한 것으로!

"돌격 개⋯⋯음?"

여태까지 끈질겼던 적 마도사들의 견제사격이 단숨에 감소. 무슨 일인가 싶어서 적의 동정을 관찰하자 완전히 물러날 기세.

추격하려고 해도 옆에서 개조폭격기인 듯한 수송기를 타고 도망칠 준비. 저래선 도저히 쫓아갈 수 없다.

쫓아가려다가 먼저 고도에 망가지는 건 사양이다. 짜증 내듯이 고개를 내저으면서 타냐는 결의를 굳혔다.

열심히 남이 싫어할 짓을 솔선해서 해 주겠다고.

"광학계 초장거리 저격술식 준비!"

호령과 함께 술식을 통제사격으로 발현. 최소한의 보복으로 적기에 몇 발 직격시키는 것으로 끝이었다.

반짝반짝 파편을 흩으면서도 적 편대는 전폭혼합인 채로 유유히 떠나갔다.

놓쳤다고 아쉬워할 시간도 없다.

문제는 지금부터다. 타냐는 기다리는 난제의 귀찮음을 생각하며 공중에서 얼굴을 찌푸렸다.

큰 문제.

틀림없이 귀찮은 일. 아주 싫어하는 책임 문제가 있다.

그래도 해야만 한다는 마음에 제일 가까운 기지로 가서, 말씨름조차 생략하고 군용 전화의 사용권을 탈취.

그대로 교환수를 걷어찰 기세로 재촉해서 동부로 회선을 연결했다.

뜻하지 않은 사태가 생긴 것은 이때부터였다.

군사기지에서의 발신이다.

따라서 어느 정도까지는 우선적으로 처리될 것을 타냐는 당연시했다. 하지만 작으면서도 귀찮은 문제가 있었다.

평소에 익숙히 사용한 '참모본부'의 우선통화 라인이 아니다.

수신기를 쥐고 고함을 지르고 협박하고 달래도, 연결하고 싶은 동부군 사령부까지 가는 길은 참으로 힘겨웠다.

타냐 앞을 가로막은 것은 관료주의.

관할 밖이다, 억지다, 라고 떠드는 형식주의의 두께는 대체! 단언하는데, 연방군 마도사의 방어외피급으로 단단했다. 긴급사태라고 말하든 요청하든 무슨 짓을 하든, 자기들의 페이스를 지키려는 모습에는 감동하게 되었다.

제투아 대장과 통화가 연결되기까지 스트레스가 더없이 쌓였다. 시간의 낭비만큼 정신을 괴롭히는 것은 없다.

심호흡을 몇 번이나 필요로 했을까!

문명인으로서 참 바람직하지 않게도 목소리에 살의까지 담고 말씨름을 통과한 끝에 타냐는 간신히 목적하던 상대와의 연결에 성공했다.

역시나, 라고 해야 할까.

제투아 대장은 본론에 대해 간결하게 물어봤다.

"중령, 무슨 일인가? 임무 중 아닌가?"

"……각하, 대단히 죄송합니다. 사죄할 수밖에 없습니다."

"실패가 있었나?"

군용이라고 해도 남의 귀가 있다. 대수롭지 않은 모습을 가장하면서도 제투아 대장의 목소리는 다소 무거웠다.

성사 여부를 걱정하는 것이겠지만, 어떤 의미로 성공이며, 어떤 의미로 완전한 실패라는 것을 타냐는 단적으로 말했다.

"그게…… 용서해 주십시오."

"어디 말해 보게."

"저희는 '각하께 명받은 임무'에 실패했습니다."

본래 호위 실패라고 해야 할 것을 '제투아가 명한 임무'라고 바꿔 말한 이유는 단 하나. 암살 실패인가 싶어서 전화 너머에서 안색을 바꾸고 있을 제투아 대장에게 타냐는 다시금 경악할 소식을 전했다.

"연합왕국군의 장거리 전투기 등의 습격을 받아서, 참모 탑승 수송기가 격추되었습니다. ……유감이지만 호위 임무에 실패했음을 보고드립니다."

"잠깐만, 중령."

"각하께서 걱정하신 대로. ……우리의 암호가 적에게 돌파당했음을 강하게 시사하는 결과라고 생각합니다."

의심은 했다.

존불이 암호 해독에 거는 집념은 진짜다.

암호가 그것 하나만으로 거대한 전장이라는 사실은 두 차례에 걸친 세계대전이나 냉전 시대의 첩보전을 조금만 알면 누구든지 이해할 수밖에 없다.

그리고 존불들은 맛없는 밥을 위스키로 넘기면서 무슨 암호에든지 달라붙었다.

암호학교에서 그들은 계속, 계속, 그것을 거듭했다. 인텔리전

스의 중요성을 확신하는 놈들은 정말이지 집념이 깊다. 이세계의 지식으로 알고 있다.

그 전제에 이쪽 세계에서의 진전을 가미하면? 거의 틀림없다고 타냐 개인은 확신했을 정도다. 자, 이 정도로 '타이밍'이 겹치면 추정유죄다.

단순한 추론 이상의 설득력. 유력한 방증으로 제국군 안팎에서도 설득력을 갖겠지.

》》》 통일력 1927년 10월 4일 연합왕국 《《《

연합왕국은 '제국 본토 영역'에 대한 공격 능력을 시사하는 동시에 연방령 안의 비행장을 활용한다는 정치적 전개로 '공동 교전국'의 유대가 견고하다는 것을 거듭 과시한다.

하지만 그 이상으로.

승리의 과실을 만끽할 수 있었다는 사실이 그들의 마음에 활기를 줬다.

"""성공했다!"""

'격추' 소식이 날아들자마자 외친 말.

첫 소식을 접수하기 위해 분석실에 몰렸던 작전 담당자들조차도 작전 성공이라는 사실에 체면 안 가리고 환성의 포효를 폭발시켰다. 평소에는 그 자리를 다스려야 할 침착한 태도의 녀석들도 오늘만큼은 그럴 수 없었다.

신사도 인간이다.

인간성의 발로는 자연스러운 귀결이었다.

와인, 위스키. 그리고 담배.

축하에는 기본적인 조합이란 게 있다. 사냥꾼이 큼직한 것을 잡았다면 그건 축하해야만 한다.

〈라인의 악마〉를 돌파하고, 연합왕국을 실컷 괴롭혔던 '루델돌프 대장'의 배제를 완수.

"""국왕 폐하 만세! 건배!!!"""

정보전에서 승리했다는 사실. 첩보 우위를 확신한 것도 크지만, '주특기 분야'로 간주하던 영역에서 대승리했다. 여태까지 〈라인의 악마〉에게 잔뜩 움츠려 지냈지만, 한 방 멋지게 먹였다.

그것은…… 연합왕국 정보부가 갈채하기에 충분한 성과였다.

》》》 같은 날, 제도 《《《

거의 때를 같이 하여, 얼굴을 잔뜩 찌푸린 전무참모차장은 제도에 돌아왔다. 대담하게도 '하늘'을 경유해서.

그 소식을 받은 참모본부에서는 당연하게도 송영 인원을 준비했다. 마중 나간 이는 이윽고 동쪽 하늘에 수송기 한 대와 호위 전투기 여섯 기를 발견하고 안도에 가슴을 쓸어내렸다.

거의 정각에 도착했다.

수송기가 천천히 기수를 내리고 착륙 절차를 개시. 기장은 정중한 조종을 명심했는지, 약간의 흔들림도 꺼리는 그 모습에 지상에서는 요인수송이라고 생각하고 있었다.

뭐, 윗사람의 마음을 읽고 알아서 그러는 것이겠지.

그래서 기지 활주로에 수송기가 착륙하자마자 장교들이 서둘러 달려갔다. 하지만 그들을 맞은 것은 이상하게 쳐다보는 위생병들이었다.

노골적으로 귀찮다는 듯이 흘겨보더니, 그들은 기체 안에서 대량의 환자들을 들것으로 실어내기 시작했다.

기이하게 생각한 송영 장교들이 수송기를 들여다보았지만 찾는 인물은 없었다. 하지만 그들이 연락받은 기체는 이것이다.

어떻게 된 걸까? 라고 자문하는 그들은…… 거기서 정말로 기묘한 광경을 목격했다.

호위로 붙은 단좌식 전투기.

어느 틈에 착륙한 기체가 멈춰 서자, 조종하던 비행대장이 꽤나 핼쑥한 얼굴로 나왔다. 기체에서 내려오자마자 그는 서둘러 전투기의 빈 공간이라고 할까, 어딘가에 눌러 태웠던 듯한 사람을 끌어내지 않는가.

설마 싶은 얼굴을 하는 참모장교들 앞에 서자마자, 그 장군은 장난질에 성공한 아이처럼 희미하게 웃었다.

"수송기에는 타고 싶지 않아서 말이지."

전무참모차장인 제투아 대장은 악동처럼 미소 지으면서 느긋하게 참모본부로 가는 차에 올라탔다.

그렇기는 해도 '승리자'가 미주를 만끽한다면, '패배자'가 비우는 것은 패배의 고배뿐.

극적으로 귀환하고 신속함을 발휘했다고 해도 만사에는 한도가 있다.

참모본부로 귀환한 제투아 대장의 안색은 좋은 쪽으로 평해도 바람직하지 못했다.

있는 그대로 말하자면, 완전히 소모되어서 눈빛만 이상하게 번쩍거리는 꼴. 전쟁터의 바람을 지금도 띤 장군의 어깨에는 무거운 짐이 매달려 있는 듯했다.

"그리운 참모본부로군, 잘 부탁하네, 제군."

귀임 인사는 짧게, 예상되었던 훈시 한마디도 없다.

쌀쌀맞은 말과 함께 일로 돌아가라고 참모장교들을 독촉하는 모습은 분명히 학구파로 평해진 제투아 대장답지 않은 모습이었다. 친구를 잃었기 때문이라고 사정을 아는 이는 속삭이고, 레르겐 대령처럼 '내정에 정통한 인간'은 한층 더 들어가서 여러 걱정을 속에 품었다.

그렇다고 해도 참모본부의 인간은 모두가 인정하겠지.

전쟁터에서 연방군을 계속해서 괴롭힌 수완의 소유자. 후방에서 광범위한 물동을 막힘없이 움직여온 귀재. 참모본부에 안정감을 되돌려준다는 점에서 제투아 대장의 존재감은 절대적이다.

'루델돌프 대장의 후임은 제투아 대장 말고 생각할 수 없다.'

외부의 인간, 정부나 관료나 황실마저 포함한 외부인이 뭐라고 한들, 이것은 참모본부의 양보할 수 없는 총의였다.

참모란 좋든 나쁘든 참모다.

그러니까 참모본부의 움직임은 신속하기 짝이 없다.

제투아 대장의 동부 사열 임무는 곧바로 해제되고, 비상시라는 이유로 작전참모차장, 전무참모차장 겸임이라는 전대미문의 자리가 부여되기에 이르렀다.

정부가 쓴소리를 하려고 해도 군부는 완강했다. 통수권의 독립을 대의명분으로 보고 단호하게 인사를 추진했다.

황제 본인이 재가를 망설이더라도 일절 관계없음.

후보자를 세 명 내놓으라는 말에도, 제투아 대장, 제투아 전무 참모차장, 제투아 사열관을 추천하는 꼴.

'폐하의 뜻대로 하옵소서.' 라는 말과 함께 올라온 것에 황당해하는 황제에게, 제투아 대장은 황제께 조언을 올린다는 명목으로 밀실에서 뭔가 말했다.

무슨 말이 오갔는지는 궁중 수다쟁이들의 호기심으로도 알 수 없었다고 한다.

확실한 것은 단 하나.

인사는 재가를 받았다.

거의 사기처럼 강탈한 것이라는 악평도, 그 결과 앞에서는 의미를 잃는다.

제국군 참모본부는 바라는 대로의 인사를 이루어냈다. 이 점에서 '사기꾼' 이라는 제투아 대장의 악평은 국경의 벽도 뛰어넘었다고 후세에 비웃음을 살 정도다.

참모총장 본인보다도 강력한 겸임 참모차장 각하.

물론 제도의 참모차장실에 엉덩이로 의자를 닦는 당사자가 된 제투아 대장 본인으로서는 유쾌하다고 하기 어려운 사태였지만.

"호칭만 길어지는군. 군벌 정도가 아니라 정말로 통제의 본질을 의심받겠어."

한숨을 푹 내쉬는 그의 옆에서 한 참모대령이 조심스럽게 입을 열었다.

"일원화 지도라는 명목이 서지 않겠습니까?"

참모본부 소속으로 돌아온 레르겐 대령의 말에 제투아 대장은 말없이 고개를 내저었다.

그대로 주인이 바뀐 책상을 손가락으로 따닥 두드리는 표정은 어딘가 쓸쓸한 기색이었다. 얼마 전에 전사한 전임자의 이름은 루델돌프.

지금 이 방의 주인이 된 남자의 친구다. 오랜 벗이었던 남자가 죽고, 옆에서 그 자리를 차지했는데 심경이 복잡하지 않은 자는 없겠지.

하지만 그 진상이 어떤지 레르겐 대령은 확실히 가늠하지 못했다.

물어야 할까.

침묵해야 할까.

살짝 주저하던 레르겐 대령은 호흡을 가다듬었다.

기질은 둘째 치고, 그 또한 참모장교로서 규율훈련을 받은 몸. ······만사에 대한 이해법 또한 그렇다.

직업적 식견으로 아무래도 신경 쓰이는 것도 나오는 법.

그렇더라도······ 단순한 호기심이라면 압살당하겠지. 하지만 의무의 요청이라면 입을 열지 않을 수도 없다.

"헌병대의 아델하이트 대령이 냄새를 맡고 다니는 모양입니다 만."

뭘? 이라는 질문은 없다.

혹은 입 밖에 내는 것을 꺼리기 때문일까. 말해버리면 그건 수습도 할 수 없으니까.

하지만 주저하면서도 물었다는 사실은 확실히 닿았다.

제투아 대장에게는 애초부터 레르겐 대령이 질문하려는 '의심'이 정확하게 전달되었다.

따라서 레르겐의 앞에 미소가 튀어나왔다.

빙그레.

쏟아지는 것은 웃는 듯하면서도, 눈이 전혀 웃지 않는 시선.

과거에 없을 정도로 험악한 상관의 그 시선 앞에서도 레르겐 대령이 꼼짝도 하지 않을 수 있었던 것은 수라장을 적게나마 경험했기 때문일까.

어찌 되었든 침묵을 지킨 대가로 얻을 수 있었던 것은 약소한 대답이었다.

"그 점은 잘 알고 있네. 그리고 그쪽으로는 문제없어."

문제없다.

그것이 어떠한 문맥에 대한 것인지는 전달되지 않았다. 그 손은 과연 결백한 걸까? 아니면 깨끗하게 다 씻었다는 의미일까?

가늠해 보려는 시선과 함께 레르겐은 다음 공격을 날렸다.

"장례식에는?"

"일이 있다. ……게다가 녀석에게는 저세상에서 사과하면 되겠지."

장례식에는 얼굴을 내비치지 않는다. 더불어서 사죄는 저세상에서? 의미하는 바를 읽은 레르겐 대령은 무심코 입을 열었다.

"각하? 그건 즉……."

"……태어나서 처음으로 연합왕국인에게 감사했다. 그 이상 내가 할 말은 없다."

적어도 직접은 아니다. 하지만 지옥에 떨어질 정도로 책임도 있다?

……희망하기는 했다는 걸까. 벗으로 있었음에도.

아니, 그 반대인가? 그래서…… 거기까지 생각하다가 그는 고개를 흔들어 생각을 떨쳐냈다. 그 이상은 시정잡배나 할 짓이다.

제투아 대장의 두 눈동자를 바라보듯이 레르겐 대령은 자기 의무에서 나온 마지막 질문을 상관에게 던졌다.

"소관은 제국을 위해 일하는 것이라고 믿어도 됩니까?"

"……레르겐 대령, 나는 의무의 몸종이다. 귀관이 그러듯이, 우리는 지금 불쾌한 현실을 끌어안은 동반자라고 믿고 있다."

IV

제 4 장

전환기

A point of change

이르도아인은 외교에 사랑을 말하고,
제국인은 군사에 고백하고,
혀가 긴 연합왕국인은 양쪽을 다 이용한다.
따라서 제투아는 연합왕국인과 동류다.

———— 연방군 분석가의 각서 ————

이르도아인은 평화를 사랑한다.

진실로.

거짓 없이.

진심으로 사랑하는 것으로.

아름답고 빛나기도 하니까.

무엇보다 평온한 삶이 있다.

평화보다 더 귀한 것이 뭐가 있을까? 더 말하자면 자국의 평화 이상으로 감미로운 것이 있을 수 있을까?

그런 건 없다고 그들은 말한다.

물론 허락된다면 바라겠지.

'세계에 평화를' 이라고. 하지만 '이루어질 수 없다면 하다못해 자국만이라도 평화롭게' 라고.

이기적이라고 떠들고 싶거든 얼마든지 떠들어라. 단순히 정직할 뿐이다. 누구든 그렇다.

뉴스에서 다른 나라의 전쟁 보도를 보았다고 해서 자기들의 전부를 내던지는 인간이 세상에 대체 몇 명이나 될까?

이르도아인도 예외는 아니다.

저녁 식사 자리에서 뉴스를 들으면 진심으로 동정하겠지.

'심각하네.' '불쌍해라.' '고생이 많겠네.'

그들은 맛있는 저녁 식사와 정감 넘치는 대화를 만끽하고, 청결하고 따뜻한 침대에서 편안한 잠을 만끽한다.

혹은 조금 다를지도 모른다.

동정심으로 기부금을 내는 이는 있을지도 모르니까. 또는 평화를 위해 가능한 일을 찾는 선인도 있겠지.

그러한 사람들에게 '전쟁'이라는 현상은 일단 '강 건너의 불'이다.

정부 차원에서도 그것은 변함없다. 아니, 이르도아 정부에서는 특히나 현저했다.

애초에 이성적이며 합리적인 부분을 가진 그들에게 제국과 연방의 격돌은 이미 이성의 범주 밖이었다.

'상식적이고 국가이성적으로 고려하면 이번 대전은 이미 손익 분기점을 통과한 지 오래다'라는 것이 외부인이 보는 대전이다.

전쟁은 쓸모없고 무의미하다고 이르도아인은 올바르게 관찰했다. 정말로 냉정하고, 당연한 이치다.

'어째서 이렇게 비생산적인 살인을 할까?'라고 마음속으로 이해하기 어려운 것도 당연한 이치겠지.

사실 전쟁이란 도무지 채산이 맞지 않는다.

이르도아 대사관에 속하여 각국에 주재하는 무관들의 보고를 종합하면, 참전국들은 이번 전쟁에 국가의 중핵인 근로 세대를 모조리 불길 속에 처넣는 거나 다름없었다.

'우리는 거리를 두고 싶다.'

이웃이 바보 같은 짓을 시작한다고 해서 어울려 줄 만큼 그들은 착한 사람이 아니다. 그럴 의리도 없다.

이르도아는 직접 관계가 없는 중립의 길을 택했다.

가시밭길이라는 건 알고 있다. 눈치나 살핀다고 연합왕국의 눈칫밥을 먹더라도 상관없다. 동맹의 정신을 잊었냐고 제국이 따지더라도 알 바 없다. 불길 속에 뛰어들어 젊은이의 미래를 생매장하는 어리석음과 비교하면…… 부끄러움 따윈 아무것도 아니다.

이르도아 왕국 위정자들은 좋든 나쁘든 국가이성에 충실하다. 더 말하자면 자국민을 무익한 전쟁에 몰아넣는 의욕이 샘솟을 이유도 없다.

최종적으로 이기는 쪽에 붙으면 된다는 마음까지 품었다.

아니다. 그게 아니다.

지는 쪽에 휘말려들거나 전쟁의 불길이 이르도아라는 국가에 미치는 것을 회피한다.

그것만으로 충분하다.

목표는 오로지, 오로지 어디도 가담하지 않는 중립.

물론 벼랑 끝에 선 이웃 나라들은 발광했다.

똑바로 편들라는 요구를 받을 때마다 우세한 쪽에 중립 의무가 아슬아슬할 정도로 친하게 지내면서도 '다른 쪽'과 결정적으로 갈라서는 것을 피하기 위해 모든 신경을 건 조정 능력을 동원하는 것으로 이르도아 당국은 헤쳐 나갔다.

의리 없다는 소리를 들어도 이르도아 당사자는 조소를 드러내며 코웃음을 쳤겠지.

국가의 역할이란 국민의 생명과 재산을 지키는 것.

그렇기에 이르도아 정부는 지극히 단순히 '전쟁'에서 멀어지기 위해 부단한 노력을 기울인 것에 불과하다.

의무에 충실했다. 그게 전부다.

덧붙이자면 이르도아인은 의리라는 것을 완전히 경시하는 게 아니다. 일단 양쪽에 배려할 수 있는 데까지…… 배려하려는 점에서 선량하기도 했다.

그 관점에서 보면 무장중립동맹이라는 선택은 이상적으로 보였다.

합중국과의 상호방위 동맹은 안전의 확약을 의미한다. 공수동맹이 아닌 '방위협력'이란 실질적인 보험이다.

자기들은 공격하지 않고, 공격받을 리스크를 줄인다.

게다가 제국의 극적인 승리가 불가능하다는 계산을 객관적으로 하고 있었다.

그렇다면 '다소의 거리'를 확보하면서 전쟁 이후를 내다보는 것이 이르도아에 있어 한없이 합리적인 선택지일 수 있었다.

그렇다면 연합왕국과 가까운 합중국과 손을 잡는 데 아무런 손해도 없다.

연합왕국에서 보기에는, 합중국을 구대륙에 관여시키는 프레임을 만드는 데에 완벽한 한 걸음으로 여겨진다.

그들은 진심으로 환영하겠지.

그럼 합중국이 보기에는? 이것도 나쁘지 않다.

그들에게도 구대륙에 관여하는 첫걸음이 될 수 있다. 그것은 '여론'을 너무 자극하지 않는 한 수. 비교적 온당하면서도 그 목적인 개입 정책으로서 합리적이다. 제국을 봉쇄하는 외교 정책으로 보자면 이르도아의 환심을 사는 것도 허용 범주다.

하지만 이르도아는 한층 교활했다.

애초에 이르도아의 외교적 움직임은 제국에도 득이 되는 것이라고 그들은 자부한다.

이르도아-합중국의 관계 심화는 말 그대로 중개인으로서의 이르도아를 보다 매력적인 선택지로 만든다. 그렇다면 제국인은 이르도아를 경유한 교섭에 어느 정도 희망을 찾아낼 수 있겠지.

하지만 그 이상으로 '의리' 도 크게 다할 수 있다고 그들은 자화자찬했다.

'무장중립' 의 구실이 있으면 '중립 의무' 로 합중국을 얽매는 것도 가능하다. 말하자면 이르도아는 합중국이라는 바깥의 대국을 불러들이지만, '봉인' 도 한다. 예를 들어서 '합중국 상선단' 을 '이르도아 당국' 이 중립 의무의 상호사찰을 구실로 제약하는 것도 선택지에 있다.

그렇다. 제국의 패배가 확실해지면 합중국, 이르도아가 이빨을 드러낼지도 모른다. 하지만 뒤집어 말하자면 제국에 귀중한 시간을 제공해 준다고도 할 수 있다.

외교술의 극치라고 이르도아 외교관이 자랑할 만한 줄타기.

거기에 따른 부산물로 새로운 동맹군인 합중국 부대를 이르도아에 받아들이면 '제국이 실수를 저지를 리스크' 도 최소화할 수 있다고 이르도아는 믿었다.

그렇게 새로운 외교 정책이 꽃피고, 국제무대에서 이르도아가 보다 중요한 역할을 연기한다는 메시지를 이르도아 외교관들은 각국에 전했다.

당연하지만 이웃 나라인 제국에는 외교상의 미사여구로 가득한 내용이 제일 먼저 도착했다. 물론 이웃 나라의 동향에 민감할 수밖에 없는 제국은 그것을 중요하고 심각하게 받아들였다.

다만 제국은 제국이다.

이르도아 같은 국가이상이 소모된 이상, 총력전 이론을 실천하는 제국의 방식으로 이해했다. 그 사실을 역사서는 슬프게 기록하겠지.

좋든 나쁘든 제국은 궁지에 몰린 쥐였다.

중립을 구가한 이르도아와는 근본적인 패러다임과 세계관이 다르니까.

》》》 같은 날, 제도 《《《

루델돌프 대장의 '전사' 소식을 받은 제투아 대장의 '귀환'. 관계자들의 노력으로 혼란은 최소한으로 끝났지만…… 상부의 변화는 아무래도 아래를 흔든다.

참모본부도 인간의 조직이다.

일그러짐, 뒤틀림. 그리고 불안의 만연.

조용함을 중시하고, 권위와 격식의 자리였던 과거의 면모는 역사로 변했다. 지금은 고참 장교가 한숨과 함께 떠올리는 잔재로 변한 지 오래다.

제국의 영락은 심각하기 짝이 없었다.

강렬하며 충격적인 정치적 폭탄.

이르도아의 '태세 전환'이 남쪽에서 날아든 것은 그때였다.

작금의 상황에서 성가신 폭탄에는 익숙해져 가던 장교들조차도 입에 게거품을 물 내용. 우려스러운 소식에는 익숙해진 제국

참모들조차도 무심코 목소리가 떨릴 만큼 아픈 일격이었다.

그 소식은 참모본부의 중추에서 자비 없이 작렬했다.

'이르도아─합중국에 동맹의 조짐 있음.'

당직장교는 보고서를 받자마자 비명을 질렀다.

"이르도아가 외교 방침을 전환해? 웃기는군!"

그 목소리에 반응한 상급장교가 부하에게서 서류를 낚아채어 내용을 보자마자 마찬가지로 표정이 일변하더니 짜증스럽게 하늘을 향해 욕을 내뱉었다.

"합중국과 무장중립동맹이라고?!"

이어지는 것은 원망이다.

"……이르도아의 쓰레기 자식들이!!!"

이성이 아니라, 그저, 오로지 증오로 가득한 외침.

예전의 참모본부에서는 너무나도 생생한 감정이라며 기피되었을 터. 하지만 발로된 감정이야말로 오늘날 제국군에 속하는 장교들의 거짓 없는 본심이다.

분노와 곤혹스러움.

작은 파도는 곧 해일로 변하여 참모본부를 삼켰다. 머지않아 참모본부에서는 분노의 목소리가 메아리칠 정도로 울렸다.

"제국─이르도아 동맹에 대한 명백한 배신이다! 이르도아 놈들, 그 정도까지 하나?!"

"그 하이에나들! 부끄러움도 명예도 모르나?!"

"외무성의 얼간이들, 낌새 하나도 못 잡았나!"

"주재무관들은! 놈들은 뭘 했던 거지! 설마 이르도아의 미식에 잠겨 있었던 건 아니겠지?!"

저마다 입을 모으고, 감정의 둑을 허물고, 일제히 분노를 말했다. 말로 하지 않을 수 없는 충동에 떠밀린 그들은 포효했다.

배신당했다는 마음은 강렬했다.

"남의 궁지에 잘도……."

"친구인 척하면서 뒤에서 이런 짓을!"

소리치는 참모들도 국가이성이라는 단어를 잊은 건 아니다. 그들 중 대부분은 제3자의 입장이라면 이르도아의 현명한 외교정책을 이해하고 칭찬까지 할 만한 지성의 소유자다.

하지만 그들은 당사자다.

정도의 인식 차이는 있더라도, 제국이 곤경에 처했다는 사실만큼은 모두가 적절하게 이해한다.

용서 못한다! 라는 감정. 적으로 간주하는 증오.

그것은 그들 같은 상황에서 견디기 어려울 만큼 감미로운 독이었다. 두뇌로는 기피해야 할 감정이라고 이해하기도 한다.

냉정하게 상대해야 한다는 점도 이해할 수 있다.

이르도아가 '선택할 수 있는 나라' 임은 그들도 안다. 하지만 납득과는 다른 문제다. '선택할 수 없는 나라' 인 제국의 군인이기에 합중국-이르도아 무장중립동맹 성립이라는 소식은 용서하기 어려운 것으로서, 일찍이 없던 차원의 반발을 불렀다.

참모본부를 격앙의 도가니에 떨어뜨릴 만했다. 신 같은 참모장교들은 지금 없다. 지금은 인간이 되어버린 참모장교뿐.

결국에는 과거라면 있을 리 없던 소리까지 울렸다.

"결재가 멎었다! 서류가 어디서 멎어 있나?!"

무덤 밑에서 그들의 선배들이 일제히 나자빠질 일이겠지. 신성불가침한 제국군 참모본부의 업무가 태만으로 정체되다니! 라고.

"자기 자리로 돌아가라! 임무를 끝마쳐라!"

참모본부에서 윗사람이 부하들을 제자리로 끌고 간다?

그런 일은 제국군 역사에서…… 일찍이 없었던 일이다. 전쟁 시의 참모본부에서조차도 아무도 일을 잊지 않았다.

선인은 그것을 자랑했다.

참모란 참모장교라는 완성품이라고 호언장담을 했는데! 오랜 세월에 걸친 총력전의 폐해는 제국의 폭력장치를 맡은 마더 머신의 정밀함조차도 흔드는 것을 개의치 않았다.

하지만 열화를 한탄할 시간도 그들에게는 없다.

잔혹한 모래시계는 시시각각 줄어든다.

명확한 잔량에서 눈을 돌리더라도, 제국군의 참모장교 정도 되면 모래시계 그 자체는 싫어도 의식할 수밖에 없다.

그렇기에 한탄한다.

자세를 가다듬고, 동부의 정세를 다시금 확인하려던 대다수의 참모들에게 '남방 문제'의 촉발은 아닌 밤중의 홍두깨와 같다.

외교로 대응할까, 군사조치를 준비할까, 또는 묵살하고 동부에 힘을 기울일까.

일은 너무나도 중대하다.

제국의 군사적 방침. 나아가 국가의 앞날마저 결정할지 모르는 의사결정의 고비. 국가의 폭력장치인 참모장교이기에 그 자리에 있는 참모장교들은 배의 키를 어떻게 잡을지 지켜보았다.

"제투아 각하는 어떻게 생각하실까?"

마른침을 삼키면서 참모본부 수장의 결단을 기다린다. 그들에게는 신경을 갉아먹을 정도로 애가 타는 인내의 나날이었다.

하지만 당사자는 어떠할까.

돌아온 참모본부의 주인은 그 혼란의 도가니에 떨어져서도 자기 길을 가는 자세를 바꾸려 하지 않았다.

하늘길로 귀환한다는 속도 중시, 인사를 둘러싼 황실과의 줄다리기 같은 부분에서 신속과감함을 발휘했으면서도, 지금 '이르도아 문제'의 소식을 들은 제투아 대장은 즉각 반응을 보이지 않았다.

"무장중립동맹? 이르도아가? 보고하느라 고생 많았다."

관사에서 수령한 소식에 가볍게 답례를 하더니, 아침을 먹겠다고 말하고 느긋하게 아침 식사를 준비했다.

참모본부로 가는 차량에 동승하여 상황과 상정대응책을 설명하려는 담당 과장들에게는 '근무시간이 아니다'라는 말로 단호히 거부.

차 안에서 몇 번이나 설명을 하려는 동승자들에게 제투아 대장이 물은 것은 지극히 사적인 일뿐.

가족, 전우, 또는 일상의 생활.

때때로 참모본부의 분위기 이야기가 나왔지만, 결국 말하자면 어디까지나 잡담의 부류다.

물론 그렇게까지 노골적으로 '말하지 않겠다'라는 태도를 보였으니, 참모본부에 자리를 얻은 자라면 상사가 자기 생각을 밝히지 않을 마음이라고 이해할 수 있다.

어떻게든 알고 싶은 판이긴 하지만, 무모한 도전은 무익하다.

탐색 사격은 실패.

괜히 건드리다가 일을 벌이는 취미도 없다.

그래서 그들은 물러났다.

참모본부로 돌아가면 아무리 그래도 무슨 지시가 있을 거라고.

어찌 생각이나 했을까.

담당 과장들 대신 곁에 따라온 레르겐 대령이 목격한 것은 정시에 출근하자마자 우아하게 정례업무를 개시하는 대장 각하의 모습이었다.

어찌 이렇게 느긋할 수 있을까

루델돌프 대장의 유품인 시가를 즐길 여유마저 발휘했다.

"……그 멍청이, 좋은 것을 아껴두다니 말이야."

질린 얼굴을 하면서도 굳어졌던 표정을 풀면서 담배를 피웠다. 연기를 실내에 채우고 만족스럽게 끄덕이며 입을 열었다.

"내 취향은 아니지만, 전시 상황이니 너무 배부른 소리는 할 수 없지."

연기를 내뿜던 제투아 대장은 시가를 더 맛보려는 듯이 다시금 입에 물었다. 습도 관리에도 손이 닿는 것이 내근의 장점이라고 말하듯이 그것을 만끽했다.

시가 향기를 즐기는 모습은 옆에서 보기에…… 너무나도 편한 모습.

참모본부 내부에 드높아진 긴장과 갈등을 무시하고 우아한 자세로 제투아 대장은 옆에 서 있는 레르겐 대령에게 느긋한 말을 건넸다.

"자네도 한 대 피우게."

긴박해진 안팎 정세가 전혀 느껴지지 않는 태연한 말이었다.
시가 케이스를 한 손에 들고 부하와 담소하는 것으로밖에 보이
지 않았다.

물론 시가 권유를 받은 레르겐 대령의 표정은 달랐지만.

"각하, 저기……."

딱딱하게 굳은 목소리로 조심스럽게 올린 쓴소리에, 방의 주
인인 제투아 대장은 기막힌 눈치로 어깨를 으쓱이고 시가 케이
스를 책상 위에 내려놓았다.

"거참 눈치도 없긴."

후욱 연기를 내뿜으면서 한 말은 너무나도 평온했다.

레르겐 대령으로서는 이해가 되지 않았다. 이분은 왜 이런 정
세에서 이토록 대담하지?

"노인의 끽연에 어울리는 마음도 없나? 아량 정도도 보일 수
없나, 대령. 속 좁지 않나. 아무래도 여유가 없는 모양인데."

뻣뻣한 표정을 가다듬으면서도 레르겐 대령은 일부러 쓴소리
를 했다.

"이르도아 정세가 아무래도 뇌리에서 떨어지질 않아서. ……
내부 사람들이 다 그렇습니다. 오늘 아침에도 담당 과장들이 각
하께 달려갔을 거라 생각합니다만."

"아침부터 참 시끄럽더군."

"실례입니다만, 각하께서 그렇게 군무를 등한시하신다니, 소
관으로서는 그저 놀랄 만한 사태입니다."

"나로서는 그 발언 자체가 놀라운데."

담배 연기를 유쾌하게 내뿜으면서 제투아 대장은 부하에게 미

소를 보냈다.

"이 정도의 일로 과장급이나 귀관까지 길을 잃다니. 제국이 자랑하는 참모장교는 어디로 사라졌나. 질적 열화는 심각하기 짝이 없군."

주저하듯이 고개를 흔들었지만, 결심한 것처럼 레르겐 대령은 천천히 입을 열었다.

"각하의 말씀을 들어보자면, 이미 마음은 굳어지신 듯하군요?"

"이거 방금 한 말을 취소해야겠군, 레르겐 대령."

물고 있던 시가를 재떨이에 내려놓고 제투아 대장은 유쾌하게 책상 앞에서 팔짱을 꼈다. 빙그레 입가를 풀면서 그 시선은 훑듯이 부하에게 쏟아졌다.

"의외로 귀관도 눈치가 있군."

숨죽이는 레르겐 대령과 좋은 대조를 이룬다고 할까. 제투아 대장은 자연스러운 모습으로 살짝 끄덕였다.

"오래전에 결심했지."

하지만 그렇게 말한 당사자로서는 자기 말에 석연치 않은 점도 있는 모양이다. 턱을 쓰다듬으면서 입가를 쓴웃음의 형태로 바꾸었다.

"결심했다, 는 말과는 조금 다르군."

"실례입니다만, 각하. 그건 강제된 것이 아니겠습니까?"

혹시나.

그런 마음에서 나온 레르겐 대령의 의문은 멋지게 정곡을 찔렀다.

"그렇군. 귀관의 말이 맞네."

책상을 손가락으로 따닥 두드리던 제투아 대장의 표정이 순간적으로 가면처럼 변했다.

"우리에게는 선택지가 없는 거나 마찬가지. 실질적으로는 선택했다기보다도 강제적으로 선택하게 된 것에 불과하겠지."

무장중립동맹은 불온하다.

제국에게 이르도아가 이 이상 노골적으로 거리를 두려는 조짐은 두렵다. 하지만 레르겐 대령은 냉정하게 메리트도 보고 있었다.

형식에 불과할지도 모르지만, '무장중립'이다. 그런 이상 이르도아 덕분에 합중국에 중립이라는 의무를 지울 수도 있겠지.

이르도아가 얼마나 추파를 던지는지는 제쳐 두고, 명목만이더라도…… 중립이라는 형태로 이르도아-합중국을 봉인할 수 있는 것은 '명확한 적'으로 간주하는 것보다는 백억 배 나은 형태라고 할 수 있다. 물론 전부 희망사항이 담긴 기대다. 만사가 그렇게 흘러가리라고 믿는 것은 위험한 도박이지만, 잘만 하면 시간을 벌 수 있다.

그리고 레르겐 대령은 수많은 문제를 알고 있었다.

동계에 국경선을 넘는 것은 산악지대 돌파라는 사정도 있어서 대단히 어려움이 많다. 공세로 전환할 거면 춘계 이후.

하지만 그 무렵에는 이르도아 국경의 방비도 굳건하겠지. 무엇보다도 눈앞에 있는 것은 이르도아와의 조급한 전쟁을 반대하던 제투아 대장이다.

이러한 상황에서…… 현황 유지가 유일한 방책으로 생각된다.

"방침을 전달한다. 레르겐 대령, 수고스럽겠지만 초안을 잡아

주게."

"예, 각하. 명령만 내려 주십시오."

움직일 수순을 정리하려는 참모장교 앞에서 제투아 대장은 메뉴 중에서 원하는 물건을 주문하듯이 태연스러운 모습으로 가볍게 명령을 내렸다.

"즉시발령. 목표, 이르도아. 공격 명령의 초안을 작성하게."

명령을 복창하려고 즉시발령까지 말하려던 순간, 레르겐 대령의 뇌리는 갑작스럽게 대혼란에 빠졌다. 지금, 바로 지금 들은 말을 이해할 수 없었다.

한순간 눈을 껌뻑인 그는 고개를 내저었다.

"예? 크, 크나큰 실례입니다만, 각하, 지금……."

잘못 들은 걸까? 내가 지금 뭘 들었지?

동요를 드러내며 상관에게 묻는 레르겐 대령에게 제투아 대장은 태연자약한 태도를 지키며 재미있어하는 분위기를 덧붙인 어조로 대답했다.

"아니, 귀라도 안 좋아졌나? 포성에 고막이라도 망가졌나, 대령? 젊은데 고생하는군."

"가, 각하?!"

"목표, 이르도아다. 즉시발령을 걸도록."

농담도, 잘못 들은 것도 아니다.

안심하라는 듯이 나온 충격적인 말에 레르겐 대령은 그저 정신이 멍해져서 질문할 말도 찾지 못했다.

"시, 실례입니다만……, 도, 동계공세 말씀입니까?"

"레르겐 대령, 참모본부는 일처리를 아주 잘했더군. 우거 중령이 마련한 철도계획의 임기응변안이 있으면 작전에 따라서는 겨울에도 할 수 있다. 우리는 이르도아를 때려잡을 수 있겠지.”

“제, 제투아 각하! 각하께서는 이 사태를 피하려고 항상……!”

절망마저 느껴지는 외침이었다.

하지만 상사는 전혀 움직이지 않았다. 제투아 대장은 정말로 자연스러운 모습이라고 해야 할 태도로 끄덕였다.

“물론. 지금도 그렇지. 하지만 방금 말했지? 선택지가 없다.”

한숨 한 번.

제투아 대장은 내려놓았던 시가를 다시 물고 성냥을 꺼내면서 정말 지긋지긋하다는 듯이 메마른 목소리로 내뱉었다.

“‘무장중립’ 따위로 주판알이나 튕기는 건 내 생각과 달라. 이르도아가 괜한 짓을 벌인 이상, 더 논의할 여지는 사라졌다.”

선택한 것이 아니다.

아니, 선택할 여지조차 주어지지 않았던 것에 불과하다.

“이건 이미 ‘의도’의 문제가 아닐세. 이르도아─합중국의 무장중립동맹은 제국에 ‘허용 가능한 리스크’가 ‘불량채권’으로 변한 것과 같다.”

불발탄이라면 제투아 대장은 그냥 넘어갔다.

폭발할지도 모른다는 ‘리스크’라면 아슬아슬하게 허용했다.

하지만 제투아 대장이 그리는 시각표에 저촉된다면? 시간은 유한하고, 제국에는 낭비할 유예조차 전혀 없는데?

“시간이 없다. 그것이 문제다, 대령. 내가 할 수 있는 것은 최소한 발버둥이라도 열심히 치는 거겠지.”

말로는 전부 표현할 수 없음을 알면서 제투아 대장은 생각했다.

제국에 있어, 최악의 경우에는 패전의 주도권을 쥐기 위해서라도…… 제국은 '제투아 참모차장'의 일원지도하에 폭탄의 폭파 해체를 먼저 행해야만 한다.

불을 끄려고 건물을 부수는 것과 마찬가지다.

그리고 '장기말'이 갖추어지지 않은 것도 문제다. 이르도아인이 그걸 방해한다면 적절하게 대응한다.

필요하다면 지금 상황을 다 때려 부수더라도.

계획적인 파괴야말로 때로는 파국적인 파탄을 회피하는 유일한 길이니까.

그러니까 제투아 대장은 담담히 일을 진행시켰다. 자기 할 일을 바탕으로 하여 주도하는 것이다.

"이르도아의 독선적인 국가이성 따윈 받아들이기 어렵다. 이걸 단순한 전쟁으로 오해하는 몰이해를 바로잡아야지. 세계대전이다. ……이것은 세계대전이란 말이다."

'주도자'로서, 한 명의 책임자가, 일을 추진해 가는 역할을. 그것은 너무나도 자연스러운 모습이었다.

담배 연기와 함께 그 말을 실내에 내뱉었다.

"귀관도 그 작전안에 대해 알고 있군?"

"무슨 말씀이십니까?"

"루델돌프가 생전에 준비시켰던 대(對) 이르도아 작전안 말이다. 일단 금고에 있던 것은 개봉하여 훑어보았는데…… 귀관이 전혀 모른다고 하진 않겠지?"

품평하는 시선은 마치 시험관이 질문을 던질 때와 같다.

모른다고 잡아뗄 수 없는 것을 깨닫자, 입이 움직였다.

"……첫 공격에 거는 공세안이라고 추측하고 있었습니다만."

레르겐 대령이 보기에 제국의 국력은 빈곤하고, 최악이게도 국경 부근은 산악지대. 조기결전을 꾀해야 함은 자명했다.

따라서 제국군에 두 번의 기회는 없다.

오로지, 처음에 모든 것을 끝내지 않으면 다음 기회가 없다.

"과거의 교훈을 살려 속도를 철저하게 추구한 도박적인 공세안으로 압니다."

"현명하군, 대령. 루델돌프의 생각과 얼추 들어맞는 견해다."

빙그레 웃는 제투아 대장은 레르겐 대령의 추측을 긍정했다. 소정의 전제조건 앞에서, 참모장교라면 비슷한 결론을 도출한다.

동부전선의 진창에 장병을 녹여버린 제국에는 여력이 없다. 참호전에 따른 소모가 또 한 방면에서 일어나면 불을 보는 것보다도 명백한 파탄이 일어난다.

제국은 더 이상의 인적 자원 상실을 도저히 버틸 수 없다. 한 세대를 통째로 전쟁에 들이박고, 살아남은 이조차도 잃어버리면 조국에 미래가 있을 수 없으니까.

그럼 인명을 아끼고 포탄을 대량으로 퍼부어야 할까?

교과서에 따르면 정확히 그렇다.

공들인 준비 포격, 참호, 요새 제압을 위한 화포 운용 독트린은 소모 억제와 돌파를 양립시키기 위해 제국이 쇠와 피로 학습하고 완성시킨 것이다.

침투전술과 조합하면 간단한 참호선 정도야 가차 없이 날려버릴 수 있겠지.

제국은 이론과 실천을 축적했다. 정공법을 택할 수 있는 상황이라면 주저 없이 그렇게 해야겠지. 하지만 택할 수 있다면……

애초에 이르도아 전쟁을 할 필요가 제국에게는 없다.

무엇보다 총력전을 거친 국가는 과거의 국가와 다르다.

포탄은 어디에 있나.

포신은 어디에 있나.

아니지, 참호전용 식량은? 안 그래도 열악한 열차 사정에서 대규모 소모전에 사람과 물자를 투입할 병참망은?

강철은? 석유는? 희소광물은? 제국의 전쟁 계속에 필요한 원료는 대체 어디에 있는가?

인간은 빈곤해지면 어리석어진다.

궁여지책으로 군사적 합리성만을 쫓은 결과 상식적으로 이해할 수 없는 국가이성을 가진 자만이, 총력전의 장작으로 상식을 태워버린 '참모장교'만이 체득 가능한 유일한 모범답안.

포탄 비축량, 각종 비축 자재를 볼 때 단기 결전 이외에는 허용할 수 없다.

그러니까 단기 결전을 추구하여 강공.

루델돌프 대장이 피를 토하면서 쥐어짜낸, 가느다란 활로를 만들어내는 듯한 작전안을 앞에 두고 제투아 대장은 가볍게 쓴 웃음을 지었다.

"총평하자면…… 실로 하찮은 것이지. 녀석답지도 않아."

고개를 내젓고 기막힌 눈치로 웃는 모습에서는 언외의 말로 실망을 비추고 있었다. 그 이상으로 모멸의 마음을.

하찮다는 듯이 한숨까지 흘렸다.

"세부에 악마가 깃든다."

슬픈 한숨이었다.

"당연한 것인데도 그 루델돌프 멍청이가 잊어버리다니. 그 녀석, 혼자서 너무 많은 걸 짊어지려다가 작전가의 본성까지 잃었나."

고개를 내저으면서 옆에 있는 금고에서 꺼낸 서류 다발을 레르겐 대령에게 내밀었다. 읽어 보라고 하고 자기는 시가를 피운다.

한동안 천장을 향해 연기를 내뿜었을 무렵, 재빨리 다 훑어본 듯한 부하의 감상이 나왔다.

"외람된 말입니다만, 각하. 공세안으로서 모험적인 플랜이기는 합니다만······."

나쁘지는 않다, 그런 레르겐 대령의 평가는 입 밖으로 나오지 않았다. 그가 루델돌프 대장의 공세안을 옹호하기 직전에 눈앞에서 한숨을 내쉬는 이가 있었던 것이다.

"너무 지루해. 이래선 단순히 위태로울 뿐이야."

눈을 크게 뜨는 레르겐 대령에게 작전가로서의 제투아 대장은 실로 답답하다는 표정으로 내뱉었다.

"대령, 녀석의 계획은 완전히 교과서대로야."

"이, 이게 말입니까?"

의문에 대한 답에는 힘이 있었다. 주저 없는 긍정이었다.

"동부를 떠올려라, 대령."

이해가 안 간다는 레르겐 대령에게 교육자처럼 부드러운 목소리로 제투아 대장은 생각을 촉구하듯이 물었다.

"좋은 기회다, 대령. 귀관은 이 공세에 뭐가 필수라고 보나?"

"……돌파를 최우선으로 하는 결의와 기습 효과가 아니겠습니까?"

"그렇지. 어떤 의미로는 정공법이다. 나도 동부에서 많이 활용했지. 자네, 친애하는 연방인이 나를 뭐라고 부르는지 아나?"

사기꾼, 협잡꾼, 그나마 나은 것도 마술사. 아무리 레르겐 대령이라도 상관에게 솔직히 말할 만한 평가는 아니다.

한순간 주저한 그는 에두르는 표현을 선택했다.

"각하께는 실력도, 속임수도 다 있다고 하지요."

"교묘하게 발을 빼는군. 말하자면 내게는 단순한 정공법을 택하는 사치가 허용되지 않는다는 소리지. 교과서대로 했으면 지금쯤 항복했을 거야."

패배주의적인 말을 노골적으로 입에 담으면서 제투아 대장은 천천히 일어서서 안쪽 벽에 내걸린 한 장의 그림을 바라보았다.

참모본부 안에 있는 참모차장실이다.

거기 장식된 그림도 그만한 명화라고 해도 좋겠지.

낭만주의의 붓이 춤추는 그것은 넘쳐나는 환희의 표출.

주제는 '제국'의 역사. 통일된 조국에 대한, 승리의 신화에 대한, 티 없을 정도로 솔직하고 어딘가 흥분이 섞인 주관의 발로.

거기에 있는 것은 낙관이다.

제국의 미래를, 승리를, 영광을.

선인들은, 위대한 건국의 용사들은 의심도 하지 않았다.

혹은 위대한 전승 장면을 강조하지 않는 점에서 아직 진중한 감성이 있었던 걸지도 모르지만…… 어찌 되었든 이 그림이 걸린 방은 '참모본부'라는 신화의 무대다.

수많은 선인이 필승의 작전을 모색했겠지.

혹은 명화를 앞에 두고 역사에 대한 책임을 자각하고 승리를 추구했을지도 모른다.

하지만 지금 이 방의 주인인 당사자는 '승리'가 아니라 '패전 처리'를 모색하고 있었다.

그림을 그린 예술가와의 마음의 거리는 정반대.

같은 별 위라고는 생각할 수 없을 정도로 동떨어진 상황에서, 제투아 대장으로서는 어딘가 적적함마저 느끼는 심정으로 그것을 올려다볼 수밖에 없다. 속마음을 헤아릴 수밖에 없는 레르겐 대령으로서도 벽에 걸린 그림을 바라보는 그 뒷모습은 일찍이 없을 정도로 힘이 없어 보였다.

"우리의 교과서를 철저하게 고쳐 쓸 필요가 있다. 이기는 방법은 수없이 많이 적혀 있지만, 패배에 대처하는 방법만큼은 아무도 써 주지 않았어."

괴로운 처지를 느끼게 하는 독백에 담긴 마음은 아플 만큼 레르겐 대령에게도 꽂혔다. 갈등과 번민이 가슴속에서 날뛰었다. 돌려줄 말이 있을 리도 없다.

제투아 대장은 쓴웃음을 띤 채로 돌아보며 말을 이었다.

"영광의 이야기는 아름답지만, 난처하게도 지금은 도움이 안 된다."

낙관적인 미래를 믿는 그림 앞에서, 그저 마모되어 가는 동부의 진창에 잠겼던 장성이 지친 목소리로 투덜거렸다.

"현실은 잔혹하고 추악하지만, 진리이기도 하다."

불쾌한 일.

바람직하지 않은 일.

그러지 않기를 바라는 일.

그것들을 사실이라고 한다. 현실이라고도 불러주지.

총력전, 세계대전으로 변한 지금의 전장이란 지극히 단순하다. 아예 무자비할 정도로 명쾌하다고 단언할 수도 있다.

'숫자의 전쟁'이다.

인간이 싸우고 있는데, 개인이 사라지고 숫자로 뒤바뀐다. 한 명의 죽음은 비극인데, 만 단위의 숫자를 희생으로 헤아리는 것에는 주저가 사라진다는 기막힌 어긋남.

그때 어깨를 늘어뜨리며 제투아 대장은 의식을 현실로, 자기 자리인 책상 앞으로 다리를 옮겼다.

"너무 현학적이었나."

의자에 앉으면서 대장 각하는 잠시 천장을 올려다봤다. 레르겐 대령은 눈치채지 못했겠지만, 위를 보자는 호기심에는……천장에 그림이 있을지 확인하는 의미가 있었다.

올려다본 곳에는 상상한 대로 천장이 있었다.

……선인들은 위에 구원을 청할 필요가 없었겠지. 부러운 일이다. 마음속으로 그렇게 쓴웃음을 지은 제투아 대장은 다시금 일로 화제를 돌렸다.

"물동이나 동원은 루델돌프의 계획대로 하면 된다. 하지만 주공을 바꾼다. 전면적으로 밀어붙이면 안 된다."

"동부식입니까?"

"그래. 돌파 우선으로, 속임수를 쓴다. 이번에는 가도를 쓰도록 하지."

태연히 내뱉은 말은 그 말하는 태도만큼 온당한 것이 아니었다. 오늘의 현실을 아는 장교에게 충격적일 정도로 무모한 소리니까.

"가도를 따라갑니까……? 각하, 가도를 제압하려면 항공우세가 꼭 필요합니다만."

가도는 좋은 진격로다. 탁 트여 있고 속도를 낼 수 있다.

하지만 그건 차폐물도 은폐물도 없는 '잘 보이는 표적'이나 다름없다는 의미이기도 했다. 즉 가도를 따라 이동하는 차량은 항공전력의 좋은 표적이 된다.

하늘의 우산이 없으면 말이 안 된다.

"각하, 남방에서의 우군 항공전력은 미약합니다. 이르도아 방면이 조용하기에 제대로 된 방공전력조차 없습니다."

유쾌하지 않은 사실이더라도 레르겐 대령은 자기 직무라고 생각하며 열심히 말을 이어나갔다.

"읽어본 계획서에서도 한정적인 상공원호가 가능할 뿐이었습니다. 우리 쪽의 항공전력에 여유는 없습니다. 가도의 이용은 전제조건을 만족하지 않습니다."

"그건 틀렸다."

제투아 대장은 고개를 내저었다. 전력집중의 원칙은 여유가 없기에 철저해야만 한다고 믿기 때문이다.

자신만만한 표정으로 그는 지적했다.

"서방 항공함대는 당연하고, 동부 항공함대도. 아예 이 기회에 본토, 아니, 제도 방공함대까지 추출해도 좋아. 우리 전력이 빈곤하더라도 뿌리째 모으면 한정적으로 일시적인 항공우세 정도는 달성하겠지."

"……진심으로 하시는 말씀입니까?"

"농담으로 들리나? 비행장 공격에 투입하지 않는 폭격기에는 선전포고와 동시에 적 철도선을 노리게 해라."

넋을 잃은 레르겐 대령에게 제투아 대장이 그려낸 것은 탁상 위의 '가능성'에 불과하다.

'항공우세'.

하지만 가능성이라고 해도 그게 있으면——.

적기가 머리 위를 날지 않는 전장과 기습 효과만 있으면——.

적의 이동을 방해하고, 이쪽이 뜻대로 전진할 수 있으면——.

가능성의 세계다.

하지만 거부하기엔 너무나도 매력적인 가능성이었다.

"어떤가, 대령. 귀관이 아는 데까지면 된다. 이르도아 쪽의 방비는 이러한 공격에 대해 강인하게 버틴다고 하지 않겠지?"

"제 소견으로, 이르도아의 철도는 평시 사양입니다."

레르겐 대령은 알고 있었다. 이르도아에서는 평온한 일상이 넘쳐난다. 누구나, 아니, 어떤 조직도 '이르도아가 전쟁을 시작한다'라는 가능성을 진지하게 고려하지 않는다.

왜냐면 그들은 단정하고 있다.

이르도아가 먼저 전쟁을 시작하지 않는 한, 그들의 조국이 이번 대전에 휘말려들 일은 없을 거라고.

그러니까 확신과 함께 레르겐 대령은 조언할 수 있다.

"가도를 봉쇄할 준비도 되어 있지 않겠지요. 비행장의 대공방호는…… 활주로의 무력화가 비교적 쉽다고 확신할 수 있을 정도입니다."

"철도와 활주로의 수복은?"

"이르도아인에게는 연방인 정도의 신속함이 없을 겁니다."

그 말에 대해 제투아 대장은 진심으로 기쁜 듯 손뼉을 쳤다. 짝, 짝, 짝 하고 실내에 울리는 가벼운 박수 소리는 온화한 분위기마저 자아냈다.

그런 온화한 분위기인 채로 제투아 대장은 결론을 말했다.

"훌륭하군. 이걸로 전쟁다운 전쟁을 할 수 있겠어."

태연한 말이었지만, 자부심과 긍지가 배어난다. 승산에 흔들림 없는 확신이 있기에 나온 발언이었다. 자신의 기예를 새기기 위해 지휘봉을 휘두르는 인간이기에 그는 무대를 만들어내기 위해 골조를 조립해 나갔다.

"구멍을 뚫고, 충격과 공포로 적 무력화에 전념한다. 이걸 위해서라도 제단(梯團)식으로 가지. 구멍을 뚫을 수 있으면 우리에게도 활로는 보인다."

"아슬아슬합니다만…… 잘만 되면."

"잘되게 만들어야지. 필요하다면 각 부대에 채찍질을 해라. 한번 기세만 붙으면 신병도 다리가 움직이는 법이다."

악단을 굴리는 것도 간단하지 않다. 폭력장치로서 완성되었던 전쟁 이전과는 모든 면에서 크게 다르다. 신병, 혹은 노병이 주체가 된 지 오래인 군대. 작금의 제국군에서는 마음대로 지휘하는 것만 해도 상당한 고생을 해야만 한다.

동부에서 지휘봉을 잡았던 장교라면 더더욱.

그 점에서 기세만 붙으면 된다는 제투아 대장의 말에 밴 확신은 레르겐 대령도 공유할 수 있었다.

승산은 적지 않다.

희망을 가질 만하겠지.

물론 그렇다고 해서 마음이 가벼워지는 것은 아니다.

작전의 성공 여부 이전의 문제다.

본래 강화의 가교가 될 상대에게 당찮게도 '침공'이라는 사태를 논하는 현황은…… 레르겐 대령에게 현기증을 느끼게 했다.

그때 레르겐 대령은 자신을 바라보는 상관의 두 눈동자를 깨달았다.

"그런데 대령, 괜찮겠나. 신경 쓰이는 게 좀 있군. 귀관은 아무래도 안색이 좋지 않은데…… 건강에 문제라도 있나?"

"……아무래도 요즘은 걱정거리가 많아서."

"강화 말인가?"

레르겐 대령은 침통한 얼굴인 채로 말없이 끄덕였다. 실패에 대한 회오는 선량한 애국자를 괴롭게 만들 수밖에 없었다.

그걸 잘만 했으면, 이러한 일은, 이라는 마음.

달라붙는 갈등의 고백에 대해 상관이 처방한 것은 미소였다.

"뭔가, 대령. 자네, 그런 일로 고민하고 있었나."

"예?"

냉철하게 군사작전을 논하고 있었을 터인 상관이 갑자기 친근함과 자애로 가득한 미소로 부드럽게 말을 걸어준다?

"레르겐 대령, 요양 휴가를 주지."

"이런 정세 하에서 소관만 휴식을 누리는 건……."

책임감 때문에 반론하면서 지독한 위화감이 뇌리를 괴롭혔다.

뭔가 아니다.

제투아 대장은 근본적인 면에서 '통수'의 귀신이다. 배려심으로 부하에게 휴가를 권하는 기질이었을까? 지친 예하부대조차도 필요하다면 실컷 기동전에 내던지는 식으로 지휘하는 분인데!

정체 모를 의문은 그 장본인에게서 쉽사리 답이 제시되면서 해결되었다.

"주공 중 하나. 제8기갑사단에서 참모장 한 명이 병결이군."

아하, 과연. 레르겐 대령은 이해하고 쓴웃음마저 떠올렸다.

이건 제투아 각하께서 새로운 임무를 하달할 뿐이다.

"대리 인사에 골머리를 앓았는데, 귀관, 어떤가? 조금 바깥 공기를 쐬고 오지 않겠나?"

"……요양 휴가, 라고 말씀하셨습니다만."

"병은 마음에서 온다고 하니까. 고민이 너무 많을 때는 부임지를 바꾸는 요법이 아주 효과적이지. 내 경험상으로도 이게 최고였어."

만사는 말하기에 달렸지만, 이만큼 딱 들어맞는 논법도 달리 없다. 격전지에 던져 넣는 것이겠지.

다만 신기하게도 마음이 편해질 것 같은 예감은 레르겐 대령에게도 있었지만.

"야외 근무라면 심신 모두 혹사되어서 잡념도 쫓겨나겠지. 덤으로 작전에만 전념하는 것이 마음 편해."

그렇게 또 한마디 덧붙이고 있으니 어쩔 도리가 없다.

본래 좌천이라고 해야 마땅하지만…… 이르도아와의 전쟁에 심혈을 기울이는 상관의 의향을 참작하면 그것은 필요의 요청이라고 깨달았다. 무엇보다 마음속 악마가 속삭였다. 외교나 정치를 머릿속에서 쫓아낼 수 있다면 눈앞의 직무에 매진하는 편이 편하지 않겠냐고.

제안을 받아들이는 것에 망설임은 없었다.

"전권을 받는 것입니까?"

작전가와 작전가의 대화에 그 이상의 확인은 필요 없었다. 팔짱을 낀 상관은 떨떠름한 얼굴로 고개를 내젓지 않는가.

"아쉽지만, 사단장 보좌다. 수석참모에 참모장 대리. 뭐, 사단장과 잘 절충해 보게나."

"그럼 상관에게 달렸습니다만."

명언하기 꺼려지지만, 자기 막료에 대폭적인 재량권 —— 그것도 참모본부의 의향을 받아서 독자적으로 움직이는 이를 맞아들여 환영해 주는 사단장만 있는 게 아니다.

레르겐 대령이 말을 아끼며 보인 의구심에 대해 제투아 대장은 고개를 끄덕였다.

"외르크 중장의 대리참모장 역할이다. 비장의 중장비 기갑사단인데…… 귀관들이 처우했으니까 실상은 잘 알겠지. 이야기가 편해지지 않나?"

다행스럽게도 중장 각하는 레르겐 대령에게도 익숙한 이름이었다.

"외르크 사단장 각하는 연대 선배입니다."

같은 연대라는 끈은 얼굴을 아는 이상적인 관계성을 장교에게 길러 준다. 연대 선후배들이 빈번하게 같은 식탁 앞에 앉는 것은 제국군의 아름다운 전통이다.

……슬프게도 작금에는 연대의 식탁 앞에 앉는 동료도, 식탁에 제공되는 식사도, 전쟁 전과 비교하면 너무나도 부족하지만.

하지만 고향 연대를 통해 연대 동료인 외르크 중장의 인품은 알고 있다. 면식만이 아니라 관계성도 나쁘지 않다. 보좌역으로 충분히 활약할 수 있겠지.

"그렇다면 나는 우연하게도 좋은 인사 조치를 한 셈이군. 계열이 같다면 기풍도 알고 의사소통도 쉽겠지?"

우연일까?

전무는 군인의 인사까지 관할하는 게 아니지만, 참모장교는 별개다. 애초에 루델돌프 각하라면 모를까, 제투아 각하다.

"배려해 주셔서 감사합니다."

고개를 숙이자, 실로 느긋한 미소가 돌아왔다.

"즐겁겠지. 부러울 따름이네, 대령."

"……각하의 입에서 그러한 말씀을 듣게 되다니."

야전에서 자기 재능을 편다. 아이러니한 소리지만, 영관급 참모장교에게…… 그것이야말로 제일 즐겁다는 인간은 적지 않다. 애초에 작전 차원에서 전권을 휘두르며 싸운다. '귀찮은 요소'를 내던지고, 누군가에게 떠넘기고.

그러니까 책임자라는 중압에 시달린 제투아 대장은 다소 해학을 섞어서 레르겐 대령을 부러워했다.

"한마디 정도는 괜찮겠지. 지금의 나는 뒤에서 이런 궁지와 싸우고 있다."

권한을 한 몸에 모았고, 책임의 무게도 자기 어깨에 다 짊어진 남자는 말을 이었다.

"정치도 외교도 국가전략도, 전무 외의 번잡한 모든 일이 다 몰려온다. 하다못해 농담 하나 할 권리는 있겠지."

"너무 풀어지신 것 아닙니까?"

다소 무례한 걸지도 모르겠다고 걱정하는 레르겐 대령의 쓴소리에 돌아온 것은 의외로 한심하다는 듯한 제투아 대장의 시선이었다.

"대령, 이기는 싸움이라면 전쟁의 비참함에 잠기는 사치도 허락되겠지. 비참하기에 전쟁을 싫어해도 좋아."

흡인력이 강한 목소리로 제투아 대장의 말은 이어졌다.

"하지만 동부에서 겪어본 내가 확약하지. 궁지에 있거든 마음의 사치를 버리게. 피하지 못하면 즐기는 게 나아."

》》》 같은 날, 제도 《《《

명령이란 전달되는 것이다.

위에서 아래로.

어떠한 예외도 있을 수 없다. 관례를 벗어난 파격적인 조치가 가능한 참모본부 직속 유격부대 샐러맨더 전투단이라도 이것만큼은 마찬가지다.

공문을 전달하러 파견 나온 레르겐 대령에게, 타냐는 엄숙하게 명령서를 받았다.

당연히 개봉하고 즉각 묵독했다.

일단 눈에 들어오는 것은 기초일, 기초자, 그리고 주목적. 서식의 확인은 기본 중의 기본이다. 문제없는 것을 확인한 뒤 대략적인 내용을 파악하려고 했을 때 어느 틈에 핏기가 가셨다.

현기증을 참으며 전달자인 참모대령님께 시선을 보내자 쓰디쓴 표정이 있었다.

즉, 그 내용을 안다는 뜻.

그리고 명령서에 기록된 이것은 농담 같은 게 아니다?

서둘러서 행간을 음미하면서 다시금 읽어봐도, 첫인상과 다를 것이 없다. 표정이 굳어질 만한 물건이었다.

한숨과 함께 타냐는 감상을 말했다.

"중개인을 때려잡으라는 명령을 수령했습니다."

"……나로서도 본의가 아니다. 거리가 멀지. 하지만 우리는 군인이고 충격적인 명령을 수령했을 때 해야 할 일은 실행 말고 있을 수 없다. 이의가 있나?"

"없습니다."

합법적이며 정규 서류라는 형식으로 명령을 받은 이상, 하위자에게 선택지는 없다.

군대의 권력 관계는 바람직하다고 할 수 없지만, 그것이 소정의 전제. 성실하고 선량한 근대 시민이라면 일해야 한다. 문민조차도 조직의 명령이라면 전근 명령에 참을 수밖에 없는 것이 사회의 현실. 그 이상으로 엄격하게 형성된 군령이다.

따라서 하고 싶은 말이 아무리 많더라도 묵묵히 삼킨다.

"……중령, 귀관은 그래도 되나?"

"기묘한 질문이군요, 대령님. 명령을 가릴 수는……. 군인에게 의견의 자유는, 명령이 내려진 순간에 사라집니다. 하달된 명령은 모든 어려움을 뿌리치고 단호히 완수해야만 합니다."

떨떠름한 기색이지만, 레르겐 대령도 고개를 끄덕였다. 물론 납득보다는 체념으로 한 행동이지만.

"중령, 귀관은 올바르다. 하지만 이 명령은 올바른 걸까……."

"왜 그러십니까, 대령님?"

과로인가, 스트레스인가, 아니면 또 수면 부족인가 싶어서 선의에서 나온 걱정을 하는 타냐에게 레르겐 대령은 쥐어짜내는 듯한 목소리로 마음속의 걱정을 흘렸다.

"……중개인이다. 이르도아는 중개인이란 말이다. 알고 있겠지, 중령. 우리는 유일한 루트를 자기 손으로 자르게 된다."

우려의 말을 들은 타냐는 문제를 특정했다고 자부하기에 이르렀다.

말하자면 이건 시야가 좁아진 것이다.

아마도 대일본제국과 같겠지.

"대령님, 중개인 따윈 필요 없지 않습니까?"

"뭐?"

국경지대를 돌파한 소련과 대치한 관동군이 필요에 쫓겨서 정전, 항복 교섭을 하는 것도 아니니까, 교섭상대를 하나만 둘 필요는 없다.

애초에 중개인에게 너무 기대는 것도 위험하다.

'소련에 매달린 강화론'이 실패한 것은 역사가 증명했다.

일본사를 안다면, 다른 길을 가는 법도 안다. 딱히 중개가 없더라도 강화는 가능하니까.

역사의 효용 만만세겠지.

……타냐는 구태여 단언한다. 억지로 말하자면 레르겐 대령의 스트레스를 줄여 주고 싶다는 친절한 마음에서.

"직접 교섭이면 되지 않습니까?"

이걸로 고민이 해결되면 좋다.

완전 해결은 안 되더라도, 타개책이 보이기만 해도 인간은 정신적 피로가 가벼워진다는 사실은 노무관리의 기본이다.

타냐로서는 감사의 말이라도 기대하고 싶었다.

당연한 권리겠지.

"……교전 중에 강화 이야기를 꺼낸다고? 제정신인가, 중령?"

참으로 신기하게도 왜인지 예상과 다른 의문이 돌아왔다.

왜 이러는지 미심쩍게 생각하면서, 커뮤니케이션의 달인을 자부하는 타냐는 대화의 물꼬를 확실히 캐치했다.

"실례입니다만, 레르겐 대령님. 어느 쪽의 제정신을 말씀하시는지요? 전시 중에 제정신입니까? 아니면 평시 중의 제정신입니까?"

"이것저것 따질 때가 아니라는 건가."

레르겐 대령은 혼자 뭔가 납득한 것처럼 쓸쓸하게 웃었다.

"친구를 죽인다. 적과 교섭한다. 중개인은 죽인다. 제정신과는 거리가 멀군. ……제국의 폭주도 여기서 극에 달했어."

"어쩔 수 없습니다. 지금은 전시라서."

"편리한 말이다."

타냐는 모호하게 웃었지만, 레르겐도 대답을 기대했던 건 아닌 모양이다. 한마디 내뱉고 어깨를 으쓱이더니 천장을 향해 말을 내뱉었다.

"전쟁이라. 지금에 와서 간신히 '전쟁'의 양면성을 깨달았다. 전장의 불길이 우리의 이성과 상식을 너무 불태워."

총력전의 두려움을 말하는 레르겐 대령은 완전히 지쳐 있었다.

"후방에 오래 있던 인간이 망가질 만하군. ……나는 동부에서 예방접종이라도 맞았다고 생각하면 좋을까. 귀관에게 감사해야 할지도 모르겠군."

"힘이 되었다면 영광입니다."

"그래, 감사하지. 데그레챠프 중령, 자네 덕분에…… 나는 이 전쟁에 참가할 자격을 얻은 모양이야."

"대령님을 전쟁에 내보내는 것은 국가의 요청 아닙니까?"

한순간 놀라긴 했지만 레르겐 대령은 폭소를 터뜨렸다.

"하하핫, 그렇게 생각하는 게 마음을 건전하게 부지할 수 있겠지. ……그럼 데그레챠프 중령. 수고스럽겠지만, 이르도아인도 죽여 주게."

"파스타 조리 방법에 희망하시는 바 있습니까?"

"비틀어 끊어버려라. 잘게 부러뜨리면 적은 물로도 삶을 수 있겠지."

"명령하신다면 그대로 하겠습니다."

"기회가 있으면 말이지. 귀관은 전략예비로 혹사당할 거다."

"……또 어려운 일입니까."

데그레챠프 중령이 지은 지친 쓴웃음은 인간적이다.

다만 기묘한 광경이기도 했다.

나이를 생각하면 소녀라고 해도 좋겠지만…… 혹독한 전시이기에 첫 대면일 때부터 거의 키가 자라지 않았다. 귀엽게 웃으면 사랑스러운 아이겠지. 그럼에도 불구하고 녀석이 짓는 쓴웃음은 완전히 성숙한 군인이다.

점점 알 수가 없다.

하지만 그런 건 사소한 일이다.

서로 이해하는 것은 제투아 각하께 혹사당한다는 운명.

각하가 사정없이 부려먹을 인간 중 하나인 레르겐 대령으로서는 가장 격전구에 내던져질 데그레챠프 중령에게 '동료의식'마저 느끼고 있었다.

"나도 이르도아에서 전선근무다. 서로 잘해 보자."

》》》 통일력 1927년 10월 19일 연합왕국 정보부 《《《

숙취란 머리를 때리는 법이다.

좋은 술에 취해 현실을 제대로 보지 못한 대가는 언제나 쓰디쓰다. 공실에서 시가 연기를 내뿜던 하버그램 소장은 정말로 기막힌 곤경과 맞닥뜨려 있었다. 용감하고 성실하고 긍지 있는 인간으로서의 모습이었다.

다른 누가 뭐라고 하든, 옆에 있는 존 아저씨는 그 사실을 잊지 않는다.

고뇌할 때도 신사는 신사라고.

"인정하지. 우리는 잘못 판단했다."

하버그램 소장이 감정 없는 표정으로 중얼거린 말에, 존 아저씨도 마음속으로 살짝 한숨을 흘리며 동의했다.

뭐가 어떻게 된 걸까.

루델돌프 대장이라는 괴물을 제거했다. 이걸로 제국군에 한 방 먹인 건 틀림없지만, 그걸로 목적을 이루었냐 하면 또 의심스럽다.

괴물을 해치울 생각이었는데, 기막히게도 어느 틈에 또 하나의 괴물인 제투아 대장이 참모본부의 주인으로 앉지 않았나.

눈 껌뻑이기도 전에 일어난 일이었다.

……이걸, 이런 사태를, 녀석은 상정했다고?

아니면 때때로 일어나는 '누수'로 루델돌프 대장 암살계획이 녀석의 손에 들어갔던 걸까? 망상에 가까운 그것도 하버그램 소장, 존 아저씨의 앞에서는 좀처럼 부정하기 힘든 의문으로 보였다.

어찌 되었든 확실한 사실은 단 하나.

하버그램 소장이 짜증스럽게 인정한 바와 같다.

"이 사기꾼 놈은 친구가 죽자마자 '동부'를 내던지면서까지 본국으로 복귀했다. 극변하는 정세를 감안하면 최선의 수일지도 모르지만…… 괴물인가?"

너무나도 신속했다.

경악한 연합왕국 정보부가 알아차렸을 때는 뭘 어떻게 한 건지 '참모본부의 단결'로 황실이나 내각, 기타 저항을 아랑곳하지 않고 황제에게 직접 상주했다.

과감한 결단이라고 해도 움직임이 너무 빠르다. 방해할 틈은 고사하고 잔치가 끝난 뒤에 멍청이처럼 축배를 드는 판이었다.

등골이 오싹했다.

사기꾼, 제국산 연합왕국인, 또는 몬스터.

제투아 대장이라는 불쾌한 존재 앞에서 존 아저씨는 감탄과 공포를 뒤섞은 중얼거림을 흘렸다.

"괴물입니다. ……우리가 적을 앞질렀다고 생각했는데, 그 기반을 완전히 뒤엎다니."

두 손을 들고 항복이라는 듯이 고개를 내저으며 한숨.

"외람되오나 근본부터 재고해야 할까 합니다. 내부의 기강도 철저하게 바로잡아야 합니다."

귀찮은 일이 늘어간다. 누수도 문제지만, 제투아 대장이 순수하게 반응한 것이라면 그건 그것대로 문제다.

군사적 괴물이 정치적 괴물이기도 했다는 사실을 누가 알고 싶을까? 존 아저씨로서는 얌전히 사양하고 싶다.

고로 신사라도 푸념을 흘리는 법이다.

"이 제투아 대장 각하는 제국인이 아니라 본질적으로 연방인이나…… 더 말하자면 우리의 동류겠지요. 왜 제국 군인 같은 게 되었을까요?"

"나도 알고 있네, 미스터 존슨. 정말 귀찮기 짝이 없어. 분석반을 혹사시켜서 지금 제국군 참모본부에 대한 평가를 일신시킨 참이다."

자존심에 적잖게 흠집이 난 담당관들은 지금 제투아 대장을 본인보다 더 숙지하려고 노력하고 있다.

모든 자료의 수집을 개시.

포로 취조는 물론, 연방인과의 접촉, 정보 교환조차 서슴지 않을 기세다.

뭐, 대 연방 첩보 부문에 있는 킴 과장 등은 '지나친 것 아니냐.'라며 떫은 얼굴로 투덜거리지만…… 어쩔 수 없다.

그들의 직분에는 경의를 표하지만, 하버그램 소장이 필요하다며 밀어붙였다. 누수가 의심될 때 킴 같은 과장이 신중해지는 것은 이해할 수 있지만, 이것만큼은 우선순위 문제다.

쓴웃음과 함께 존 아저씨는 내뱉었다.

"당하기만 해서는 안 되니까요."

체면이 뭉개졌으면 누구든 상처 입는다. 튼튼한 오크나무 책상조차도 방의 주인이 힘껏 때리면 일그러지는 것과 같은 이유다.

다행히 연합왕국 정보부는 일찍 사태를 파악하고 있었다.

물론 떠오른 현실상은 하버그램 소장이 새 책상을 발주할 필요성에 쫓길 만큼 짜증이 나지만.

"앞길이 순탄하지 않지만. 애초에 지금 제국은 제투아 갱단의 일원적인 지도하에 있을 가능성도 있다."

"갱단 말입니까?"

"제투아 대장, 레르겐 대령, 우거 중령, 삼대 악당이다. 최고 통수회의의 간섭이 있었더라도, 형식은 몰라도 실질적으로는 그걸 배제했을 가능성이 있다."

"제투아 대장은 몰라도 영관 둘은…… 아니, 레르겐? 바로 그 레르겐 전투단입니까?"

존 아저씨에게는 한 가지 짚이는 바가 있었다.

혹시나 했더니 정답.

"동부에서 실동부대의 지휘관이었던 남자다. 귀관도 알고 있겠지. 미스터 드레이크가 죽을 만큼 미워하는 실전파로군."

"즉 단순한 실동부대 아닙니까?"

"귀관과 비슷한 것이다. 말하자면 둘도 없는 손발이다."

존 아저씨로서는 정말로 곤란한 발언이었다.

"저 따위를? 과분한 평가입니다."

"농담이 아닌데."

"또 무슨 말씀을."

실제로 위는 어느 정도까지 그런 시점을 갖고 있지만. ……그렇다고 해도 그건 개인의 사견이다. 위에선 귀관을 그 정도로 평가하고 있다, 라는 말을 하버그램 소장은 삼켰다.

뭐, 그걸 별개로 치더라도 레르겐이라는 대령은 일개 영관을 넘어섰겠지.

위험인자로 단언해도 과언이 아니다.

"본론이다. 녀석은…… 이르도아 방면의 외교 절충에도 얼굴을 내밀었다. 일반적으로 보면 제투아 대장의 손발이겠지. 제국산 참모장교로서는 어떤 의미로 모범적이군."

"이 우거라는 인물은 누굽니까?"

"철도 담당자라는 모양이다. 참모본부의 시간표 담당자다."

"선량한 군사관료입니까. 이런 말을 하고 싶지 않습니다만, 조직인에 불과합니다. 일부러 갱단의 한패로 셈하는 이유는?"

상사가 천천히 기밀자류의 봉투를 뜯더니 존 아저씨의 앞에 서류 몇 장을 내밀었다. 살펴보니 언어는 제국어.

그렇다면 제국군의 서류인가?

"서방에서 탈취한 서류 일체다. 보게나. 믿을 수 없을 정도로 유연한 시간 조정으로 파탄을 막고 있어. 우리 철도에 좀 필요할 정도다."

"……훌륭하군요. 기막히게 편리합니다."

우거라는 이름을 존 아저씨는 뇌리에 새겼다. 이렇게 철저하게 효율을 추구하고 실현하는 자는 위협이 될 만하다. 철도에 대한 요구는 다종다양하지만, 그 우선순위를 정리하고 각 방면과 조정하고 민수와 군수를 양립시키면서 최대한의 유연성을 지킨다?

문외한이지만, 성가신 인물이라고 할 수밖에 없다.

작은 한숨과 함께 존 아저씨는 주님에 대한 원망을 흘렸다.

"운명은 불공평하군요. 재정의 신이 제국의 편을 드는 게 아닌지 의심하고 싶어집니다. 우리는 끝까지 자력구제할 필요가 있습니까?"

하버그램 소장은 끄덕였다.

"그래. 손에 들어오지 않는 것은 부숴버리고 싶어지지."

"그의 남은 수명은?"

"당분간 탄탄하다. 애초에 제도에서 나와주질 않아."

일 중독일까, 아니면 제국인이 머리를 굴린 걸까. 어찌 되었든 선량하고 성실한 철도 전문가가 불의의 사고와 만나게 할 주님의 천사는 당분간 없는 모양이다.

겸허한 인간으로서 은총이 없는 사실은…… 정말로 유감이다.

"공군이 나설 차례 아닙니까?"

폭격으로 사령부 시설을 노린다는 방침을 가볍게 제안했지만, 하버그램 소장은 쌀쌀맞게 고개를 내저었다.

"주사위를 굴리는 취미는 없다."

"카드라면 괜찮겠습니까?"

농담으로 답하면서 존 아저씨는 즐거운 이야기를 마쳤다. 참으로 유감이지만, 전시하에서 국왕 폐하의 정보부원 정도 되면 시간은 보석보다도 귀중하다.

"그럼 각하. 본론은? 기밀을 아낌없이 말할 잡담 상대를 찾으신다면 거울이라도 가져다드리겠습니다만."

가벼운 농담에 돌아온 것은 험악한 눈총뿐.

하버그램 소장의 유머 정신은 기나긴 전쟁으로 고갈된 모양이다. 아쉽지만 야유 정도가 아니라 진지한 해설이 돌아오는 것에서 존 아저씨는 상사의 피로와 마모를 실감하게 되었다.

"우리 극비정보원에 따르면 이 트리오에게 움직임이 있다."

"동부입니까?"

확신을 가진 확인. 하지만 상사는 고개를 내저었다.

"무전의 유쾌한 노래에 따르면, 가엾은 이르도아인을 죽일 계산을 하고 있다나 보다."

"호오!"

이르도아라니! 존 아저씨가 뜻하지 않게 등을 쭉 펼 만한 이야기였다.

동쪽이 아니라 남쪽이라니.

"현재 정세에서 일부러 이르도아를 공격한다? 제국인도 아직 이성이 남아 있나 싶었습니다만."

"무장중립동맹 체결은 제국인에게 너무 자극적인 모양이다. 합중국의 선발부대가 이르도아에 들어가기 전에 쳐부수고 싶다는 의향의 표출 아닐까?"

"그 이치는 들어맞습니다만, 제국에 그럴 여력이 있을 것 같지 않습니다. 게다가 적의 제투아 대장이라면 애초에 이르도아 공세가 얼마나 어리석은지 모를 거라 생각하지 않습니다만?"

불길한 예감이 들었지만, 아무래도 애매모호하다. 담배를 피우고 생각을 정리하고 싶었다.

파악한 바로는 제국에 승산이 있다고 생각되지 않는데.

"남부 국경에 배치된 전력의 추정은 변하지 않았습니까? 다소의 증강 정도로는 이르도아 국경도 못 뚫겠지요."

"보게나."

내미는 서류는 몇몇 부대가 이동하는 것을 말한다.

철도수송의 기록, 그리고 '항공기'의 집중배치에 대해서.

"……실례지만, 이 숫자는 틀림없습니까?"

"대담하지만 효과적인 수다. 제투아 대장은 다른 공역을 모두 내던지면서까지 이르도아 방면의 항공우세를 확보할 심산인 모양이다."

호오, 라고 중얼거리며 존 아저씨는 눈을 껌뻑였다.

군인이 아닌 몸으로는 항공우세의 의미도 지식으로밖에 모른다. 하지만 현역 군인들이 진심으로 갈망한다는 사실은 자기 두 눈으로 확인했다.

머릿속으로 계산을 했다.

적장 제투아 대장.

이르도아 쪽은…… 가스만 대장일까?

그 어르신도 무능한 것은 아니지만, '보통 사람'이고 또 안 좋게도 군정가다. 무엇보다 총력전을 체험하지 않았다.

"힘들지도 모르겠군요……."

"그 정도인가?"

"제투아 대장은 희대의 사기꾼입니다. 실례입니다만, 이것과 처음 만나는 이르도아인은 아마 꽤나 밀리지 않을까 합니다."

수적우세이며 실전경험으로 단련되었을 터인 연방군조차도, 그 괴물에게 희롱당하곤 했다. 국소적인 우세를 가진 제투아 대장을 상대로 실전경험이 빈곤한 이르도아인이 호각 이상의 싸움을 펼칠 것을 기대하는 것은 무리한 이야기겠지.

문득 이상한 직감에 따라 입이 움직였다.

"대륙반공의 일시를 앞당기도록 의견을 상신해야 하지 않겠습니까?"

"불가능하다."

불쾌한 눈치의 대답은 쌀쌀맞았다.

"왜 이르도아인 대신 우리 나라 젊은이들을 죽여야 하지? 그들에게는 그들이 중립으로 지각한 대가를 치르게 하면 되겠지."

"……이르도아인의 곤경을 그냥 무시하는 것도 그렇습니다."

나이 든 정보원의 직감이지만, 불행하게도 존 아저씨에게는 근거가 될 만한 것이 그 이상 없었다.

최소한의 반항으로 그는 말을 덧붙였다.

"분석관이 오명을 씻을 만큼 정확하고 적절한 분석을 내리기를 기대하지요."

날아온 일을 그냥 하기만 하면 삼류. 요구 수준을 뛰어넘어야 간신히 이류. 일류 정도 되면 시키기 전에 준비를 갖춰놓는 게 기본이다.

그리고 연합왕국의 정보부는 무능함과 거리가 멀다.

실적도 그렇지만, 무엇보다도 그들에게는 자부심이 있었다. 프로의 긍지는 계속 당하기만 하는 것을 허락지 않는다. 기죽는 게 아니라 다음에는 갚아주겠다며 분발한다.

보복의 기회를 엿보는 그들은 암호 해독으로 제국의 의도를 읽어내자마자 재빨리 여러 상정을 기반으로 한 예비분석을 개시했다.

전쟁과 연애에서 연합왕국인은 결코 수단을 가리지 않는다.

막대한 담배 연기와 알코올을 연로로 삼아서 뇌수를 한계까지 혹사하더라도 수행하는 야유쟁이들이 전력으로 덤비면 그 결과도 짐작할 수 있다. 하물며 한차례 제투아 대장에게 뒤통수를 맞았다. 복수를 위해 덤비는 그들이 그리는 큰 그림은 때로는 놀라울 정도로 정확해진다.

실내에 내걸린 지도에 기입되는 제국군의 배치 상황.

반나절마다 갱신되는 부대의 소재지와 부대 번호를 보면, 기갑사단을 포함한 '기동전'용 전력이 날마다 증강되고 있는 것이 한눈에 보인다. 나아가 기가 막힐 만큼 명료하게 중점 배치된 항공대들.

한정적이나마 제국이 항공우세를 잡는 것은 현실시되었다.

이런 배치를 보면 미래는 너무나도 노골적이다.

제국인은 진심이다.

공갈로 간주하기에는 너무 많이 들러붙었다.

개전이 다가온 것을 확신한 그들은 거기서 머리를 싸쥐었다.

"이르도아에 경보는?"

"너무 많이 날렸어."

쓴웃음 반, 황당함 반으로 연합왕국 정보부원들은 한숨을 내쉬며 말했다.

외교 노력의 뜻하지 않은 부작용이란 것이다.

'제국'에서 '이르도아'를 떼어내기 위해, 모든 노력을 다했다. 연합왕국의 입장으로서는 당연하겠지.

결과적으로…… 제국의 위협을 강조하는 메시지를 이전보다 연발했다.

경고를 받는 이르도아는 이미 숱하게 본 것이다.

이제 와서 떠들어 봤자, 늑대와 양치기 소년의 이야기나 마찬가지겠지. '이번에야말로 진짜'라고 주장해도 신뢰성이 부족하게 들릴 게 틀림없다.

이때 일단 의리를 다했다고 보고 넘어갈까?

그런 소극론마저 나오는 가운데, 논의에 새로운 돌이 날아들었다.

"이르도아인에게 사전에 경고해야 하지 않나? 아예 더 세게 나가서 소스를 공개하는 등, 대담하고 명백한 경고를 날리는 것도 검토해야 한다."

그런 말을 꺼낸 것은 우수한 것으로 알려진 한 과장이었다.

"이유가 뭐지, 킴?"

"일단 제2전선의 중요성. 두 번째로 이르도아와의 외교. 마지막으로 보험이다. 만에 하나라고 해도, 이르도아가 완전히 무너지는 건 너무 안 좋아. 그러면 제2전선을 우리의 피로 만드는 꼴이 되지."

과장급의 정보부원이 지적한 사실은 중요한 곳을 찔렀다. 하지만 그 자리에 있는 동료들은 고민스럽게 표정을 찌푸렸다.

"킴의 의견도 이해하지 못할 건 아닌데…… 이르도아가 어느 정도 약한지의 문제는 판단하기 어려워."

제국이 우수하다는 건 이해한다. 다만 그게 과연 어느 정도까지인지에서 의견이 갈렸다.

하물며 합중국의 개입마저 가능한 정세에서…… 일방적인 제국 승리는 도무지 믿기 어렵다.

"이르도아인도 국경부를 증강하는 정도는 하고 있겠지?"

"하지만 버틸 수 있을지는 의심스러워. 제투아 대장에게 기습의 기회를 주면 국경을 간단히 돌파당할지도 몰라."

"그렇다면 문제는…… 이르도아에게 어느 정도 후퇴를 강요하는지에 걸렸군."

"반대 아닌가? 이건 제국군의 공세 한계가 어디에 있는지의 문제겠지."

활성화한 의논은 제국이 최초의 일격으로 어디까지 돌진하는가로 정리되었다.

기습, 화력 우세, 항공우세.

북부 이르도아의 태반을 이르도아군이 지킬 수 없을 가능성은 농후하다. 야전군의 태반도 손해를 보겠지. ⋯⋯실질적으로 전멸할 가능성조차도 연합왕국 정보부는 적절하게 끼워넣었다.

그래도 그들은 물리적으로 제국의 한계도 가늠했다.

"2주나 계속될 수 없다. 제국군은 동부전선에서 연방과의 전쟁을 벌이고 있다. 포탄은 제대로 집적되지 않았고, 무엇보다도 제국군의 수송망은 피폐된 지 오래다."

"끽해야 북부 이르도아를 부분적으로 빼앗기는 정도 아닐까?"

"그렇다면 제국군의 목적은 방어용 종심 확보일까."

대략 가늠하고 이르도아군의 능력과 맞춰 보았을 때, 연합왕국 정보부는 실로 사소한 결론에 도달했다.

"뭐, 실력 좀 구경해 보실까."

이르도아인도, 제국인도, 놈들끼리 열심히 전쟁을 즐겨 주면 된다.

연합왕국은 진심으로 응원의 말을 보냈다.

적도 아군도 어디 열심히들 연기해 보라지.

레르겐 대령이 갑작스럽게 부임한 제8기갑사단은 제국군 참모본부에서 중요한 부대로 간주되어서, 개전 신호가 있는 대로 앞뒤 가리지 말고 열심히 남진하라는 엄명을 받은 선봉부대 중 하나다.

그 부대의 내정은 공세의 창끝에 걸맞게 신형 장갑전력, 기막힐 정도로 사치스러운 연료 공급. 그리고 기초 정도라고 해도 교육을 잘 받은 장병이 할당되었다.

근년에는 보기 드물 정도로 힘을 갖춘 제국군 부대겠지. 전쟁 전의 기분으로 보더라도 정예라고 평하기에 손색이 없다.

그러니까 이르도아와의 전쟁에서 맡아야 할 역할은 중대하고, 작전 발동 전에는 참모장교가 아니더라도 바쁘기 그지없다. 사단장 외르크 중장이 자기를 호출했다는 연락을 받았을 때, 레르겐 대령은 일이 늘어난다는 생각밖에 하지 않았다.

그는 수석참모다. 분명히 새로운 난제, 혹은 급한 안건이라고 짐작하고 서둘러서 사령부로 달려간 레르겐 대령은 다소 곤혹스러워졌다.

사령관 본인이 부재.

어떻게 된 걸까 싶어서 이리저리 시선을 돌려보자, 사단장의 고급 부관이 눈짓을 했다. 무슨 일일까 싶어서 그의 뒤를 쫓아가자, 사단장의 개인실로 안내받았다.

도착하자마자 안내를 맡았던 부관 본인은 "사람을 물리겠습니다."라는 말과 함께 퇴실하지 않나. 의아하긴 했지만 설명이 없었다. 어째야 좋을지 모르는 채로, 그래도 레르겐 대령은 일단 규칙대로 방의 주인에게 경례를 올렸다.

"명령을 받고 출두했습니다."

"수고했다."

고개를 끄덕인 외르크 중장은 그제야 가볍게 쓴웃음을 지었다. 무슨 일을 명령하는 것도 아니고 다소 신기하다는 얼굴인 채로 그는 익숙한 형식의 봉투를 꺼냈다.

"레르겐 대령, 참모본부에서 귀관에게 보낸 봉함명령이다."

"소관에게?"

"귀관은 참모본부의 파견장교다. 내 눈치를 볼 필요는 없다. 짐작 정도는 가지만. 제투아 각하의 특명이겠지. 귀찮겠지만, 잘해 보게나."

"받도록 하겠습니다. ……난제가 아니기를 빌 뿐입니다만."

그런 말을 하면서 직립자세로 받았다. 상관이 충격과 공포를 보내는 달인이라는 것을 잊고, 그대로 대수롭지 않게 개봉했던 레르겐 대령은 자신의 불찰을 저주했다.

시야가 어질어질 흔들렸다.

"……?!"

한순간 배에 힘을 넣고 버텨보았지만, 머리가 어지러울 따름이었다.

"대령? 이봐, 왜 그러나, 대령?"

걱정하는 얼굴의 외르크 중장 앞에서 레르겐 대령은 재빨리 표정을 다잡았다.

"실례, 다소, 저기…… 개인적으로 급한 일이 생겼습니다."

"그건 그 명령서와 관련된 것인가?"

서류를 훑어보자마자 비틀대고 눈가를 누르는 모습을 보였다. 이상하게 생각하는 것은 지극히 당연하겠지. 둘러대긴 했지만 변명도 되지 않는다. 하지만 외르크 사단장은 규탄하지 않고 자조 섞인 얼굴로 어깨를 으쓱였다.

"아니, 내가 눈치가 없었군. 이건…… 물어본 내 잘못이지."

명령서에 대해서 캐묻지는 않았다.

좋든 나쁘든 중장 각하는 선량한 조직인이고, 제국 군인으로서 절도 있는 양식의 소유자라고 행동이 보여 주었다.

"마음대로 하게나. 다만 작전의 필요상 만일을 위해 확인해두지. 귀관의 개인적인 일은 공세발기 예정시각까지 끝나겠나?"

"예, 그건 확실합니다."

"좋아."

퇴실을 허락받은 레르겐 대령은 그 길로 헌병 소대를 붙들고 장갑차를 얻어 타서 근처 군 장거리 통신시설로 달려갔다.

휴식시간을 방해받은 장병들의 항의를 모조리 무시. 뭐라고 하든지 명령대로 레르겐 대령은 단호히 행동했다. 통신실 하나를 통째로 차지하고, 불평을 흘리는 장병을 모조리 밖으로 쫓아내자마자 헌병소대장에게 밖을 지키게 하며 '누구의 접근도 허락하지 마라.'고 엄명.

당연하지만 전화로 대화하고 싶은 상대가 있는 장교는 레르겐 대령 혼자만이 아니다. 가족, 친구, 연인, 그 외의 일도 있겠지. 수많은 입장에서 반대와 반론이 분출했지만, 참모본부의 엄명으로 헌병들이 모든 장애를 말 그대로 튕겨냈다.

그렇게 강제적으로 대절한 실내에서 레르겐 대령은 심호흡을 한 번 했다. 식은땀이 나왔지만, 기죽어 있을 수는 없다.

각오를 단단히 하고 수화기로 손을 뻗었다.

"국제통화를. 이르도아로."

"밤중이라서……."

"제국군 참모본부의 권한에 따라 즉각 요청한다."

수화기 너머의 제국 측 교환국 담당자를 닦달하여서 야간에 긴급전화라는 억지를 밀어붙인 뒤, 레르겐 대령은 메모했던 번호를 읽어 주었다.

"실례입니다만, 이 번호는 이르도아군의 군사시설입니다. 제국군 기지에서라고 해도 이르도아 군 관계자 이외의 개인적 통신은 엄금이며……."

"군사통신이다. 당신에게 내용을 판단할 권리는 없다. 아니면 이르도아의 군사 관련 통신을 귀하의 독단으로 차단할 수 있나? 이것은 공식 연락이다. 정식으로 항의하여 귀책 여부를 물을 텐데."

이르도아인 교환수의 떨떠름한 항의도 책임문제를 들먹여서 입을 닥치게 했다. 최소한의 저항인지 묘하게 시간이 걸리긴 했지만 이윽고 신호음이 울렸다.

첫 신호음이 끝나기 전이었다.

"예, 여기는 이르도아군 노스트람 주둔지 당직사령부."

"칼란드로 대령님은 계신가?"

"실례입니다만, 그쪽의 성함은?"

의심 어린 질문이 수화기 너머에 있는 상대의 불신감을 그대로 전달해 주었다. 당직장교인 듯한 이르도아측 요원은 젊은 목소리를 보아 하니 융통성 없는 고지식한 인간이겠지.

장교로서 일단 나쁘지 않지만, 우직함이 인정받는 것도 때와 장소에 달렸다.

지금 레르겐 대령은 그걸 좋게 여길 입장이 아니다.

"긴급한 일이다. 서둘러 칼란드로 대령님에게 연락을 바란다. 장거리 회선으로 이런 시간에 전화할 일이다."

"……성함과 용건만이라도 듣지 않으면 연결할 수 없습니다."

규정에 맞는 답변.

이대로 가다간 끝이 없겠다고 생각한 레르겐 대령은 일부러 수화기를 고쳐 쥐고 목청을 높였다.

"귀관에게 판단할 권한이 있나?! 이르도아 참모본부의 안건이다!"

"그러니까 대령님과 연결하려면 성함과 용건을……."

"적당히 해라! '거래 상대의 긴급한 연락'이라고 전달하면 이해하실 일이다! 그 칼란드로 대령님이라면 밤중이라도 전화를 받아 주실 거라 확신한다! 이 안건을 뭉개는 책임을 질 각오가 있기에 방해하는 것인가?!"

칼란드로 대령의 재치와 명성을 기대한 요청은 떨떠름하게 연결하겠다는 대답을 받아낼 수 있었다.

잠시 기다리는 동안, 전화가 끊어지는 것 아닌가 하는 심각한 심리적 갈등에 시달렸지만…… '영리'하다고 믿는 상대는 확실히 전화를 받아주었다.

"실례, 칼란드로입니다. 누구십니까?"

온화한 바리톤 목소리가 정말로 기분 좋다. 이걸로 나도 내 역할에 착수할 수 있다. 심호흡을 한 번 하여서 이완되었던 마음을 다잡은 레르겐 대령은 말의 작전기동을 시작했다.

"나입니다, 칼란드로 대령님. 목소리와 분위기로 이해해 주시리라 생각합니다만."

"……대령님입니까?"

"이름을 말하지 않아 주신 것에 감사를. 지금은 더 말씀드릴 수 없는 것을 양해해 주십시오."

누가 엿들을지도 모른다. 침상에서 갑자기 일어났다고 해도 칼란드로 대령의 두뇌는 정확하게 기능했다.

"아뇨, 이쪽이야말로. 당신일지도 모른다 싶어서 일어났습니다만…… 급한 일입니까? 당직장교를 꽤나 겁주셨다고…….'

"시간도 여유도 없습니다. 이해해 주시면 고맙겠군요."

"알겠습니다. 밤중이라고 해도 기다리게 해서 미안하군요."

"……고맙습니다."

어라? 라고 하듯이 저쪽이 숨을 삼키는 소리가 레르겐 대령의 귀에 닿았다.

"그 정도의 일이?"

"지금 제가 전화한 것을 기억해 주십시오."

제투아 대장의 명령은 단순하면서 명백하다.

해야 할 일은 개전의 정보 유출.

즉, 이르도아 쪽에게 친절을 가장한 밀고다. '간접적인 시사'로 이르도아 쪽에게 은혜를 베풀어주고, 그것으로 신뢰를 형성한다. 개전 후에 (이르도아가 보기에) 가치 있는 접촉 루트, 나아가 대화에 이용 가능한 외교 루트로서의 접촉을 지키기 위한 수라고 설명되어 있었다.

아예 망상이라고 웃어넘길 수 있으면 좋겠지.

기막히게도 접촉 루트는 꽤나 공들여 차려져 있었다. 이르도아군 군정의 두목인 가스만 대장 계열에게 유출하기로 점찍었는지, 창구로는 그 휘하 심복인 칼란드로 대령을 제투아 대장이 직접 지명했다.

개전 후에도 대화가 통할 정도로 신용을 쌓으라는 엄명도 붙어 있었다. 물론 개전의 일시를 명시적으로 흘리는 것까지는 허용되지 않는다.

하지만 불온한 정세의 경계심 유발 정도는 '허용 범위'라고 봉함명령서에 적혀 있었다.

더러운 줄다리기 중 하나.

정말로 마음 편치 않다.

여태까지의 짧은 대화도 당사자인 레르겐 대령으로서는 말을 신중하게 고르는 중압감에 짓눌릴 것만 같았다. 한정된 전달수단이라는 제약, 부족한 시간, 그리고 레르겐 자신의 갈등을 감안하면 여기가 한계였다.

"죄송합니다. 칼란드로 대령님. ……나로서는, 이 이상은."

뭔가 말을 보태야 할지 망설였지만, 목이 바짝바짝 탔다.

지금부터 기습하러 가는 군대의 장교가 기습을 당할 상대의 장교에게 '경고'하다니, 군사적 상식으로서 믿을 수 없겠지.

고도의 전략 목표에 대한 봉사라고 머리로는 이해한다.

필수적인 외교 창구를 닫지 않기 위한 고식적인 발버둥.

제투아 각하가 명령한 의도를 잘못 이해하지는 않는다. 동시에 레르겐 대령은 자기를 다소 알고 있었다. 이런 일을 기쁘게 하는 건 무리라고.

기본 성격까지 참모장교인 괴물이 아니라 인간에 불과하니까.

다만 한 명의 인간으로…… 그는 해야 할 말을 했다.

"……칼란드로 대령님, 귀하의 건재와 무운이 오랫동안 계속되기를 진심으로 기도합니다."

무운이 계속되기를 기도한다는 말도 기묘한 소리다. 자신들의 상대, 전쟁 상대의 무훈이 계속되기를 빈다면, 그 기도를 누구에게 해야 할까?

신에게 할까, 아니면 악마인가.

앞뒤 없는 생각이 머릿속에 떠오르고, 레르겐 대령은 이상하기 짝이 없는 생각에 차례로 희롱당하면서 수화기를 움켜쥐었다.

"밤중에 실례했습니다. 슬슬 끊어야 합니다."

은근히 '시간이 촉박하다' 라고 말하자, 칼란드로 대령은 재빨리 공을 되던져왔다.

"실례지만, 나도 급한 용무가 떠올랐습니다. 느긋하게 이야기하지 못해 죄송하군요. 다음에 이야기할 수 있을까요?"

"처음부터 그럴 생각으로 전화 드렸습니다. ……죄송하지만, 이게 한계입니다."

그 말을 마지막으로 레르겐은 수화기를 내려놓았다. 그대로 의자 위에서 그는 완전히 소모되었다는 듯이 어깨를 떨었다.

실제로 진심으로 한계였다.

전해야 할 것을 전할 뿐이라고 해도, 말을 통한 줄다리기의 심오함을 깨달을 뿐이었다. 외교 흉내를 몇 번이나 거듭하며 콘라트 참사관 같은 외교관을 상대로 품었던 경의가 지금 흔들림 없는 것이 되었다.

"군인도 죄 많은 일이긴 하지. 하지만 외교관은…… 도저히 못 되겠어."

참모본부의 명령에 따라 했다고 해도, 한 발 삐끗하면 배신이나 마찬가지겠지. 레르겐 대령은 가벼운 현기증을 참듯이 종이 담배를 찾아 품을 뒤졌다.

"……나로서는 도저히 생각도 못 해."

사전 통보 비슷한 타진으로 '자신과 칼란드로 대령이라는 루트'를 온존한다. 그걸 위해 약간의 유예라고 해도 경고를 발한다는 '우의'를 '교섭 루트'로 보인다?

발상이 이상하다.

그럼에도 불구하고 열고 보니 그게 옳다고 이해된다.

외교 교섭 루트를 존중, 또한 온존하고 싶다는 제국군의 의향은 저쪽에 무사히 전달되었겠지.

무엇보다 칼란드로 대령은 '다음 접촉'에 아주 의욕적이었다. 개전 후라고 해도 교섭의 창구를 무조건 닫을 것도 아니겠지.

"교섭의 창구로선 더없는 성공이겠지. ……기뻐해야 할 일인지 의아스럽지만."

기습 성공을 무엇보다 중시하는 데에도 불구하고, 기습성을 깎아낼지도 모르는 조치. 군사적 합리성과 거리가 멀다.

하지만 자신은 필요할 거라고 이해했다.

명령받은 바를 실행하고 해내고. 불쾌감에 시달리다니.

입안의 형용하기 어려운 씁쓸함을 속이기 위한 담배. 폐부에 담배연기를 넣으면서 레르겐 대령은 솟구치는 것을 연기와 함께 공중에 토해낼 수밖에 없다.

"……왜 이렇게 되었지?"

이런 참모장교가 될 생각은 없었다.

나는 작전가로서, 군인의 본분을 다한다고 믿고 있었다. 작전을 짜고, 혹은 부하를 이끌고 적탄에 쓰러지는 것도 각오했다.

하지만 전화 한 통으로 수많은 목숨을 좌우할 뿐인 자리에 있다니. 머리를 흔들고 입에 담배를 문 채로 레르겐 대령은 제모를 고쳐썼다.

하다못해 지금만큼은 군인답게 적과 싸우는 것만을 생각하자.

영예로운 선봉을 맡았다. 장교로서 할 일을 솔선해서 한다.

보상 행위라는 자각도 있다. 도망치지 않을 정도로 성실하고, 다 끌어안을 정도로 강인하지 않은 나의 한계겠지.

하지만, 그래도.

"전했다. 그럼 이제 장교로서의 내가 선두로 나설 뿐."

일어서서 제8기갑사단의 참모실로 돌아가기 위해 시설 밖으로 발을 움직였다. 헌병소대에게 철수를 명하고 장갑차에 탄 순간에는 안도했을 정도다.

그대로 귀환 보고를 사단장에게 하고, 작전실로 향했을 때는 어깨가 가벼워졌다.

통신실에서 전화를 바라보는 것보다도 사단 작전 담당으로서 지도를 바라보는 편이 훨씬 정신건강에 좋은 것은 틀림없었다.

"……때가 됐군."

새벽과 함께 일이 시작된다. 떫은 커피 한 잔까지 마시고 기분을 바꾸려고 생각에 잠겼던 레르겐 대령은 쓴웃음을 지었다.

"기분 전환이라. ……제투아 각하는 정말로 얼마나 대단한 사기꾼이신지."

알고는 있었지만…… 환경을 바꾸어 치료한다니 이런 거짓말이 어디 있을까.

다소는 배려도 있었을지 모르지만, 본질은 더 전략적이면서 '교활'한 외교의 줄다리기 아닌가.

레르겐 대령은 의식적으로 시점을 비틀었다.

"아니, 말로 할 일은 다 했다. 그럼 참모 일을 하면 되겠지."

》》》 같은 날 이르도아 국경 사령부 《《《

전달된다는 점에서 레르겐 대령의 전언은 '확실히 전달됐다'.

한밤중의 급한 전화. 그리고 있는 그대로 말하자면 너무나도 노골적인 정도로 의미심장한 말의 홍수. 어떤 얼간이 정보요원이라도 지금 받은 전화는 '대화의 내용'보다도 '통화가 있었다'라는 사실을 중시해야 한다고 간파하겠지.

그리고 칼란드로 대령은 결코 무능하지 않았다.

아니, 그 반대다.

이르도아군에서 그는 걸출하고 유능한 정보요원이다. 기묘한 전화가 끝나자마자 칼란드로 대령은 망설이지 않았다.

이 점에서 말도 역할을 다했다.

전달받은 자 또한 수화기를 꽉 잡고 사납게 움직이기 시작했다.

즉각 모든 요원을 깨우기 위해 한밤중에 경보를 발령.

졸린 눈의 통신요원들을 책상 앞에 앉히고, 닥치는 대로 전화를 각 방면에 걸어댔다. 예민한 부분은 전령장교를 풀 필요가 있겠지만, 첫 소식의 속도를 우선할 가치가 있다고 그는 판단했다.

필요하다면 칼란드로 대령도 독단전행을 개의치 않는다.

"더 위로 직접 돌려! 제국에 움직임이 있다. 필시 사태가 맹렬히 움직이고 있을 것이다!"

"이런 시기에 상부를 일부러 깨울 필요가 있습니까? 게다가 전화로 통신을 한다니……?"

물론 보수적이라고 할까, 규칙에 충실한 통신요원들은 떨떠름한 기색이지만, 칼란드로 대령은 개의치 않고 명했다.

"해라."

"하지만, 대령님……."

"깨우지 않으면 벼락을 맞을 정도로 확실하다."

벽걸이 시계가 가리키는 시간은 알 바 없다.

비상시라는 말을 그는 확실히 알고 있었다.

"실례입니다만, 정보원은 확실합니까? 일반 회선으로 이렇게 갑자기 걸려온 전화는 도저히 신용할 수……."

"당직장교, 정보원을 캐려고 드는가? 이걸로 귀관의 머리에 설명해 줄까?"

칼란드로 대령이 손에 든 것은 권총이었다.

발신자인 레르겐 대령은 상대의 판단력에 감사해야겠지. 그 정도로 칼란드로 대령은 레르겐 대령의 전화를 중시했다.

"노, 농담이 심하시군요, 대령님."

"자꾸 꿍얼대면 농담이 아니게 될 텐데."

위압 정도가 아니라 실제로 쏘겠다는 듯이 노려보는 칼란드로 대령은 필사적이었다. 진지한 얼굴로 미동도 않고 말하는 걸 보면, 어떤 인간도 사태의 이상함을 이해할 만하겠지.

"이 타이밍에 저쪽에서 접촉했다. 공갈일 가능성을 고려해도 지금 당장 대응을 검토해야만 한다!"

'레르겐 대령'이라는 개인은 '참모장교'다. 딱히 이르도아나 자신에게 우정을 느끼고 전화할 만큼 멍청한 인간이 아니다.

정보요원 흉내는 그의 경력에 전혀 없다.

문제는 그런 자가 '다급한 전화'를 건 배후에 숨은 것.

필요의 예감이 정말로 신속하고 기민한 행동을 칼란드로 대령의 전신에 절실하게 호소했다. 실제로 제국이 일을 일으키려는 때…… 이변을 느낀 그는 정확했다.

평시체제가 계속되는 이르도아에서 즉단즉결로, 사후의 규탄을 겁내지 않고 움직인 판단력과 의무감은 정말로 적절하다고 밖에 할 수 없다.

제투아 대장도 중립의 평화를 만끽한 지 오래인 이르도아가 이렇게 과감한 결단, 대응을 내릴 줄 알았으면 '레르겐 전화'를 승인했을지 실로 의심스러울 정도다.

하지만.

그것은.

치명적으로 톱니바퀴가 어긋난 경보였다.

칼란드로 대령의 경보는 '제국의 심상찮은 동정'으로 확실히 이르도아군의 상층부에 전달되었다.

이 시점에서는 아직 제대로 된 경보였다.

뭔가 큰 움직임이 있겠지. 칼란드로 대령은 경계하면서, 상부가 수집된 정보를 토대로 최적의 판단을 하리라 믿었다.

당연히 이르도아군 참모본부도 정확히 그렇게 움직였다.

즉시 대응부대가 행동을 개시. 지체 없이 집결된 분석관들은 즉각 정보 분석에 착수하기 시작했다.

심야 소집에도 불구하고 만사는 순조롭게 진행되었다. 머지않아 그들은 최초의 추론을 단시간에 정리하기에 이르렀다.

다만 그 첫 분석을 들어보면 제국인은 고개를 갸웃하겠지.

첫걸음부터 단추를 잘못 꿰었던 것이다.

"비상시다! ……제국 본국에서 정쟁의 가능성 있다!"

"제도에 있는 대사관과 정보원에게 급보를 흘려! 아무튼 모든 정보 채널로 정보를 파악하지 않으면……."

"정치 정보를! 아무튼 제국의 정세를……!"

경보는 있었다.

사변의 발생은 예견되었다.

다만 인간은 보통 '자기들의 가치관'으로 판단한다. 타인도 자기들과 마찬가지로 생각할 거라고 믿고서.

문화적인 이르도아인은 너무 자기들 방식으로 생각했다. 세련된 문명인이기에 이르도아의 영민한 분석관은 오해하는 실수를 범했다.

불행하게도 제국인은 이르도아인만큼 정치적으로 세련되지

않았다는 사실을 잊어버렸다.

말하자면.

그들은 상상도 하지 않았다.

때로는 폭력이 유일한 해결책이라고 믿는 자들이 이웃이라는 사실을.

따라서 이르도아 당국자들은 서둘러 정치 분야의 검증에 착수했다.

……착각이라고는 상상도 하지 않고.

》》》 통일력 1927년 11월 11일 제국군 참모본부 《《《

참모본부 내, 작전실의 벽시계. 무수한 시선이 모인 그곳에서 시간을 새기는 바늘은 천천히 돌아갔다.

조용함과 긴장감이 실내의 분위기를 팽팽하게 만들었다.

반짝이는 참모 휘장을 늘어뜨리고 빳빳하게 풀을 먹인 군복 차림의 군인들이 침착하지 못하게 '정시'를 이제나저제나 기다리고 있었다.

그런 가운데 방의 주인인 제투아 대장만큼은 자유로웠다.

주위의 팽팽한 분위기도 아랑곳하지 않고.

나는 상관없다는 듯이 시가를 우아하게 피우면서, 어디서 꺼낸 건지 모르지만 책까지 펼치는 지경이다.

페이지를 팔락팔락 넘기던 장군은 갑자기 표정을 풀었다.

희극 속의 정신없는 모습에 감동한 것처럼 시가를 내려놓고,

무심코 흘러나온 듯한 웃음을 우아하게 손으로 가리는 모습.

"'이 세상은 무대요, 인간이란 한낱 배우에 지나지 않는다.' 고전이란 종종 심오하다고 하지."

비망록 대신 메모를 시작하는 것은 순수한 취미겠지.

역시나 제투아라고 할까.

제투아 대장의 옆에 부관으로 서 있는 우거 중령이 나설 차례였다.

'상황'을 좀 생각해 달라는 쓴소리를 올렸다. 귀찮긴 해도 이것도 부관이 맡아야 할 일 중 하나다.

상관의 휴식을 가로막는 것은 마음이 무겁다.

하지만 작전 발동 전이라는 것을 생각하면…….

"각하, 저기……. 쉬시는 도중 대단히 죄송합니다만."

"뭔가, 우거 중령. 귀관도 읽고 싶나? 그럼 내가 다 읽은 뒤에 가져가면 좋겠는데."

"실례입니다만, 각하. 외람되오나, 그것이……."

"귀관이 그렇게 연애물의 애독자였다니. 같은 저자의 책으로 좋다면 남성 혐오자와 여성 혐오자가 사랑에 빠지는 작품이 있다. 그걸 읽으면 어떨까?"

"아닙니다."

부관이 얼굴을 찌푸리면서 자기가 놀림감이 되었다고 깨달았을 때는, 이미 제투아 대장은 시가를 고쳐 물고 있었다.

연기를 훅 내뿜는 상관의 모습은 자유 그 자체. 뭐라 하려고 해도 계급상 침묵할 수밖에 없는 우거 중령은 눈썹을 찌푸렸다.

물론 눈썹을 찌푸리는 것은 제투아 대장도 마찬가지지만.

"아무래도 다들 너무 긴장한 모양이군. 집중하는 것은 좋지만, 여기서 고민해 봤자 정신력만 낭비하는 거겠지. 현장에 맡기는 것 말고는 어떻게 할 수 없다."

"이 긴장감만큼은 몇 번 맛봐도 익숙해지지가……."

"착각하지 말고 정신 똑바로 차리게나, 중령. 우리가 중립국을 공격하는 것은 처음 아니었나?"

"……그러고 보면 그렇습니다. 말씀대로 우리가 침공하는 건 처음입니다."

우거 중령은 손수건을 꺼내어 이마를 닦았다.

지적받을 때까지 몰랐지만, 분명히 그렇다. 개전 전의 긴장감이라면 실질적으로 이 자리에 있는 전원에게 첫 체험이다. 작전 전의 긴장감 이상이다.

아무래도 식은땀이 나왔다.

힐끗 시선을 돌려보니…… 황당하게 여겨야 할까, 감탄해야 할까. 눈앞의 제투아 대장은 지극히 자연스럽게 책을 읽고 있지만. 다소 망설인 끝에 우거 중령은 설령 허세라고 해도 든든하다고 생각을 정정했다.

하지만 그저 가만히 대기하는 것도 신경을 갉아먹는다.

무심코 입이 움직였다.

"시각표대로 개전. 바라건대 시각표대로 승리로 끝났으면 싶습니다."

"우거 중령, 귀관은…… 인간이었지."

"각하?"

방의 주인은 우거 중령을 놀리듯이 웃었다.

"참모장교란 악마의 친척이다. 이치의 주판알을 튕길 때는 더더욱."

성공도, 실패도, 산술에서 나오는 숫자는 결코 어긋나지 않는다.

세부에 악마를 두고 인지의 한계마저 초월하며 승리라는 결과를 따낸다는 합리성을 내포한 괴물. 총력전 시대의 참모장교란 그런 생물이어야만 한다.

"계획의 성공을 빈다? 인간이 할 짓이지. 참모장교 말고는 얼마든지 기도하게나. 그동안 우리는 다른 길을 돌진할 뿐."

태반의 인간이 시계를 앞에 두고 속이 타는 경지에 있다. 그런데도 유일하게 제투아 대장만이 전쟁의 사제로서 도리를 깨우치고 있었다.

"기억해 두게나."

오만불손하고 지적 괴물이어야 할 진정한 참모장교는 성공을 이 순간에도 확신할 수 있다. 적절한 숫자를 풀고 변수를 최소화한 주판의 대답은 틀릴 리가 없다.

희망으로 잘못을 저지르는 인간성 따위는 동부에서 버렸다.

"단순한 인간에게 참모장교가 왜 질까. 오만일까? 그래, 맞는 말이지. 주도권을 쥔 참모장교란 계획의 완수까지도 헤아리는 게 당연하다. 결국 전쟁이란 준비 단계에서 태반이 결정된다."

전장의 안개가 포함되는 것을 허용하자.

존재하는 마모를 포옹하자.

결단을 내릴 때의 갈등도 이해하자.

병참을 읽고, 만사가 부족함 없도록 계획한다.

모든 것을 집어넣고서 대계획을 입안한다.

참모장교는 좋은 성격이 아니라 그 결과로 말해야만 한다. 폭력장치의 가장 중요한 톱니바퀴니까 최대한 완벽해야만 한다.

공들여 연마된 장치는 신과 같다. 혹은 악마가 깃든 것과 같다.

오작동이 어떻게 있을 수 있을까.

부하의 긴장을 풀듯이 제투아 대장은 살짝 속삭였다.

"첫 공격은 확실하게 먹힌다."

긴장된 얼굴로 흥미를 보인 우거 중령에게 부드러운 목소리로 설명하는 것은 전쟁의 이치.

"애초에…… 이르도아의 제군은 전쟁을 머리로는 상상하겠지만, 마음의 각오는 아직 부족하니까."

"기습 효과에 그 정도의 기대를 하십니까?"

"자고 있는 놈을 두들겨 팬다. 이런데 질 이유가 있을까. 우리 군이 새끼고양이고 적이 사자라도 해낼 수 있을 게 틀림없지."

자신만만한 말. 하지만 그 이상으로 의지가 담긴 제투아 대장의 눈동자는 웅변하고 있었다. 가늘게 떴으면서도 전혀 웃지 않는 험악함.

그걸 똑바로 쳐다본 우거 중령은 살짝 숨을 삼켰다.

상관의 유능함은 진저리칠 만큼 알고 있다고 생각했는데, 그것은 '전무'로서의 유능함이다. '작전'에서 이토록 예리함을 드러내다니.

마음이 느슨해졌던 걸까? 문득 호기심을 드러내었다.

상상도 못한 사태이기 때문일까. 혹은 '전무' 제투아 참모차장은 '플랜B'를 항상 준비한다고 들은 것이 원인일지도 모른다.

아무튼 그만 입이 움직였다.

"실패하신다면 어쩌시겠습니까?"

우거 중령은 발언 직후에 후회했다.

모두가 불안을 견디고 작전이 좌절될까 두려워하는 실내에서 그것은 너무나도 부주의한 실언이었다. 곧바로 등을 꼿꼿이 세우고 사죄하려는 중령을 제지한 것은 바로 제투아 대장의 손이었다.

연애희극책을 탁 덮더니…… 그는 손으로 목을 쓰다듬었다.

"그때는 이 목을 걸고 고개를 숙이지. 늦든가 이르든가의 차이다."

"각하?"

제투아 대장은 아무것도 아니라며 고개를 내젓고 맛있게 담배를 피우기 시작했다. 그 차분하고 부드러운 얼굴은 작전을 앞둔 지휘관의 그것과는 전혀 어울리지 않는 모습이었다.

물론 그것은 당연하다.

당사자로서 그런 고뇌는 옛적에 초월했다.

"인간은 언젠가 모두 죽는다. 그렇다면 죽어야 할 숙명을 가진 짐승으로서 열심히 발버둥 쳐 보지 않겠나, 제군."

그는 시계로 슬쩍 눈을 주었다.

자기가 정한 시각이다. 잊을 리도 없고, 애초에 잊는다고 해도 묘하게 움찔대는 장교들의 분위기가 망각을 방해한다. 적당한 긴장감을 제외하면 참모 휘장을 늘어뜨린 태반의 장교들도 그 속은 인간이라고 이해할 수 있다.

진정한 참모장교는 실로 얻기 힘든 법.

참으로 슬픈 일이다.

하지만 그렇기에 제국은 오늘을 맞기에 이르렀겠지. 그 사실을 감안하면 약간의 치기가 제투아 대장의 마음속에 일어났다.

시간은 정확한 걸까, 하는 마음이.

벽시계는 기준에 불과하다. 그것이 틀렸다면? 자기 회중시계와 벽시계를 대조해 보니 어긋나지 않았다.

모든 것은 예정조화.

전쟁답지 않은 일이다.

결국 '개전'이라고 해도 한정된 작전에 불과하다. 대전략에 봉사하기 위한 작전 차원의 군사행동.

실로 명료하고, 실로 사랑스러울 뿐.

현장의 장수라면 전술의 묘를 겨루겠지. 동부 같은 혼돈에서 괴로워했던 몸으로서는 부러울 따름이다.

그렇다고 해도 시작하는 건 나다. 내가 방아쇠를 당긴다.

그렇다면 불평불만을 흘리는 것은 도리에 맞지 않겠지.

이르도아를 공격하면 합중국도 참전한다. 정말로 힘들어진다. 알고는 있다. 그걸 예측하고, 필요로 하는 답을 위해 주판알을 튕겼으니까…… 언젠가 결단이 필요하다는 것도 계산했다.

하지만, 그렇기에.

지금만큼은.

이 순간만큼은.

작전가로서 한정적인 전쟁을.

……혹은 처음이자 마지막으로 영광으로 가득한 전쟁을.

저물어 가는 전쟁을 시작할 때다.

시가를 내려놓고 자세를 바로잡아 보니 이제 곧 정시. 그렇게 예정시각이 된 순간, 제투아 대장은 중얼거렸다.

"즐거운 전쟁 시간이다. 시작하자."

거의 같은 시각, 시곗바늘이 소정의 시각을 가리켰을 때의 일이다.

이르도아와의 국경 부근에 집결한 샐러맨더 전투단에서는 전투단장인 데그레챠프 중령이 실로 간단명료한 말로 훈시를 하고 있었다.

"우리 전우 제군! 기쁜 소식이다."

샐러맨더 전투단 결성 이후 제일가는 낭보라는 사실을 염두에 두면서 타냐는 감동마저 드러내며 외쳤다.

작전과 전략이 합쳐지는 것은 실로 통쾌하다.

"이번에는 주도권을 쥔 상태에서의 공격전이다!"

공세. 순수한, 단호한, 명백한 것.

기동방어네, 지연전투네, 반격의 한 수네, 반격전이네 하는 것이 아니다.

어디까지나 '순수한' 돌파작전.

클레임 대응 같은 소극적인 대응은 스트레스가 쌓이지만, 때리러 가는 것은 모두가 한 번 정도는 꿈꾸겠지.

할 수만 있다면 그것은 분명 스트레스 없는 일이다.

"우리의 길을 갈 수 있다! 남의 장단에 어울릴 필요가 없다! 이번 군사행동은 실로 마음 편한 일이다!"

이르도아와의 전쟁은 좋은 일이 아니다.

누구든 안 하는 편이 좋다고 안다.

타냐도 이 전쟁이 똑똑한 짓이라고는 죽어도 평할 수 없겠지. 하지만 작전에 참가하는 장교로서는 '실로 편한 전쟁'이다.

"즐거운 전쟁의 시간이다. 제군, 마음껏 가자."

부하들에게 격려의 미소를 보내면서 타냐는 뒷짐을 졌다.

고대 로마 군단식이다. 아군의 이점을 논리적으로 설명한 뒤에 장병의 감투정신에 호소하는, 전통과 신뢰 가득한 독트린.

물리적 기반이 없는 정신론은 쓰레기다. 하지만 기반 위에 의지의 힘을 얹는 것의 중요함은 경시할 수 없다.

한 명 한 명이 힘을 발휘하지 않으면 곤란하겠지.

실제로 움직이는 이들에게 말을 거는 것은 중간관리직으로서도 지극히 당연하다.

그러니까 격려의 연설을 한바탕 한 타냐는 각 병과의 우두머리들 앞으로 다가갔다. 제일 가까운 곳에 있는 것은 순수한 기갑장교였다.

"알렌스 대위, 이번에는 속도가 승부를 판가름하겠지. 지각 엄금으로 가도록."

"돌파를 목표로 하겠습니다."

"목표로 한다? 웃기는 소리로군, 이 자식."

한숨과 함께 타냐는 부하의 착각을 정정했다.

중요한 점을 잘못 이해하면 곤란하다.

"돌파는 지향해야 할 노력 과제가 아니다. 달성해야 할 의무다. 돌파해라. 무슨 일이 있어도 반드시."

이르도아와의 전쟁은 시각표가 전부.

시곗바늘대로 움직일 수 있는가에 작전의 성패가 갈린다.

시간적 유예가 빈곤한 계획인 탓도 있고, 차질을 허용할 수 있는 범주는 한없이 적다.

전쟁 역사상, 과거에 이만큼 장황하지 않은 군사작전을 기도한 사례가 얼마나 있을까?

없다고는 할 수 없다.

하지만 그 일부 사례 중 얼마나 성공했을까? 기막힐 정도지만 그 예외를 달성하기 위해 독려, 감독에 임하는 것이 타냐가 할 일이다.

격려의 말만 하고 부하에게 어려운 달성을 요구한다! 무능한 상사의 전형적인 사례! 현장의 실정을 무시하고, 그저 위의 사정만을 강요하는 최악의 관리직.

평소라면 그 사실만으로도 타냐는 상층부에 덤벼들었다.

하지만 이번만큼은 다르다.

"전문가로서 소관은 본 작전의 성공을 진심으로 확신한다. 제군, 작전 성공을 기도할 필요는 없다. 애초에 참모본부가 구석구석까지 악마를 심어 놓았다."

돌파만이 문제로 제시되었다.

바꿔 말하자면 돌파의 성사 말고는 변수가 거의 없다.

예를 들어서 후속이 안 와서 적에게 짓눌린다는 바보 같은 사태는? 있을 리 없다. 후속부대로 유력한 제단이 확실히 준비되어 있다. 선봉이 막히지 않는 한 타임 스케줄대로 움직일 수 있는 작전을 윗선에서 짜 주었다는 사실은 실로 좋다.

후속이 느려서 작전이 실패에 이르더라도…… 타냐의 책임을 따질 범주는 아니다. 연대책임을 면제받는다면 아주 좋다!

"우리가 성공하느냐, 실패하느냐. 그것만으로 작전의 귀추가 결정되겠지. 자, 우리 전투단의 돌파력은 연방군의 전선조차도 뚫는다."

따라서 기분 좋게 확신을 담아 말할 수 있다.

"가도 상공을 우리 항공전력이 확보하고, 제군의 지상부대가 돌진하여 돌파한다. 자, 평소 하던 대로인데…… 설마 이르도 아군이 연방군보다 강력하여서 역진의 우리가 상대도 할 수 없다……라는 헛소리를 지껄이는 얼간이가 있나?"

알렌스 대위도 이해한 듯 고개를 살짝 끄덕였다.

납득할 수 있는 합리적인 이유니까 자명한 귀결이겠지. 시민적 성실함으로 해야 할 일을 해야 한다.

"실로 아름다운 분업이다, 제군."

빗장을 푸는 것을 특기로 삼는 전투단이 길을 뚫고, 보병의 군홧발로 정복한다.

고전적이고 전통적이고 근대적이기까지 하다.

전쟁의 진리를 지극히 충실하게 실천한다. 기본에 충실한 것은 언제든지 좋다.

"후속 보병이 다지면 완성된다. 하나의 전쟁예술이다. 제군, 동부의 집대성을 이르도아인에게 보여 주자."

*리카도도 만족하겠지. 분업의 꽃이다. 분업은 일을 단조롭게 해 '노동의 기쁨'을 상실케 한다는 헛소리가 있지만…… 전쟁이란 것은 단순한 게 좋다.

---

* 데이비드 리카도(1882~1923) : 영국의 경제학자. 아담 스미스를 이어서 고전경제학을 확립했다. 아담 스미스가 제창하고 그가 이어받은 노동가치론은 훗날 마르크스주의 경제학에 영향을 미쳤다.

무엇보다 전쟁의 기쁨 따윈 타냐로서는 공감할 수 없다. 타인의 주의주장이나 취향에 간섭할 만큼 오만하지 않다고 생각하는데…… 애초에 타냐는 평화주의자다.

손을 흔들면서 타냐는 곁의 보병장교에게 말했다.

"토스판 중위, 죽으라고는 하지 않겠다. 하지만 너의 보병부대는 혹사시키겠다. 오로지 전진만이 있다."

"즉 동부보다는 편한 것이로군요!"

"이해가 빨라서 좋다!"

명랑하게 보병장교와 담소를 나누면서 의무의 확실한 이해를 기대할 뿐.

사수 명령조차 감수하는 완고한 보병장교라면 멈추라는 말이 있을 때까지 전진하겠지.

다음에 타냐가 말을 건 것은 떨떠름한 얼굴의 포병장교.

다른 장교들과 달리 대포 전문가만큼은 우울함을 숨기려고 하지 않았다.

그럴 수밖에. 그가 할 일을 생각하면 기동전 때는 포를 끌고 가는 것을 걱정해야만 한다. 그리고 대포는 무겁다. 기동전에 종사하고, 지원포격을 제공하고, 추가로 진지전환을 거듭한다면 격무도 보통 격무가 아니다. 전사하기 이전에 과로사할지도 모를 정도겠지.

다행스럽게도 이번에는 낭보가 있었다.

"메베르트 대위, 미안하지만 귀관에게 포격 일은 당분간 없겠지. 전투단 부속 포병의 역할은 이번에 한해서지만…… 우군 포병사단님이 맡아 줄 예정이다."

"포병사단?"

퍼뜩 고개를 쳐든 메베르트 대위의 얼굴에 떠오른 것은 기대의 빛. 하지만 희망을 품었다가 배신당하고 산 베테랑이기도 하다. 반신반의의 망설임을 보이는 것은 학습성 실망 때문일까.

이렇게 가엾을 수가.

하지만 이번에는 믿어도 된다. 포병사단, 즉 가짜가 아닌 진짜 신에 온몸으로 감동을 주고받을 때였다. 참모본부 덕이 아니라 제투아 대장님 덕이겠지만…… 그 인물은 하겠다고 하면 진짜로 해 주니까.

"이익을 듬뿍 주시는 신이 뒤에 버티고 있다. 멋진 기계장치의 신이다."

필요한 타이밍에 필요한 장소로, 필요할 양의 포격지원.

"그, 그럼……?"

"포격 요청은 전화 한 통으로 처리할 수 있다. 군단장조차도 기대할 수 없을 정도의 최우선 순위를 할당받았다."

"그 이야기, 사실이라면 영혼을 팔아도 아깝지 않습니다."

멋진 농담이라고 웃어주려던 타냐는 상대의 말을 보고 말을 삼켰다. 타냐 같은 합리적 자유주의자로서는 '왜 그렇게 단언할 수 있나'는 이해할 수 없다.

하지만 포병장교가 진심이라는 사실은 이해했다. 눈과 목소리가 순수함 그 자체라면 이해할 수밖에 없다.

"사실이다. ……광이 좔좔 흐르는 중포를 주욱 늘어세우고 화력지원을 농밀하게. 우리의 진격 속도에 따라오기 위해서 일부러 자주포와 포탄 수송차량까지 수배해 주셨는데?"

물량이 빈곤하더라도 연구와 노력에 따라서 어느 정도는 '채워 넣을 수 있다'.

전무 출신이고 동부전의 지휘관이었던 제투아 대장의 전쟁 지도는 실로 달인의 재주라고 해야겠지. 명확한 우선순위, 체계가 잘 잡힌 명령, 무엇보다도 기막힌 리더십.

타냐라도 이직이 아쉬울 정도의 상사다. 처음부터 지금 상사가 경영직이었으면……. 사회인이라면 누구든 한 번은 품을 아쉬움이겠지.

멋진 상사가 밥상을 차려주었으니까 타냐는 미소와 함께 메베르트 대위에게 장담했다.

"견인만이라면 할 수 있겠지?"

"가도 위를 돌진할 뿐입니까? ……간단한 일입니다."

"대신 지각은 엄금이다. 명심해라."

두말할 필요 없다는 듯이 힘껏 고개를 끄덕인 메베르트 대위는 지각하느니 스스로를 포탄으로 삼아 날아가겠지.

황당무계한 비유지만, 그것조차도 실제로 할지도 모른다고 확신하게 할 만큼 기분 좋게 결의한 전쟁광은 역시나 믿을 만하다. 떨떠름하게 일하는 스태프보다도 좋아하는 일을 자발적으로 하는 스태프가 퍼포먼스도 기대할 수 있는 게 당연하다.

타냐 개인은 전쟁을 좋아하지 않는 만큼 기쁘게 전쟁을 하는 기묘한 집단이 부하로 있으면서 대신해 준다는 것이 고맙기 짝이 없다.

마무리는 역시나 실적 있는 부장이다.

"자, 바이스 소령. 마도대대를 둘로 쪼갠다. 너는 주력 엄호다. 미안하지만, 그란츠와 함께 최전선에서 수고해다오."

"알겠습니다. 그럼 중령님은 어디로 가십니까?"

"나 말인가? 너희를 부려먹는 우아한 후방이다. 부럽지?"

타냐는 가슴을 떡 폈지만, 역시나 이 정도로 부하가 오해할 걱정이 없다는 정도는 잘 알고 있다.

실제로 모든 것을 이해했다는 듯이 바이스 소령은 천천히 끄덕이지 않나.

"전략예비라니 부럽습니다."

"그렇다. 각하 직속이다. 질투를 사지 않을지 불안하군."

편리하게 부려먹히는 장기짝.

뭐, 그만큼 대기할 수 있으니까 나쁘지도 않다는 게 타냐의 견해다. ……하지만 그런 계산은 사람에 따라 다르다.

특히나 믿을 수 없다는 듯이 눈을 크게 뜬 그란츠 중위는 그렇겠지.

"제투아 각하의 예비……입니까?"

"어라, 그란츠 중위. 각하의 전략예비 역할이 그리웠나? 뭣하면 네 부대를 이쪽으로 넣어도 좋은데."

"사양하겠습니다! 높으신 분을 상대하는 일은 높으신 분이 하셔야지요!"

멋진 대답.

거의 생물학적으로 인간에게 가능한 한계속도로 그란츠 중위는 귀찮은 일은 사양하겠다는 듯이 고개를 내저었다.

과도한 반응이라고 볼 수도 있다.

약간의 의심에 타냐는 물어보았다.

"어이, 사양할 것 없다. 사관학교 출신 중위의 출세욕은 이해한다. 나도 부하의 출세를 방해할 만큼 쩨쩨하단 소리는 듣고 싶지 않아."

"그 호의는 마음만으로 충분합니다!"

"각하와의 인연을 돈독히 하고 싶지 않나? 인간의 인연이란 것도 완전히 무시할 수만은 없는데?"

제국군이 노골적인 불공평과는 거리가 먼 능력주의적 군대라고 해도, 윗사람이 잡아주고 끌어주는 것은 경시할 수 없다. 제투아 대장이라는 뒷배가 없었으면 이 자리에서 제일 어린 타냐가 중령이라는 최선임 자리에 있을 수 없겠지.

자기를 객관시할 수 있는 타냐는 상사복이 있다고 솔직히 인정할 따름이다.

"나는 그란츠 중위의 능력을 높게 평가한다. 귀관이니까 기회만 있으면 각하께 잘 보일 수도 있겠지."

커리어 쪽으로는 항상 진지해야만 한다.

인간 방패로 써먹을 부하라도 하나의 인격을 가진 개인이다. 그 커리어 추구를 방해하는 것은 성실한 개인으로서 부끄러워해야 할 짓이다.

"상관으로서 내가 힘이 될 수 있는 일은 없나? 추천장이라면 기쁘게 쓰겠는데."

"제발 봐주십시오! 대항포격의 불길이나 적 전차들 중 어느 쪽인지는 모르지만, 틀림없이 불바다 속에서 불과 쇠로 범벅이 된 편도 티켓이라고 압니다!"

"뭐?"

마치 백만 연방군에게 찍힌 듯이 필사적인 모습으로 그란츠 중위는 타냐의 배려에 대해 진심으로 사양하는 뜻을 외쳤다.

"출세하는 것은 출세할 수 있는 분에게 맡기고 싶다고 생각할 따름입니다!"

후방이 싫다는 전쟁중독자의 말은 합리적인 시민인 타냐로서는 도저히 이해할 수 없다.

하지만 그런 타입의 주의주장이 존재함을 지식으로는 알고 있다. 덧붙이자면, 타냐는 타인과의 견해 차이를 이해하고 자기 견해를 강요하지 않는 올바른 양식을 겸비하고 있었다. 기본적으로 선량한 개인이기를 자부하니까.

따라서 알았다는 듯이 손을 흔들면서 타냐는 쓴웃음을 지었다.

"들었나, 부장. 최근 젊은이는 정말 욕심이 없군."

인간이란 조금 더 욕망에 충실해도 좋지 않을까. 타냐는 근원적인 의문을 가졌지만, 한정된 시점이기에 생기는 오해라고 깨달았다.

"저희는 제투아 각하 밑에서 혹사당하는 중령님을 보았습니다. 무례한 말이지만, 도무지 그 입장이 되고 싶다고 생각할 수 없습니다만."

부장의 말을 뇌가 이해하고 곱씹었다.

"흠?"

팔짱을 끼고 생각하니…… 그야 편하다고 말할 순 없다.

제투아 대장은 잡아주고 끌어주는 분이시지만, 월급이 너무 짜다. 급여등급을 더 팍팍 올려주지 않는 이상, 현재의 노동량은 도저히 정당화하기 어렵겠지.

월급만큼 일하자는 합리적인 젊은이가 고생을 사서 할 리도 없나.

"……이거 한 방 먹었군. 나도 정말 고생했지."

나도 이직을 바라고 있다.

돌이켜 보면 실로 단순했다. 출세를 기피하는 요즘 젊은이의 기괴한 심리도, 비용 대 효과의 관점에서 보면 이해할 수 있다.

사회적 지위와 그 위신을 보전하는 데 필요한 코스트.

아아, 다행이다.

역시 시장은 위대했다.

진심 어린 확신. 확고한 안심을 느낀 타냐는 미소 지었다.

"실로 명쾌한 원리를 부하에게 지도받았군. 감사한다, 그란츠 중위."

그 말을 시작으로 실내의 분위기가 순식간에 풀어졌다. '하하하!' 하고 유쾌한 웃음까지 터지기 시작하는 것은 직장 분위기가 양호한 증거다.

자랑스럽게도 ON과 OFF의 구분도 확실하다.

가볍게 어깨의 힘이 빠졌을 때 차석 지휘관의 입에서 튀어나온 것은 실무 이야기.

"하지만 전력 배분은 괜찮습니까? 이미 그들을 보충중대라고 부를 생각은 없습니다만, 외스테만 중위의 부대를 예비로 두면……."

부장이 지적했듯이 숙련도가 불안한 부대로 긴급지원에 나서는 것은 아무래도 두려운 바가 있다. 즉응부대가 날아가는 곳은 힘든 전장일 것이 당연하다.

하지만 이건 밸런스의 문제이기도 하다.

"힘들겠지만, 예비병력은 유병이 될 수 있다. 주력에서 병력을 너무 빼서 돌파력이 없어지면 주객전도도 이만저만이 아니다."

만일을 대비하는 것도 중요하지만, 본래 임무도 소홀히 할 수 없다. 사람이 부족한 부문에 내려진 빡빡한 결단이다.

한정된 인원을 효율적으로 사용하려면 어느 정도의 타협과 리스크를 취할 수밖에 없다.

"지금은 예정대로 간다. 너와 그란츠 중위의 부대를 앞으로 내세우고, 나와 외스테만 중위의 부대는 후방에서 편하게 코를 고는 게 일이겠지."

쿨쿨 자겠다고 타냐는 농담을 했지만…… 실제로 그렇게 좋은 처지일 리도 없다. 즉응의 괴로움을 숙지하는 세레브랴코프 중위 등은 노골적으로 한숨까지 흘렸다.

"그리고 경보만 울리면 날아가는 처지가 되는 거군요."

지긋지긋하다는 목소리는 경험자답다. 세레브랴코프 중위의 얼굴에 떠오른 질린 표정이 무엇보다도 확실히 말하고 있겠지. 싫다면서 찌푸린 부관의 표정은 본인이 진심으로 싫어한다고 말하고 있었다.

"잘 아는군, 부관. 라인 때와 같다."

"예, 중령님. ……24시간 즉응대기는 힘듭니다만."

"알다마다. 나도 기뻐하는 건 아니다."

지휘관으로서 사람들 앞에 푸념을 흘릴 수는 없다. 하지만 타냐도 마음속으로는 세레브랴코프 중위의 투덜거림에 전력으로 동의했다.

통상적인 스크램블 대기라면 교대로 쉴 수 있다. 반대로 부대 전체가 24시간 즉응대기라면 취침 중이든 식사 중이든 목욕 중이든, 경보 한 방으로 전원이 날아가야 한다.

마음 편할 시간도 없다는 것이 바로 이것이겠지.

결국 예비전력이 부족한 전장이다. 최악은 24시간 연속 가동도 각오할 필요가 있다.

"뭐, 그거다, 바이스 소령. 귀관은 돌진하도록 해라. 무슨 일이 있어도. 얼른 정리해 주길 기대하지."

"예! 중령님의 수면을 방해하지 않도록 열심히 하겠습니다."

"그럼 기대하지. 발을 멈춘 네 엉덩이를 걷어차며 전진하라고 재촉하는 일이 생기면 각오해라."

"다키아 때와는 다릅니다. 맡겨만 주십시오."

역사가는 시작을 정확히 기록했다.

선전포고와 동시에 공격.

이 점에서 여태까지 늘어져 있던 제국 외무성도 지체 없었다. 한시의 지연도 없이 제국 주재 이르도아 대사에게 초 단위의 정확함으로, 지정시각대로 선전포고를 전달.

놀라는 이르도아 대사가 정신을 차리고 제국 외무대신에게 사정 확인을 요구하기 시작했을 무렵에는 포탄이 이르도아 국경부에 쏟아지며 불그스름하게 물든 아침 하늘에 섬광과 폭발음을 터뜨렸다.

같은 시각, 항공격멸전이 시동. 정지 명령이 없는 것을 확인한

각 편대장을 선두로 다수의 편대가 이르도아 국경을 돌파하여 남쪽의 공격 목표로 향했다.

동부의 교훈을 온몸으로 체득한 제투아 대장의 항공 집중은 철저했다.

첫 공격에 모든 것을 건 이상 아끼지 않는다. 전선 부근으로 간이 야전비행장을 전진시키는 것은 기본. 부품과 탄약, 연료를 집적했을 뿐만 아니라 *소티 최대화를 노리며 정비요원을 본국의 교육부대까지 포함한 모든 리소스에서 징발.

연속 출격이 가능하도록 방공관제만 맡았던 요격 담당자가 아니라 라인 항공격멸전, 서방항공전 당초의 '공격적 항공전'을 아는 항공관제관들을 일부러 집중 배치.

모든 것은 하늘의 중요성을 잘 알기에 내린 결단이었다.

서방 공업지대의 방공, 동부 방위선 전반의 항공지원, 제도 상공의 방공, 교육부대의 교육요원, 기타 사용 가능한 모든 것을 희생하면서도 이르도아 방면에서의 국소적 우위를 확보하려는 노력은 제대로 결실을 봤다.

지상군이 전진하고 상공을 항공함대가 유지한다.

근년의 제국군에서는 보기 드물 정도의 항공우세를 배경으로, 작금에는 운용에 현저한 제약이 걸렸던 열차포의 거포까지 이르도아 방어선 분쇄에 투입할 수 있었다.

쇠와 피의 충격이 이르도아의 대지를 흔들고 정치적인 충격으로 변해 이르도아의 후방에 파급되었다. 여파에 휩쓸린 이르도

---

* 소티(sortie) : 후방 거점에서 항공기나 함정, 혹은 부대 같은 단일 군사 유닛을 전개 혹은 파견하는 것을 의미하는 군사용어.

아 당사자들은 허둥댈 수밖에 없었다.

정신을 차렸을 때, 그들은 모두 경악의 도가니에 떨어졌다.

국경사령부에서 수도에서의 분석과 제국에서의 정보가 날아오지 않는 거냐고 기다리던 칼란드로 대령도 예외는 아니었다.

물론 그는 경보를 발령한 본인이다.

그 개인으로서는 유사시에 대비할 생각이었고, 전령장교가 당황한 얼굴일 것은 예상했다.

"대, 대, 대령님!"

당황한 젊은 중위가 비틀거리듯이 달려오는 것은 사태의 심각함을 말한다고 각오를 다지는 요소가 될 정도다.

심호흡을 한 차례.

무슨 말을 들어도 대응할 수 있도록 배에 힘을 준 칼란드로 대령은 되물었다.

"쿠데타인가?! 진압인가?! 숙청인가? 아니, 뭐든지 좋다. 정보는 뭐든지 환영한다!"

"제, 제, 제국이."

"제국?"

제도에서의 움직임인가? 라고 생각했는데 주어가 '제국'이라고 나와서 그는 다소 당혹스러워하면서도 다음 말을 기다렸다.

"움직였습니다! 놈들이 움직였습니다."

부하의 말을 기다리는 칼란드로 대령은 다소 혼란에 빠졌다.

"제국이 움직였습니다!"

전혀 이해할 수가 없었다. 무슨 말을 하는 걸까. 팔을 휘두르는 이 중위는 진정을 잃었다.

그 모습은 거의 패닉에 가까웠다. 본래·이렇게까지 정신없는 인물이 아닌데…… 사령부 전령을 맡을 만한 인물이다. 평소에는 차분하고 성실한 호청년이 대체 왜 이럴까.

"중위, 일단 심호흡을 하게. 제국이 어떻게 움직였나?"

"제, 제, 제, 제국군이, 제국이! 시작했습니다! 전쟁을! 놈들이 선전포고를 했습니다!"

"뭐?"

무슨 소리일까.

머리로 이해하고 곤혹스러워하고 혼란에 빠져서 칼란드로 대령조차도 그 말을 앵무새처럼 따라 할 뿐이었다.

"놈들이, 선전포고……? 무슨 소리지?! 선전포고라고?!"

그럴 리가, 라고 외칠 시간조차 아까운 그는 전령장교인 중위를 뒤에 남기는 것도 개의치 않고 달려갔다. 허둥대며 혼란에 빠진 부대 안을 지나 중추구역으로 달려가 보니, 눈에 들어오는 것은 안색이 변한 동료들의 얼굴.

모두가 말 없는 비명을 지르는 표정을 하고 있지 않나.

'설마'라고.

그리고 저 멀리, 이르도아의 수도도 충격에 흔들렸다. 거리에 따라 여파가 줄어드는 일은 없었다.

아니, 증폭되었다고 해도 좋겠지.

말 그대로 거품을 물고 수많은 고급 장교들이 절규했다.

"설마, 제국이?!"

꿈이 아닌가? 뺨을 꼬집으면 악몽이 물러가지 않을까?

허무한 희망을 춤고 자기 뺨을 꼬집자 고통과 함께 현실이라고 깨닫게 되었다. 세계가 그들의 이해할 만큼 이성으로 형성된 게 아니라고.

조금 전쟁에 익숙해지면 다른 관점도 있었을지 모르지만. 제국군 참모본부를 지배하는 것은 이르도아와는 다른 계통의 합리성이고, 야수와 괴물의 위치에 선 '이성적 결단'을 도출했음을.

슬프게도, 또는 다행히도.

이르도아인은 총력전으로 이성이 날아가지 않았다.

그 군대조차도 전쟁을 '예외'로 간주하고, 평화를 '평시'로 인식하는 꼴.

군사와 외교의 전문가인 이르도아 왕국군의 총의로, 그들은 국외중립을 가장하면서 자기들의 이익 극대화를 노렸다.

그야말로 주변 나라들의 호의적 반응을 기대할 수 있는 정책이라고 믿고서.

이르도아—제국 사이의 동맹에 쐐기를 꽂을 수 있는 제국 교전국들로서는…… 그것만으로도 대승리다.

동시에 제국에는 귀중한 중개자로서 원조를 제시한다. 의리를 세우는 정도지만 제국에 호의적인 외교 루트다. 오랫동안 전면전에 돌입한 제국이 정말로 애타도록 갈망하는 '종전'을 이르도아는 제공할 수 있었다. 동시에 은밀하게 전략물자를 유통할 수 있는 가늘면서도 유용한 보급선, 조달처가 될 수 있다.

그리고 전후를 생각한 합중국과의 무장중립동맹. 여기까지 보기 드문 전략적 위치를 다진 이르도아의 중립은 불가침이라고 생각했다.

잘만 하면 이르도아는 쌍방의 환심을 살 수 있다. 거래에 실패

해도 손해는 없다. 회수해야 할 권익을 제국으로부터 묵묵히 회수할 수 있겠지. 무엇보다 이르도아를 아군으로 삼고 싶은 외국들로부터 무수한 이익을 얻어낼 수 있을 터였다.

태반의 사람들이 보기로 이르도아는 전쟁이라는 도박에 호소할 것 없이 이것들을 달성할 수 있을 터였다. 애초에 각국과의 관계는 거대한 상호이익을 관계국에 제공한다.

이르도아의 호의를 원하기에 이르도아와 손을 끊고 싶은 국가는 없을 터. 공격한다고 해도 이르도아가 먼저일 터였다. 그것도 대전의 추세가 결정된 후의 '명목상 참전'이 한계. 이르도아─제국의 국경선은 최종 국면까지 조용함이 지켜질 터였다.

'지켜질 것이다.' 라고 이르도아는 믿고 있었다.

'지켜지겠지.' 라고 이르도아는 추측했다.

'지켜질 터였다.' 라고 지금 충격과 함께 착각을 깨달았다.

제국군의 국경 침범이라는 소식은 이르도아군에 마른하늘의 날벼락으로 받아들여졌다.

이해할 수 없는 사태 앞에서 허둥대는 그들은…… 그래도 이것으로 제국과 같은 경험을 공유하는 일원이 된다.

총력적이라는 새로운 현실.

엿 같은 세계로의 입성.

환영의 팡파르를 성대히 울리며, 필요라는 주문을 외운 제국은 새로운 세계로 이웃 나라를 끌어들였다.

기록된 역사는 말한다.

때로는 의도치 않은 우연으로 각본에 뜻하지 않은 수정이 가해지는 일도 있다고.

'가도 경쟁'으로 알려진 사태도 그중 하나.

후세의 역사 수업에서는 학생만이 아니라 설명에 종사하는 교관들조차도 쉽게 전달하기 어렵다고 괴로워하는 기묘한 군사적 성공이다.

단적으로 말하자면, 예기치 못한 리더십의 사례일까? 레르겐 대령이라는 제8기갑사단에 속한 일개 군인이 이뤄낸 돌진, 돌파였다.

그것은 아무도 예상치 않았던 일이지만.

애초에 이르도아와의 전쟁을 시작하기에 앞서, 제투아 대장은 항공우세를 철저하게 추구했다. 달성된 성과를 보면 능력의 한계까지 완벽하게 해냈다고 알 수 있다.

기갑부대가 국경부를 일점돌파하고, 제국군은 2선급 전력으로 이르도아군 국경수비대의 구속을 개시.

사실상 태반의 적을 후방에 남기고, 오로지 남진에 매진했다. 방비 없이 열린 전선을 질주하는 전차의 모습은 그야말로 제국군의 의도 그 자체였다.

제투아 대장 본인조차도 제8기갑사단은 '예정대로' 나아간다고 계산한 것으로 보인다.

하지만 결국 완벽할 수 없는 인간의 행동에 불과하다.

같은 시대에 더 바랄 수 없는 수준의 항공전을 전개했더라도, 대지를 질주하는 지상군의 머리 위를 적군의 날개가 스치는 것을 완전히 저지할 수 없다.

그러니까 그 사단, 제8기갑사단의 진격이 순조로웠다는 것 자체가 우연의 발단이었다.

이 사단은 국경을 돌파하고 소정의 계획에 따라 맹렬한 돌진을 계속. 우군과 비교해도 탁월한 전진 속도는 사단장 외르크 중장의 영향이다.

지휘전차에 막료들과 함께 타고, 사단장 본인이 자기를 따르라는 듯이 진두지휘를 한다. 장병들도 힘을 내겠지.

수석참모이자 예비 사령부로 외르크 중장과 각 부대의 접촉, 연락을 중개하는 레르겐 대령도 놀랄 만한 진격 속도였다.

'사단이 뿔뿔이 흩어지기' 직전의 한계속도.

전방 상공에 적기가 나타난 것은 그런 급진격으로 대열이 한계까지 늘어진 순간의 일이었다.

"적기!"

경보의 외침이 곳곳에서 들린 순간, 레르겐 대령은 자기 역할을 알고 있었다.

"차량 포기! 노상을 벗어나라!"

명령하면서 레르겐 대령 자신도 재빨리 통신차량에서 뛰어내렸다.

보병의 걸음에 맞춘 속도였다고 해도, 지면의 반동이란 것은 중력의 힘을 깨닫게 해 주기에 충분하다.

기분 나쁜 충격을 느끼면서도 움직임은 멈추지 않았다.

하늘의 위협이 얼마나 무서운지는 뼛속까지 배어 있다. 이 전쟁을 경험하면 할수록 싫어도 배운다. 아무튼 탁 트인 가도 위가 제일 위험하다. 적이 항공마도사든 항공기든 위에서 잘 보이는 지상목표는 절호의 표적에 불과하다.

"대피! 대피하라! 서둘러!"

운전수가 하다못해 차량을 숨기려는 것을 유도하면서 레르겐 대령은 다른 부하에게도 엎드리라고 계속 외쳤다.

고도는 그것만으로도 흉기다. 지상을 기는 몸으로서는 한탄스럽게도! 부하를 닦달하고 대열이 흐트러지는 것도 개의치 않고 외치면서, 고개를 숙이게 해야만 한다.

"흩어졌으면 엎드려! 뭉쳐 있지 마!"

획득할 수 있는 것은 약간의 차폐와 약간의 방호.

전투기의 주장비인 기관총 정도로도 인체를 찢어버리기에는 충분한 위력이다. 숨고 엎드리고, 그다음은 탄이 자기에게 쏟아지지 않기를 기도할 수밖에 없다.

습격을 받은 제국군 대열 쪽으로서는 짜증스럽게도, 이르도아 비행중대와의 조우는 완전히 우발적이었다.

이 이르도아 측 비행중대는 국경부가 돌파당했다는 소식을 받자, 상황 파악과 지상에서 항공기가 격파당하는 것을 꺼린 일부 비행대장이 독단으로 이륙을 결단한 부대 중 하나.

마침 활주로 위의 적기를 목표로 항공격멸전을 지향했던 제국군 항공함대의 침로와 엇갈리지 않았던 그들은 재빠른 결단 덕분에 격파당하는 리스크를 완전히 회피했다.

그 행운을 아직 모르는 채로 그들은 적의 수색을 겸하여 북상하는 도중이었다.

가도상에 무리를 이루어 돌진하는 제국군 선봉 기갑집단을 발견한 것은 그때였다.

당연하지만 이르도아군에 필요한 정보로서 비행중대는 발견 보고를 올리려고 했다. 하지만 상황을 지상의 사령부에게 무전으로 전달하려고 했지만, 전파 상황은 양호하지 않았다.

한순간 주저하면서도 수색에 무게를 둔 그들은 그 시점에서 반전을 결의했다. 그것뿐이라면 제국군 장병이 지면에 엎드리고 군복에 흙을 잔뜩 묻히는 걸로 끝났겠지.

다만 빈손이 아니었던 이르도아인은 하는 김에 한다는 듯이 탑재했던 무기를 죄다 던졌다. 이르도아산 80킬로 항공폭탄, 연합왕국산 공대지 로켓, 라이센스 생산 모터 캐논을 시험 삼아 사용.

이르도아군으로서는 거의 병기 테스트다.

아무튼 적의 침로를 방해하려고 눈에 띈 선두집단에게 가지고 온 무기를 떨어뜨리고 그들은 물러갔다. 그 의도, 규모에서 보면 틀림없이 소규모 조우전이다. 공격받은 제국군 기갑사단으로서는 정말 이만저만 귀찮은 게 아니지만.

기껏해야 견제 정도의 공격이며 선두차량 몇 대를 부숴먹은 것에 불과하다.

하지만 전장이란 예기치 못한 혼돈으로 가득하다.

태반의 제국군 장병이 고개를 숙이고 적기의 통과를 분하게 지켜보는 가운데, 조금 전까지 지켜지던 통제가 갑자기 무너지기 시작했다.

"사단장 각하 전사!"

사태를 깨달은 제8기갑사단 장병이 황급히 선두차량들의 잔해를 에워쌌을 때, 제8기갑사단의 외르크 사단장 이하, 막료의 태반은 차량과 함께 날아가 있었다.

지휘관 선두의 약점이 노골적으로 드러나는 순간이다.

사단의 예비 사령부를 맡은 레르겐 대령은 단 한 번의 조우전으로 자기가 서열 1위로 올라갔다는 사실을 곤혹스러움과 함께 받아들일 수밖에 없었다.

무사했던 통신차량으로 사단 부대들과 연락을 취해도, 역시 선임은 자기밖에 없다.

외르크 중장 각하를 수반했던 고급 장교들은 한꺼번에 2계급 특진의 여행을 떠났다. 남아 있는 것은 서글프게도 예비 사령부인 자신과 한 명의 젊은 소령뿐.

연대나 대대에서 지휘관을 뽑을지 진지하게 생각하고 싶어질 만큼 빈곤한 진용이다.

"아무래도 우리뿐인 모양이다, 요아힘 소령."

"……레르겐 대령님, 명령해 주십시오."

긴장한 소령의 표정은 비장감이 넘쳤다.

레르겐 대령은 쓴웃음을 지었다.

자기도 대령으로서 젊은 축이지만, 요아힘 소령을 보면 사관학교를 나온 지 몇 년일까? 보통은 대위로 임관할까 말까 하는 나이에 가깝다.

자기조차도 오늘날의 군에서는 고참인가.

제국군이 전쟁을 과하게 했다고 또다시 실감하게 되었다.

"……지휘권을 계승한다. 거참, 대령으로 사단장 대행이라니."

한숨을 흘리면서 레르겐 대령은 지휘권 인계의 뜻을 통신차량의 기능으로 각 부대에 전달. 다행히 하드웨어 면에서 사령부 기능은 건재했다.

문제는 소프트웨어.

선후책을 요아힘 소령과 협의하려고 지도를 들여다보았을 때, 레르겐 대령은 그가 올린 의견에 크게 실망하게 되었다.

"항공함대가 어느 정도 제공권을 확보하고 있습니다만, 완벽하다고 할 수 없는 상황입니다. 대낮에 당당히 가도를 진격하는 것은 리스크가 너무 크지 않을까 합니다."

"그래서?"

"밤의 장막을 기다리는 것은 어떨까요."

장난인가 농담인가 싶어서 레르겐 대령이 의아스럽게 바라보자, 요아힘 소령의 진지한 얼굴이 눈에 들어왔다. 말하자면 진심인 모양이다.

물론 말하고자 하는 바는 이해한다. 항공전력은 태반이 밤중에는 둥지에서 잠든다. 그걸 생각하면 젊은 참모장교가 말하는 야간행군도 이치상으로는 다소 맞는다.

하지만 문제의 시간을 잊어버린 것만으로도 논외다. 레르겐 대령은 씁쓸한 얼굴로 말없이 고개를 내저었다.

"적지에서의 야간행군으로는 늦는다."

시간이 흘러내리는 것을 지켜보느니 백주에 당당히 진격한다. 리스크를 허용하지 않으면 절호의 기회를 잃어버린다.

돌파의 성사 여부는 모든 것에 우선된다.

다소의 자동차와 마필이 있고, 무엇보다 진격경로는 이르도아가 자랑하는 남북횡단도로. 진흙탕에 고생한 동부와 달리 노면 상황은 속도를 발휘하기에 지장 없다.

또한 지금만큼은 적의 방어선이 미구축.

지금 이 순간만큼은 길이 열려있다. 이르도아의 수도까지 똑바로 가도가 준비되어 있다.

"시간과의 경쟁이 모든 것을 우선한다. 적에게 유예를 줄 수는 없다."

"하지만 지금 이렇게……."

"요아힘 소령, 여기서 주저하면 외르크 중장 각하는 개죽음한 것이 된다."

개전 벽두의 기습 효과도 있어서, 적의 저항은 산발적.

우리의 항공우세. 그리고 후방에는 유력한 후속부대. 눈을 감으면 동부의 전투 보고에서 싫을 만큼 읽었던 '길'이 보인다.

지금 그 길을 달려가는 것은 전선을 돌파하는 것과 마찬가지.

하지만 여기서 미적거리면 적이 태세를 재정비한다. 벽이 만들어질지도 모른다. 그러니까 벽을 구축하기 전에 뛰어들지 않으면 모든 것이 엉클어진다.

"……제투아 각하가 속도에 집착하실 만하군."

속도의 중요성을 숙지했기에 외르크 중장도 진두지휘에 매달렸다. ……그것을 망각하고 발을 멈추다니, 후임 지휘관으로서 정당화할 수 없다.

한숨과 함께, 방금 차에서 뛰어내릴 때 주머니에서 뭉개진 종이담배갑으로 레르겐 대령은 손을 뻗었다.

한 대 피우면서 지도를 바라보고 적정을 검토하면 정세는 역시 명백하다.

전진하면 활로가 있다. 돌파구는 여전히 봉쇄되지 않았다. 발을 멈추면? 기회의 문은 실로 어이없이 닫히겠지.

결론, 기회를 보았으면 기민하게 움직여라.

진격은 기정의 노선이다. 그렇다고 해도 자신들이 적 항공부대에 포착됐다는 것은 유쾌하지 않다.

"요아힘 소령. 귀관은 우산이 필요하군?"

"그야 항공지원을 바랄 수 있다면, 그렇습니다만……."

산발적인 습격이 있을 때마다 이동을 멈추면 진격 속도에 지장이 생긴다고 레르겐 대령은 생각했다.

상공원호가 필요하다.

하지만 항공전력은 제공권을 확보하려고 빡빡한 로테이션으로 전력 출격 중이다. 작전계획의 8할대로 만사가 진행되었더라도 지상부대 원호에 붙일 편리한 여력은 없겠지.

제투아 각하의 조율은 철저하다.

전쟁음악을 연주하기 위해, 군더더기를 다 털어낸 오케스트라가 치밀한 전쟁기계로 각자의 역할을 다하고 있을 것은 의심할 여지도 없다.

하지만 한 가지.

예외라고 해야 할 샛길을 그는 알고 있다. 지식은 힘이다.

"역시 지인은 있고 봐야 하나."

연줄이라도 써먹을 수 있는 것은 써먹는 게 최고다.

팔짱을 끼고 통신요원의 곁으로 걸어가면서 레르겐 대령은 조용히 미소 지었다.

그 움직임에 낚여서 따라오는 젊은 참모장교는 어딘가 안달하는 시선을 이쪽에 보내고 있다. 진군을 걱정하는 건 좋다. 리스크 검토는 중요하겠지.

그렇긴 해도 요아힘 소령도 일단 영관급 장교다. 사관에게 주목하는 장병들의 눈앞에서 그렇게 불안한 기색을 하면 안 될 텐데.

젊은 소령의 부족함을 느끼면서 안심시키자는 마음에 말을 건넸다.

"원호 요청을 보낸다. 항공마도사를 2개 중대 정도 부르면 충분하리라고 생각하네. 귀관이 보기로는 어떤가?"

"어디에 그런 잉여전력이 있습니까?"

"날 얕보면 곤란하지. 경험을 쌓은 참모장교 정도 되면 편리하게 써먹을 수 있는 비밀 예비병력 한둘 정도는 있는 법이야."

"실례입니다만, 대령님. 아까부터 아무래도……."

레르겐은 마음속으로 정정하자고 투덜거렸다.

눈앞의 요아힘 소령은 불안에 사로잡혀 있겠지.

도리에 맞지 않게 웃긴 소리다. 이렇게나 상식적인 전장이고, 자명한 정세인데. 이것들을 앞에 두고 대체 왜……라며 고개를 갸웃거리고 싶어졌다.

"……그러고 보면 녀석도 때때로 왜냐며 고개를 갸웃거리는 행동을 했지."

큰 발견, 혹은 이해의 진전일까.

오늘은 데그레챠프 중령의 얼굴이 뇌리에 자주 떠오른다. 정말이지 유감스럽지만, 비장의 카드를 썩혀만 두는 것도 좋지 않겠지.

"미안하지만, 무전기를 빌려주게."

통신요원에게서 수신기를 받은 레르겐 대령은 장거리 무전기를 작동시켰다. 이런 곳에서 암호화되지 않은 통신문을 날리려면…… 다소는 배려해야 할까.

"평문으로 하는 이상 머리를 좀 굴려야지."

그래도 상대가 상대다. 신용할 만한 사관은 참으로 고맙다.

"수석전투단장이 차석지휘관에 / 진출하라."

의아하다는 표정의 소령은 모르겠지만, 이것만으로 충분히 통하겠지. 그동안 부대에 잠시 휴식을 명할 수도 있다.

유해의 수용, 가도상에 주저앉은 차량의 이동 등이 거의 끝났을 무렵이었다. 레르겐 대령은 놀란 얼굴로 달려오는 요아힘 소령을 보았다.

"보, 보고! 마도부대입니다! 우군의 제203항공마도대대에서 2개 마도중대가 이쪽으로 원호를! 곧바로 원호를 개시해 준다고 합니다!"

"그런가, 그럼 잘 써먹도록 하지."

"실례입니다만, 어떻게 증원을 구하셨습니까?"

존경의 시선으로 묻는 젊은 참모장교에게 레르겐 대령은 은근슬쩍 폭탄을 던졌다.

"제투아 각하의 주머니에서 슬쩍했다."

"용케 빌리셨습니다."

"슬쩍한 거니까."

입을 쩍 벌린 젊은이의 얼굴은 형용하기 어렵다.

노인들이 젊은이를 놀리는 이유가 있다면, 이걸 보고 싶기 때문일까? 어수룩한 청년 장교를 지도하는 건 노인의 의무이고……

유쾌한 휴식이기도 하겠지.

요아힘 소령의 부족함을 교육하면서 귀여워해 주자.

불행하게도 이 전쟁에서 북방의 개전 벽두부터 오늘까지 살아남은 레르겐 자신은 훌륭한 노인 포지션에 있다.

이렇게 젊은 사관과 젊은 사단장 대행으로 전쟁인가. 으음, 예전에는 도저히 상상도 할 수 없었다.

"거기 지휘관과는 인연이 많아서 말이지."

그런 이유로는 그 아이도 어른인가. 아니, 나이로 말하자면 아이도 보통 아이가 아니라 진짜로 어린아이인데…… 뭐, 데그레챠프 중령에게는 귀여움이 적잖게 부족하다.

탈선하려는 레르겐 대령의 생각은 거기서 급정차.

헛발을 디디다가 무심코 이르도아의 하늘을 올려다보았다.

하늘은 평소처럼 푸르지만, 자신이 제정신인지 의심스럽다.

밀려드는 것은 현기증.

무거운 책임에서 온 마음의 피로와 육체의 피로를 싫을 만큼 실감하는 순간이었다.

애초에 저 녀석 아닌가? 애완견이 아니라 사냥개 그 자체다.

"대령님?"

"아니, 좀 지친 모양이야. 조금."

"여, 역시 문제가 되지 않겠습니까……? 차, 참모본부의 예비를 무단차용하는 것 아닙니까?"

걱정하는 젊은이의 말을 듣고 보니, 그렇게 걱정될 만큼 노골적으로 힘들어 보인 거겠지. 지휘관이라면 지쳤을 때일수록 몸을 꼿꼿하게 세워야 한다.

가볍게 어깨를 주무르고 대수롭지 않다는 듯이 레르겐 대령은 웃었다.

주위 장병을 의식하고, 자기 말과 태도로 보이는 것이다.

"원호요청을 낼 자유 정도는 있겠지? 자, 이걸로⋯⋯."

잠시 뜸을 들여서 주목을 모은다.

해본 적은 없지만, 콘서트 지휘자도 오케스트라를 연주하기 직전에는 이런 기분일까?

머리를 스친 의문을 접어두고 레르겐 대령은 단호한 어조로 선언했다.

"돌진할 수 있다!"

나를 따라오면 성공할 수 있다.

단순하고 명료하게 희망을 제시한다. 지휘관은 항상 상황을 파악한다고 보여야만 한다. 하물며 그것이 지휘권을 임시로 계승한 부대라면 더더욱 그렇다.

평소의 신뢰라는 끈을 잃은 이상, 희망이 끊어지지 않도록 하는 것은 필수다.

내근이 많은 장교라고 해도, 레르겐 대령은 참모장교였다.

제국의, 제국군의, 나아가 세계 최고봉의 폭력장치가 지혜와 경험으로 길러낸 참모라는 일종의 괴물이다. 본래 선량한 인격을 가진 개인이더라도, 참모장교로서 성형되었으면 훌륭한 톱니바퀴 이외의 그 무엇도 아니다.

참고로 우수한 톱니바퀴는 남들도 그러기를 기대한다.

"데그레챠프 중령, 평소처럼 부탁하네. 진로를 열어라, 상공 원호를 하고, 나아가 교통 유도도 해 주게나."

"참모본부의 명령이라면."

레르겐 대령의 희망대로 제203항공마도대대는 그 경험으로 뒷받침된 범용성을 유감없이 발휘했다.

상공 경계, 탄착 관측, 지상원호, 또 장교전령, 항공정찰, 때로는 지상에서의 교통 정리까지 뭐든 맡겨주시라. 동부에서 쌓은 경험은 진짜다.

제투아 대장 직속의 해결사로 마구 부려먹혔던 2개 중대다.

레르겐 대령으로서는 상사의 방식을 모방하는 것은 실로 효율적이었다. 그리고 데그레챠프 중령은 평소처럼 푸념을 삼키는 꼴이 되었다.

그런 것을 의식의 범주 밖으로 밀어내고 레르겐 대령은 계속해서 진격을 외쳤다.

"도하! 도하! 사단에 전력돌격 명령!"

"마, 마필은 어찌합니까?"

주저하는 요아힘 소령의 엉덩이를 '알아서 해라.' 라는 말로 걷어차면서 레르겐 대령은 앞으로, 더 앞으로, 부대를 전진시켰다.

"속도 우선! 사단 사령부는 즉각 앞으로!"

동부의 사소한 경험으로도 그것은 단순했다.

지휘관이란 제일 앞에 서서, 누구보다도 먼저 정세를 파악해야만 한다.

그렇기에 저 제투아 각하가 진두지휘했다. 그리고 그랬던 만큼 '지도' 라는 애매모호한 권한을 최대한으로 활용하여 부대를 끌고 가지 않았던가.

외르크 중장 각하도 그렇다.

위대한 연대 선배가 죽었다면 그 대행을 맡을 뿐.

레르겐 대령은 할 수 있는 일을 알고 있다. 자기 혼자만으로는 할 수 없는 일을 알고 있기 때문이다.

그래, 혼자서는 적진 돌파가 어렵다.

그렇기에 병사들을 뒤에 달고 가기 위해서라면 뭐든지 한다. 따라서 자기에게 생각을 바꾸어달라는 젊은이를 뿌리치는 정도의 연기는 오히려 별거 아닌 것이겠지.

"츠, 측면이 텅 빕니다! 조금만 기다리면 후속 보병사단이 합류할 예정입니다! 후속을 기다린 다음에……."

"바다더러 지켜달라고 해."

매달리는 요아힘 소령을 뿌리치며 주위에 진격을 명시한다.

갈 수 있을 때 간다는 신조에서 보면, 지금 주저할 이유가 없다.

눈앞의 하천 상공에는 항공마도사가 전개 완료. 그걸 가리키며 원호가 있다고 말하는 레르겐 대령의 다리는 계속 앞으로 향했다.

"바, 바다라니, 대령님?! 내륙은 어쩌시는 겁니까!"

"진격 속도를 우선한다. 달리 질문은?"

"우리 사단은 예정보다 더 전진했습니다!"

"안달하지 마라, 소령. 육지 쪽 측면은 전투단이 지킬 거다. 놈들이 있으면 다른 사단이 도착할 시간 정도는 걱정할 필요가 없겠지."

"예?"

"샐러맨더 전투단이 우리의 옆에 있을 거다."

확신할 수 있다.

상공에는 데그레챠프 중령을 두고, 옆쪽으로는 녀석의 고참 병과 부하들로 이루어진 전투단이 지키고 있다. 완전무장한 연방군 친위기갑사단이 갑자기 출현해 우발적 전투 상황에 처하더라도 걱정할 필요가 없겠지.

유린하고 돌파할 수 있다는 확신이 있다.

동부에서의 무훈은 그렇게 거대한 신용이 되어 레르겐의 마음에 깃들었다.

"자, 장교 제군. 짐은 다 챙겼나? 흘리지 않도록 주의해라."

마음에 걸리는 것은 서둘러 도하해야 한다는 초조함뿐.

이제 막 장악한 사단인 것도 있어서, 기본적으로 명령을 내린 직후에는 각급 지휘관의 지휘에 맡기지만…… 사령부로서 가능한 원호를 제공하는 것은 당연한 직무다.

지금 상황에서 강을 어떻게 건너는가. 눈앞에 다리가 없는 이상, 도하용 기재가 지연의 주된 원인이 되는 국면이다. 기갑사단은 아무래도 무거운 게 많다.

"소령, 이 사단의 공병은 표준 편성인가?"

"예, 대령님."

고개를 끄덕이며 레르겐 대령은 생각을 정리했다. 공병 장비에 도하 장비가 포함되어 있지만, 기껏해야 도하용 보트 정도다.

수량도 한정되고, 무엇보다 속도가 느리다. 계획 상정에 따르면 '다리'를 탈취해야 하지만, 다리를 찾아서 우왕좌왕하는 리스크와 비교하면 진격을 우선하고 싶다.

그렇다면 없는 것을 조달할 뿐. 필요에 응하여 필요의 요청에 따라 염출한다.

도저히 조달할 수 없다면 적에게 빼앗아서라도 조달한다.

제투아 각하 밑에서 전무를 배운 모든 참모가 배운 원리다.

자, 그걸 위한 수단은?

통신기를 손에 들고 다소 무리한 부탁을 하자.

"데그레챠프 중령, 강 건너편에서 기재로 전용할 것을 찾을 수 있나?"

"작은 배 정도라면 찾을 수 있겠습니다."

나쁘지는 않지만 부족하다. 레르겐 대령은 고개를 내저었다. 그리고 무전기를 향해 추가 요구를 던졌다.

"가능하면 빠른 놈이 바람직하다."

"발동기가 달린 것을 찾으십니까? 그럼 다소 수색 범위를 넓혀야 할지도 모릅니다."

시간 낭비와 수중에서 전력이 분산되는 것을 기피한다.

시간이 없는 몸으로서는 도저히 받아들일 수 없다.

"……그럼 그냥 배면 된다. 마도사로 견인해 오게."

경악한 것이겠지. 데그레챠프 중령치고 드물게도 즉답이 아니라 순간이지만 뜸을 들인 끝의 대답이 분연히 돌아왔다.

"……저희는 예인선이 아닙니다! 마도사입니다!"

"할 수 있지?"

떨떠름한 기색으로 다소 귀여운 침묵을 들인 끝에 데그레챠프 중령은 신속히 항복의 백기를 들었다.

"……가능합니다."

듣고 싶은 대답은 그걸로 충분하다.

좋다, 라는 대답과 함께 살짝 끄덕이면서 레르겐 대령은 대화를 마쳤다. 능력의 문제이고, 혹사당하는 마도사의 불평불만은 나중이다. 지금 이 순간은 일단 돌진을 우선해야만 한다.

무엇보다 눈앞의 문제는 실력이 아니라 [시간]이니까.

음, 평소와 같나.

"쫓기는 감각인가."

시간.

시간.

시간.

언제부터일까.

제국은 왜 이렇게까지 시간에 쫓기는 사태에 빠지게 된 걸까.

"나 같은 놈도 그런가."

위에선, 제투아 각하는 무슨 생각을 하실까.

하지만 현장에서는 생각을 해 봤자 소용없다.

고민해도 득 볼 게 없다.

현장에서 뛰는 자신은 그저 현장의 최선임 장교로서 기갑전력으로 전장을 내달리는 것에 전념해야만 한다.

"그래, 그런가."

그래서일까.

문득 깨달았다.

때때로지만, 데그레챠프 중령이 이상하게 짜증을 내듯이 참모 본부에 의견을 내던 이유를 간신히 이해했다.

"왜 알아주지 않는 걸까."

입 밖으로 중얼거린 바람에 주위가 듣지 않았을까 내심 초조해하면서도, 레르겐 대령은 심호흡 한 번으로 표정을 가다듬었다.

전장에서 보이는 것을 후방은 모른다.

전장을 보여줘도 왜 후방에는 통하지 않을까.

혹은…… 지휘관의 고뇌는 현장에서 고민하고 피를 삼키고, 그리고 간신히 이해할 수 있는 것일까? 경험만이 그 이해를 촉진한다면…….

잔혹하지만…… 루델돌프 각하께서는 제투아 각하의 생각을 이해할 수 없었던 건가.

"……이건 그런 것인가."

이르도아 전쟁의 승리는 확정이다.

적어도 이 군사행동의 목적은 '틀림없이' 달성되겠지. 전선에서 돌아온 제투아 각하가 그 뇌수로 자아낸 작전이다.

과연 작전 이외의 요소가 어떻게 될지는 모른다.

다만 참모장교로서의 레르겐은 '별로 엮이고 싶지는 않군.' 이라고 본능적으로 기피하는 바가 있다.

이르도아 작전의 정치적 목적 따위는 알게 될 때까지 고개를 들이밀고 싶지 않다.

본분은 작전이다. 그리고 전장 심리의 폐해를 숙지한 분이 만든 군사작전이라면 자신은 역할을 완수할 뿐.

"……환경을 바꿔 요양 중이니까. 그 정도는 허락되겠지."

≫≫ 같은 날 샐러맨더 전투단 ≪≪

이르도아의 가도를 남진한다는 점에서 제국군 샐러맨더 전투단에서는 자신들이 우군의 최선봉에 있음을 의심하는 발상은 추호도 들지 않았다.

언제든지 최선봉.

언제든지 최후방.

말하자면 말 그대로 상재전장(常在戰場).

그렇게 일상화되면, 우군이란 것은 자신들의 '배후'에 있는 것이라는 기묘한 의식이 부대 안에서 만연할 정도다.

선두를 내달린다는 자각이 있기에 대리지휘관으로서의 바이스 소령은 주저하는 일 없이 '선두'의 특권을 행사하려고 움직였다.

"도하용 기재를 긁어모은다! 우군이 오기 전에 있는 대로 모아라. 그란츠 중위, 미안하지만, 반대편 강변의 기재를 찾아다오."

바이스 소령의 명령은 결과적으로 멍청한 명령이 된다.

왜냐면 그들보다 선행한 제8기갑사단이 태반의 기재를 노획했으니까. 다만 샐러맨더 전투단의 요원들로서는 '자기들이 2등'이라고는 전혀 예상하지 않았다.

그것은 바이스 소령 이하 장교단의 뇌수로는 꿈도 꾸지 않았던 일이다.

항상 우군의 앞에서 달린 몸. 유기된 적의 물자를 최대한 활용하는 것은 일상다반사였다.

익숙하다는 듯이 날아가는 그란츠 중위의 중대가 머지않아 필요한 기재를 긁어모을 것이라고 모두가 확신했고, 확신했기에 도하 후를 생각하는 쪽에 머리를 할애했다.

그 결과 그란츠 중위에게서 너무나도 뜻밖의 보고가 들어왔을 때 바이스 소령은 제대로 허를 찔렸다.

"소령님, 아무래도 우군이 싹 가져간 모양입니다."

"뭐? 우군이라고?"

영문을 모르겠다는 듯이 바이스 소령은 눈을 치떴다. 하지만 그 이상으로 보고를 하는 그란츠 중위의 목소리는 상기되어 있었다.

"아니, 우리가 최선봉이라고 생각했는데, 더 앞을 달리는 우군 기갑사단이 있습니다! 제8기갑사단입니다. 제8기갑사단이 앞에 있습니다!"

"우리보다 앞에? 우군이 틀림없나?"

바이스 소령으로서도 좀처럼 믿기 어려운 보고였다.

동부에서 항상 제국의 선봉을 맡았던 부대의 주민이다. 자신들은 발이 빠르다는 자부심과 실적을 가지고 이르도아에도 임했다.

전투단의 마도사를 봐도 네임드가 즐비하다. 전차도, 포병도, 보병도 어지간한 놈들과 비교를 불허한다. 모든 장병이 데그레챠프 중령님의 가르침을 듬뿍 받았다.

칼이 깔리고 포탄이 빗발처럼 떨어지는 속으로 계속 뛰어든 고참부대인 것에는 상응하는 이유가 있다.

그런 자신들이 항상 최선봉이고, 즉 적의 유기물자에 제일 먼저 손댈 권리를 가져왔다.

게다가 마도부대를 철저하게 이용해 먹는다는 확신이 있었다. 그런 자신들이 한발 늦었다? 그렇다면 놀라운 일이다. 제8기갑사단은 이 시대에서도 손꼽히게 뛰어난 마도부대라도 데리고 있는 걸까.

"사냥감을 빼앗기다니. 제국도 의외로 넓은 모양이군. 제8기갑사단이라고 했나. 마도부대의 지휘관은 어느 분이었지?"

"그게, 저기……."

"로멜 각하라도 나오셨나?"

"아니, 이건…… 하하하, 어떤 의미로 그렇습니다."

머릿속에 경보.

직감이 위기를 발령.

"저기, 중령님입니다. 중령님이."

아하, 반쯤 납득하면서도 바이스 소령은 일부러 그란츠 중위의 말을 가로막았다. 최소한의 발버둥이었다.

"제국군은 넓다. 중령님이라면 얼마든지 계시지, 중위."

"하지만 바이스 소령님. 실례입니다만, 어느 중령님인지 짚이시는 것 아닙니까?"

"그렇다면 참모본부 직속의 항공마도사관이며 우리의 경애하는 대대장님이?"

그 이외에는 불가능하리라는 확신과 함께 묻는 바이스 소령에게 그란츠 중위도 진심으로 동감이라는 듯이 끄덕였다.

"달리 없으니까요."

정말이지 세계란 좁다. 혹은 여기가 전장이기 때문일까? 항상 전장이라니 진짜 그렇지 않나.

"배를 견인해 가시는 중령님의 모습은 강렬했습니다. 우리보다 먼저 주위의 도하 기재를 싹 다 회수하신 모양이라."

팔짱을 끼고 한탄할 수밖에 없을 정도의 전개였다.

마도사가 배를 견인했다는 말만 들어도, 있는 대로 뭐든지 활용한다는 제8기갑사단의 마음은 노골적으로 드러났다.

"이거 멀쩡한 건 안 남았겠군."

진격 속도가 느렸다고 생각하지 않지만, 어딘가 어설펐을까.

"……중령님을 상대로 경쟁이라니."

무심코 흘러나온 푸념에 대한 대답은 무전 너머로 깊이 내뱉은 한숨이었다.

"도저히 할 게 못 됩니다."

"맞는 말이다."

그란츠 중위의 지적대로, 그 중령님과 경쟁하는 것은 고생. 머리라도 싸잡고 싶을 정도다. 하지만 대리 지휘관이라면 결단해야만 한다.

선후책이 필요했다.

"중위, 고생이 많겠지만 어떻게든 대신할 것을 찾아봐라."

물자 조달을 그란츠 중위에게 요청하면서 바이스 소령은 상황 공유를 하기 위해 전투단의 각 장교들을 근처로 불러 모았다.

"자, 조금 일이 곤란하게 되었다."

성급하게도 그 한마디만으로 알렌스 대위가 사납게 웃었다.

"적입니까?"

"아니, 대위. 놀랍게도 아군이다."

하아 소리를 내며 마음 없는 대답. 조금 전의 자신을 보는 듯하기도 하고, 왠지 답답한 심정으로 바이스 소령은 다시 말했다.

"대위, 아군이다. 선행하는 아군이 있다."

그 말에 눈을 크게 뜬 기갑장교는 이해했다는 듯이 손뼉을 쳤다.

"후속선봉의 우군부대에서 뭔가 연락이 왔습니까? 후속 보병이 지연되고 있다든가?"

그의 얼굴에는 '평소와 같지 않습니까? 무슨 문제입니까?' 라고 크게 적혀 있었다. 더 말하자면 선행의 시점이 '자신들의 앞' 이라는 발상이 전혀 없다.

우군을 기대하지 않은 지 오래인 탓이겠지. 그 마음은 바이스도 절실히 안다. 전투단에는 그것이 상식이었다.

하지만 세상은 상상하기 어려운 새로운 문제랄까, 상황이랄까, 꼬였다고 할까, 아무튼 고민스럽기는 한데, 신기한 일이 왕왕 일어나는 법이다.

완전히 굳어진 고정관념이 현실 이해를 방해한다고 인식한 바이스 소령은 일부러 확실히 말했다.

"우리보다 선행하는 부대가 있었다."

기갑장교로서 생각하는 바가 있겠지. 알렌스 대위가 멍하니 되물었다.

"실례, 귀가 나빠진 모양입니다. 지금 뭐라고 하셨습니까?"

"우군이다. 우군이 우리보다 앞서 진출했다."

다른 장교들 전원의 얼굴이 '농담이시죠?' 를 떠올리는 것을 보고, 바이스 소령은 기선을 제압하여 설명을 덧붙였다.

어딘가 자만심이 있었을지도 모른다.

"사실이다. 우군 기갑사단이다. 제8기갑사단이 다소…… 확실히, 틀림없이, 우리보다 앞서 진격 중이다."

믿기 어렵다.

그런 표정 앞에서 마음은 잘 안다는 듯이 끄덕이면서도 그는 설명을 계속했다.

"더 말하자면, 우리의 친애하는 중령님이 엄호 중이다."

적습이라는 말에도 허둥대지 않는 장교들이 눈을 번쩍 뜨기에 충분한 말. 좋든 나쁘든 예상하지 않았던 전개라는 것은 사람을 당황하게 만든다.

"……그건 치사한데. 그야 우리보다 빠를 만하지."

메베르트 대위가 흘린 어린애 같은 푸념도 이 자리에서는 모두가 손을 들고 찬동할 만한 말이다.

모두가 생각한다.

'그건 치사하다' 고.

물론 그들의 생각은 거기서 재기동했다. 머리에 떠오르는 것은 상황이다.

이해는 되었다.

중령님이 앞으로 나섰다……라는 것은 자신들이 2등이라고. 덩달아서 자연스럽게 장교들은 일제히 늦어졌다는 의미를 떠올리기 시작했다.

큰 소리로 말할 수는 없지만, 1등에게는 특권이 있었다.

제일 좋은 전리품을 가져갈 수 있다는 뜻. 비유나 전공이라는 의미만이 아니라 '침상' 과 '징발' 이라는 실리적 측면에서.

선봉은 제일 조건이 좋다.

선봉이 대충 노획한 뒤, 뒤따르는 부대는 쓸 만한 게 없어진 조건에서 물건 찾기 경쟁에 애쓰게 되겠지.

적의 유기품을 노획하고, 혹은 식료나 연료를 주변에서 긁어모아 돌진하는 양식으로 삼는다.

적에게서 얻는 리소스는 그렇게 중요했다. 우군의 보급이 지체되기 일쑤인 동부 같은 전장에서는 특히나.

하지만 적의 유기품이라는 리소스는 태반이 한정된다.

우군조차도 경쟁 상대.

선수 치는 것도 때와 경우에 따라서는 필요하다. 그리고 그 리소스를 얻지 못할 경우는 발을 동동 구를 수밖에 없다.

이 점에서 주저할 줄 모르는 토스판 중위가 대담한 말을 꺼냈다.

"무모한 진격을 멈추겠습니까?"

바이스 소령도 고개를 끄덕일 뻔했다. 선봉과 후속의 접속점이 된다는 것도 중요한 군무였다.

다만 순순히 수긍하기 어렵다. 이유는 실로 명료하다.

"하지만 뭐라고 할까, 그것도 내키지 않아."

그 말을 하고 마도장교인 바이스 소령은 고개를 내저었다. 놀란 동료들의 얼굴을 보면 말이 부족했음이 자명하다.

마도장교로서 마도반응을 감지하는 데 너무 익숙했던 거겠지.

"데그레챠프 중령님의 독촉인지, 지금도 그분의 마도반응을 감지할 수 있다. 이런 상황에서 지연되는 것은……."

무섭다.

그야 어린애도 아니지만, 상관이 안색을 바꾸며 질타를 날리는 광경을 머릿속에 떠올리기만 해도 두렵다.

나잇살이나 먹은 장교가 모두 몸을 부들부들 떨 만하다.

질책에 대한 공포는 이 점에서 뇌에 기묘한 자극마저 준다.

"설마? 아니, 하지만."

그런 고함과 함께 놀란 얼굴. 조금 전까지 팔짱을 낀 채로 침묵하던 알렌스 대위가 갑자기 차분함을 잃기 시작했다.

"마도부대의 기본을 생각할 때 마도반응을 흘리고 있다면…… 우리가 알아차릴 것도 전제로 한 것이로군요?"

지금 당장에라도 자기 지휘전차에 올라타고 싶다. 그런 얼굴로 의문을 제시하는 그의 걱정은 '이해' 된다.

"그렇다, 알렌스 대위! 귀관의 말이 정확해!"

엉덩이를 걷어차이는 듯한 초조함.

진심으로 절박한 느낌과 함께 바이스 소령은 반쯤 절규하듯이 외쳤다.

"상관님은 말씀하시지 않았나!"

데그레챠프 중령이 철저하게 당부했음을, 바이스 소령은 잊을래야 잊을 수가 없다.

"다른 누구라면 몰라도 우리는 '최선봉' 이라고 명받았다! 설령 명령자인 중령님 본인을 상대로도 뒤처질 수는 없다!"

그렇게까지 엄명을 받았는데 '예외' 가 인정될까? 단순하다.

예외란 없다.

데그레챠프 중령 본인이 상대라도 예외 취급은 없다.

그런 건 말할 것도 없이 자명하다.

명령이다. 설령 내일 태양이 뜨지 않는 천재지변이 발발한다고 해도, 명령은 실행해야만 한다. 지금도 너무 돌출했지만, 선봉도 아니니까 페이스를 떨어뜨리자고 느긋하게 담소나 나눌 여유는 그들의 뇌리에서 사라졌다.

선두로 나서라고 명령받았다.

이상이다.

따라서 전투단의 모든 부대는 선봉을 목표로 할 수밖에 없다.

"오히려 왜 그렇게까지 강조하셨는지 의문을 가져야 했다."

납득한 얼굴로 바이스 소령은 팔짱을 끼고 깊이 고개를 끄덕였다.

"전방에 우군의 유력한 전투 단위가 돌출하다니. 이걸 상정한 명령이었나!"

타냐의 의도가 어쨌든, 부하는 그렇게 이해했다.

평소의 경험과 군인 특유의 사고회로에서 도출된 답은 타냐가 시사하고 싶은 바와는 다를지도 모른다. 하지만 이 자리에 없는 타냐의 의도와는 달리, 그 부하 장교들은 자기들이 찾아낸 독자적인 정답을 따랐다.

토스판 중위가 다시금 입을 열었다.

"……이렇게 되면 모든 병과를 모아서 편성한 샐러맨더 전투단이 '지각'했다는, 감히 용서받기 어려운 태만으로 간주되겠군요."

메베르트 대위가 씁쓸한 얼굴로 끄덕였다.

"통상부대보다도 유력한, 역전의 부대들이 정체라."

그것은 샐러맨더 전투단의 장교들에게 있어서는 안 되는 사태였다. 지각하는 것은 다른 자들이어야지, 자신들이면 안 된다.

작전대로, 시각을 엄수한다.

사소한 긍지일지도 모르지만, 실적으로 뒷받침됐다. ……그 사실에 자만했다면, 수단과 방법을 가리지 않고 오명을 반납해야만 한다.

"보급이니 뭐니 생각하는 건 '나중'으로 하자."

바이스 소령의 중얼거림에 장교들은 일제히 끄덕였다.

고개를 드는 것까지 동작 하나하나가 완전히 일치한 그들이지만, 그다음부터는 병과마다 특징이 노골적으로 드러났다.

기갑장교 알렌스 대위는 지금 당장 자기 전차로 뛰어가고 싶다는 표정으로, 포병장교 메베르트 대위는 이동 방법을 생각하며 불안한 기색. 보병을 보자면 무겁게 숙고하는 얼굴로 각오를 다졌다.

물론 방향성은 같다. 모두가 '돌진'하자는 바이스 소령의 견해에 이의가 없다. 애초에 데그레챠프 중령 본인이 깃발을 휘두르며 따라오라는 자세를 보이고 계시니까.

말하자면 무리를 해서라도 선봉집단은 돌진한다.

거기에 전념하라는 명쾌한 명령을 확인하고, 전투단 장교들은 이미 뇌리의 최우선 순위를 고쳐 썼다.

"전진한다. 명령도 그렇지만, 무엇보다 앞서 가는 레르겐 사단을 고립시킬 수는 없다."

바이스 소령은 기정방침을 선언.

동시에 그는 쓴웃음과 함께 말을 이었다.

"메베르트 대위, 미안하지만 무리를 좀 해야겠군. 포병은 직접 사격으로 우리를 지원해야 할 것 같다."

포병사단이 아득히 후방에 있는 것을 계산하면, 지금 쓸 수 있는 전력으로 전진 속도 유지에 매진해야만 하겠지.

"일이 없을 리가 없다고 생각했습니다. 험하게 구르겠군요."

포병장교는 쓴웃음을 지으면서도 익숙해진 일을 척척 했다.

"마필도 견인차량도 어떻게든 변통할 수 있겠지만, 슬슬 연료가 힘듭니다. 부하에게 와인 한 병이라도 특별 수당으로 줘야 하겠습니다만."

메베르트 대위의 푸념과 비슷한 희망에 바이스 소령은 주저 없이 수긍했다.

"확약하지."

"어디에 그런 여유가 있습니까?"

기민하기에 기갑장교가 전원을 대표하여 그런 의문을 던졌다.

보급 사정은 모두가 잘 안다. 진출을 우선하면 아무래도 짐은 뒤처질 수밖에 없고, 와인 같은 물건은 전투단의 어디에도 없다.

반대로 바이스 소령의 대답은 당당한 것이었다.

"그런 건 적에게서 보급하면 되지. 설령 그게 없더라도, 후속들이 와인을 껴안고 느릿느릿 나타날 거다. 최악의 경우 우군에게서 노획하면 되겠지."

간단하다고 단언하는 바이스 소령은 자신감으로 가득했다.

장교들이 고개를 끄덕이는 가운데, 평소에 적극책을 찬성하곤 하는 기갑장교가 소극적으로 군다는 신기한 현상이 일어났다.

"아군에게서는 좀 문제 아닙니까?"

황당하게 묻는 기갑장교와 달리 메베르트 대위, 토스판 중위는 규칙을 '신성불가침'으로 간주하는 습관이 사라졌다.

"알렌스 대위는 너무 예의가 발라."

"그렇지요, 이런 것은 노력과 변통이 제일이지요."

창의노력의 여유가 있는 두 장교는 임기응변에 대한 사랑을 노래한다. 좋든 나쁘든 그들은 자기 머리로 생각하는 버릇을 해군으로부터 배웠다.

군항 근무의 규칙 훈련은 인간을 바꾼다.

"토스판 중위?"

의외라는 듯이 말하는 기갑장교에게 보병 중위는 가볍게 웃어 주었다.

"필요는 발명의 어머니라고 합니다. 군항 방어에서 싫을 만큼 통감했습니다. 규칙에 따르다가 전사하고 싶지 않습니다."

아주 진지한 표정으로, 진정성을 드러내며 그는 말을 이었다.

"애초에 저 중령님 상대로 지각을 변명하기 싫습니다. 무능한 놈들을 쏴 죽이고 싶다는 마음을 경험하고 나면, 스스로가 그렇게 무능해지고 싶지 않습니다."

놀란 얼굴의 기갑장교에게 메베르트 대위가 옆에서 질렸다는 목소리로 보충했다.

"알고 있겠지? 군항 방어 때 관리 담당자인 해군과 다툰 것 말이야. 야전진지 구축을 하기 전에 서류를 제출하라며 규칙으로 땍땍거려서. 덕분에 연합왕국군의 코만도가 놀러왔을 때, 마땅히 있어야 할 환영용 진지가 완성되지 않았지."

무능한 놈들에 대한 증오를 드러내며 토스판 중위가 사납게 고개를 끄덕였다.

"고생 정도가 아니었습니다! 저는 규칙을 현실보다 우선하는 놈들이 싫습니다. 진짜로 증오하고 경멸할 정도입니다."

지극히 합리적이며 실전적인 장교인 샐러맨더 전투단에서, 그들은 금과옥조로 현실직시를 항상 상관에게 주입받았다.

동부에서 벌인 연방군과의 싸움은 그들을 극도의 현실주의자로 만들었다.

적 또한 마찬가지다.

공산주의자의 군대라고 보았던 연방군은 사실 이데올로기의 몽매함을 내던지고, 그저 '전쟁기계'로 제국군과 계속 맞서고 있다.

관료주의의 신성함 따윈 적군의 중포가 착탄할 때 아무런 도움도 안 된다.

쇠와 피의 세례를 헤쳐 나왔기에 그들은 토스판 주위의 분노를 자기 마음속에서 들끓는 공감과 함께 받아들였다.

좋든 나쁘든 전쟁에 최적화.

필요라는 환경을 그들은 소정의 전제로 받아들이고, 어쩔 도리 없이 받아들였다. 그 자리의 분위기는 이미 우군에게서 노획하는 것조차 '괜찮다'고 간주하기 시작했다.

그들에게 망설임이 전혀 없는 건 아니다.

하지만 전원은 생각했다.

아군에게 변명하는 것과 전투단장인 데그레챠프 중령에게 변명하는 것, 둘 중 어느 쪽이 더 간단할까?

애초부터 전진은 지상명령으로 부여되었다.

그럼 그들은 공모를 결의했다.

"관료주의와 중령님이라면 우선순위는 명료하다. 관료주의를 좀 울려 주자. 중령님 때문에 울고 싶지 않으니까!"

일동을 대표하여 바이스 소령은 결단을 내렸다.

그 자리에 모인 장교들에게 반론은 없다. 전원이 고개를 끄덕였다.

의무와 필요에서 나온 요청에 그들은 그 결단을 의심하지 않았다. 무능한 부하가 되어서 상관의 분노를 사는 것이 적보다 두려우니까.

　세상은 왕왕 의도치 않은 상승 효과로 가속한다.

　이르도아에 침입한 제국군 부대들 중 최선봉에 위치했던, 레르겐 사단이라 속칭되기에 이른 부대.

　잠정적으로 지휘를 맡은 것에 불과한 레르겐 대령에게 기동전으로 적을 쪼개는 쾌감은 시간과 함께 고립되는 게 아닌가 하는 걱정으로 바뀌었다.

　적진에 고립되는 것은 두렵다.

　후방 연락선은 위험할 만큼 노출되고, 후속 보병부대는 상식적인 페이스로만 진군 중.

　원호를 기대하려고 해도, 우군 부대는 거의……라고 생각하려던 때 그는 주변정찰에 임했던 데그레챠프 중령에게서 최신 정보를 수령했다.

　기막히게도 서류로서 정식으로 꾸며진 것.

　비행 중에 종이에 쓴 것일까. 정말이지 재주도 좋다.

　"……마도중대가 편리하다고는 알고 있었지만, 이렇게 편리하다니."

　정찰, 근접지원, 나아가 연락장교까지 겸할 수 있는 마도사는 실로 편리하다. 역전의 항공마도사관쯤 되면 혼자서 몇 가지 일을 해낸다.

　불행하게도 너무 편리하다. 너무나도 편리하기에 각 전선에서 혹사당하고, 보충의 인적 기반마저 손상을 입는다는 사실이 안타깝기 그지없다.

그만큼 중시되는 마도사. 심지어 은익돌격장 보유자. 그것도 한두 번이 아니라는 관록까지 더해졌으면 격이 다르다. 단순히 적 정세를 캘 뿐만 아니라 우군의 정세까지 탐색. 적 방어선의 틈새까지 파악할 수 있다. 지휘관이 알고 싶은 것을 밉살스러울 정도로 파악할 정도다.

물론 따라오는 부대에 대해 훑어본 레르겐 대령은 쓴웃음을 지었다.

"후속이 샐러맨더 전투단이라니, 데그레챠프 중령도 참."

전쟁만이 특기인 사냥개라고 얕본 적은 없지만, 항상 상상을 뛰어넘는다. 자신 같은 상식인은 아무래도 머리가 굳은 모양이다.

칭찬인지 황당함인지 모를 말이 입에서 튀어나왔다.

"부하를 잘 길들였군."

녀석 자신이 예비병력이 된다고 들었을 때는, 왜 지휘관 선두가 아닌지 의아하게 여겼는데…… 아니, 규율 훈련을 철저히 했다면 다른가.

유능한 마도사관이자 참모장교를 겸임할 수 있는 녀석 같은 인재가 몇 다스만 더 있으면 기동전도 훨씬 하기 쉬울 텐데.

그때 레르겐 대령은 머리를 흔들었다.

"아니지, 저걸 양산하고, 대량 배치한다고?"

스스로 한 생각이지만 말도 안 되는 망상이다. 왜 그런 몽상을 했는지 자신에게 캐묻고 싶을 정도였다.

그런 짓을 했다간 무슨 대참사가 일어날까.

"오늘의 나는 정말로 좀 이상하군."

투덜거리며 담배와 라이터로 손을 뻗었다. 니코틴을 빨아들이고 연기를 내뱉어서, 호흡에 깃든 씁쓸함을 다른 것으로 흩어버리려고 했지만, 그래도 고이는 것이 있었다.

데그레챠프 중령에게 귀여움을 찾거나, 그 양산을 검토하거나.

"……전쟁은 무시무시하군."

한순간이라도 데그레챠프 같은 이치의 야수가 여럿 있다는 망상을 하다니. 사관학교에서 녀석을 처음 보았을 때의 자신이라면 제정신인지 의심했을 게 틀림없다.

"제정신인가."

정말 현실이란 변화가 현저하다.

입에 문 담배의 재가 지면에 떨어지는 가운데, 레르겐 대령은 마음대로 안 되는 현실에 대해 잠시 자학적인 견해를 가졌다.

징징거림도, 투덜거림도, 상식도, 전쟁은 죄다 삼켜버린다.

여기 있는 것은 이치다.

잔혹하며 명료하고, 불행하게도 '이해'하면 알기 쉽다. 그래, 제투아 각하가 나를 여기에 던져넣었을 만하군.

필요한 것은 동부에서 깊고 깊은 곳을 들여다본 경험인가. 혹은 자신과는 다른 성질을 제투아 각하가 띠었다는 것도 생각할 수 있다. 아무튼 보통이라고는 생각할 수 없다.

참 기분 나쁘다고 생각하게 된다. 인간의 반응이다.

하지만 더 무시무시한 것은.

"……이해하게 된다."

최선의 수를 위한 한 걸음이란 사실을.

양식은 비명을 지른다. 말도 안 된다고.

하지만 이성은 '문제없다'고 가슴을 편다. 데그레챠프 중령 같은 자는 이 갈등을 어떻게 처리할까.

"대령님! 기다리십시오, 대령님!"

생각하면서도 지휘전차에 타려는 레르겐 대령은 달려온 요아힘 소령의 목소리에 살짝 짜증 내는 얼굴을 했다.

"또 자네인가, 소령."

"……대령님, 그런 말씀을 할 때가 아닙니다."

반대로 말하자면 이 지상에 있는 자가 모두 마음대로 안 되는 걸까. 짜증을 느끼면서도 레르겐 대령은 계속 징징대는 소령에게 일단 귀를 기울였다.

"벼, 병사들이, 한계입니다. 레르겐 대령님, 사단 주력의 장악도 혼란에 가깝습니다. 일단 휴식을 취하면서 부대 재편에 시간을 주십시오."

"안 된다."

"하, 하지만!"

젊은 참모장교가 지친 목소리로 하는 징징거림. 레르겐 대령은 자기 상관이 그러하듯이 눈길 한 번 없이 말했다.

장교가 병사의 앞에서 징징댈 틈이 있거든 움직여야 하는데.

"적에게 재편할 여유를 주어선 안 된다. 거듭 말하는데 우리가 멈추면 샐러맨더 전투단의 측면이 드러난다."

'이해' 해버리면 자명하다.

전쟁에서 시간과 기회에 다음이라는 헛소리는 없다. 외줄타기를 시작했으면 끝까지 건너든가, 곤두박질쳐서 떨어지든가.

생명줄인 국력에 여유가 없다면, 그저 죽어라고 달릴 수밖에 없다.

"혼돈 속에서는 돌진하는 게 최상이다. 지금 1개 여단이 있으면 적의 방어선을 돌파할 수 있다."

"……피로가 한계에 달했습니다만."

젊은 장교의 말은 진실이다.

레르겐 대령도 요아힘 소령의 말에 있는 피로 그 자체는 사실이라고 인정한다. 고개를 끄덕여 공감을 보이면서도 말을 덧붙였지만.

"죽지만 않으면 된다."

놀란 상대는 아직 이해하지 못했겠지. 하지만 무운이 있어서 살아남을 수만 있으면…… 싫어도 이해할 게 틀림없다.

요아힘 소령만이 아니라 모든 장교가 알아야만 한다.

"갈 수 있을 때 간다. 전쟁의 진리다."

이럴 때는 군 대학 시절의 말도 안 되는 참모여행이 문득 떠오른다.

피로에 절어 있을 때 교관들이 쏟아 붓는 욕설과 난해한 전술 문답. 즉각 판단하라고 다그치며 지친 머리에 채찍질 했던 그것.

정말로 그것이 제일 도움이 되는 교육이었다.

육체의 피로가 자기 판단을 좀 먹더라도, 필요에 따라 돌진하는 기예를 발휘해야만 한다는 사실을 오늘 이해할 수 있으니까.

"지금은, 그래. 지친 병력의 불만만으로 끝난다."

레르겐 대령은 확신과 함께 기동전의 이익을 버리는 어리석음을 말했다.

"하지만 내일은 비참하겠지. 참호진지 앞에서 쓰러지는 비명을 들을지도 모른다."

시간이 있으면 간이진지 구축 정도는 가능하다.

이르도아인이 어떤 것을 만들지는 모르지만, 얄팍한 개인호라고 해도 귀찮다. 진지에 들어간 상대는 빌어먹을 존재다. 저항을 배제할 때까지 얼마나 시간과 피를 요구할까. 생각하고 싶지도 않을 만큼 인적 자원을 낭비하고 시간을 잃고, 종국에 작전이 좌절된다면 논외다.

"절약할 수 있는 희생은 무의미하다. 병사들의 원망은 유족의 원망과 비교하면 별것도 아니겠지? 살아있으니까 원망도 할 수 있다."

자상함 때문에 병력을 죽인 거면, 그 자상함은 사악하다. 사악한 조직인이란 그저 필요와 이치에 따라서 부하를 다루고, 그들을 살려야만 한다.

미적지근한 반응의 부하 장교에게 레르겐은 슬플 정도의 사실을 말했다.

"우리는 속도로 시간을 사고 있다. 피로 때문에 발을 멈추면 시간을 인명으로 갚는 주객전도가 될 수 있다."

"적진에 고립될지도 모릅니다! 돌출하면 기갑사단이라도!"

지당한 의문이다.

돌출하여 적지에 고립될 위험성!

전쟁 전이라면 요아힘 소령의 의견은 현명하게 간주되겠지. 하지만 이 총력전에서 다음이 없는 제국은 리스크와 메리트의 저울이 망가졌다.

정답이 항상 정답이라고만 할 수는 없다.

"여기서 멈추면 그렇지. 자, 남진한다."

"대령님?!"

이쪽이 제정신인지 의심하는 요아힘 소령에게 레르겐 대령은 가볍게 웃어주었다.

"속도야말로 우리의 친구다. 장교가 칭얼대지 마라. 푸념이라면 발할라에서 실컷 들어줄 수 있겠지."

"……진심이십니까?"

"내가 지휘관이고, 마음에는 참모본부의 명령이 있다. 달리 뭐가 필요하지? 자네, 전진한다. 전차를 몰게나."

레르겐 사단의 돌출은 같은 시대의 목격자에게 '자살적 돌격'으로 형용되었다. 사단 장교의 일부가 지휘관의 정신 상태마저 의심할 정도.

하지만 역사에 기록된 것은 제국군의 실패나 통수권 문제가 아니었다.

'전설적인 돌파'.

전쟁사 교범에서는 '보기 드문 예외적 사례'라고 덧붙여졌다.

결코 일반화할 수 없는, 상식적인 지휘의 모범이라고 할 수 없다는 말이 붙었음에도 불구하고, 어쩔 수 없이 수많은 전문가가 잉크를 할애할 수밖에 없는 위대한 돌파의 성공.

전문가는 이것이 현실이라는 사실을 갈등하면서도 인정할 수밖에 없다.

역사가는 더 단순히 이것을 '위대한 기적'이라고 칭송했다.

조금 더 잘 아는 현인은 [동부 경험자의 노련한 전술 판단]에 따른 '임기응변의 돌파'라고, 다 아는 척 해설한다.

이르도아 정세나 군사지리에도 정통한 동부 경험자 레르겐 대령.

과거에 속했던 레르겐 전투단을 구성했던 우군이 측면에 있고, 익숙하게 부렸던 기갑사단을 받은 역전의 참모장교가 '적절한 판단'으로 돌파에 성공했다고.

군사적으로 보았을 경우, 제국이 이르도아 방면에서 완벽한 길항상태를 확보하기까지 다대한 공헌을 이루었으니까 찬사도 꼭 틀린 건 아니다.

군사적 요충지의 탈취.

방어용 종심 확보.

제국 본국을 위협하는 존재를 배제.

그리고 이르도아 북부에서의 처참한 '수렁'의 전개. 병행하여 대치하는 동맹군들과 벌이는 다양한 속임수.

국가이성을 되찾고, 살아남기 위해 발버둥 치는 제국의 망집이 결실을 이룬 공간이 거기에 있었다.

사람들이 말하기로 '제투아의 장난감 상자'.

거기 던져지는 것은 사체인가, 포탄인가.

쌓이는 시체는 국가이성의 요청에 따라 죽은 애국자일까, 앞서 나가려고 했던 사기꾼일까, 무고한 희생자일까.

모두가 입을 다물고, 내뱉고, 그리고 고개를 흔들며 대화를 멈추는 세계.

희대의 사기꾼이라고 적에게 두려움을 산 제투아 대장의 전쟁 지도란 결국 혼돈 그 자체.

그러니까 같은 시대의 사람이라도 전장에 몸을 둔 장병들은 모두가 속삭였다.

두렵기 그지없는 존재를.

나날의 싸움 속에서 그들은 싫어도 그 존재를 안다.

한스 폰 제투아.

시골뜨기 출신의, 별로 대단해 보이지 않는 학구파에 온후해 보이는 노군인.

그가 낳은 것은 '장난감 상자'.

그 상자에는 그저 '필요'라는 두 글자가 선혈로 적혀 있다.

그러니까 휘말린 이르도아는 절대로 잊지 못한다.

거기에 얽힌 모든 것을 그들은 저주한다.

'레르겐'이라는 이름 또한 예외는 아니다.

그 역할을 안다면 끔찍이 싫어할 수밖에 없다. 당시에는 몰랐어도 나중에는 알게 되었으니까. 외교 당사자로 방문했으면서 그 뒤에서 암약하며 이르도아의 심장부에 꽂힌 '제투아의 단검'이라는 역할을.

또한 당사자인 레르겐 대령의 회고록에서는 이르도아 전쟁의 '경위'를 자세히 기술했지만, 문제의 전쟁 자체에 대해서는 '뜻하지 않은 전쟁에서 제국 군인의 의무를 다했다'라고만 기술했을 뿐이다.

VI

>>> 제 6 장 <<<

충격

Impact

이런 시대이니, 방황하는 영혼은
확실히 인도할 필요가 있겠지.

그래서 여기 태어난 것은 방황하지 않는 로켓!
똑바로! 똑바로!
오로지 똑바로 나아갈 뿐!

— 슈겔 주임기사 —

》》》 통일력 1927년 11월 12일 이르도아군 국경사령부 《《《

이르도아와의 전쟁을 시작할 때, 제국은 전쟁기계로서 충분하고도 남을 만큼 기능했다.

이번 대전을 개전 벽두부터 오늘까지 당사국으로 계속 싸운 경험은 헛것이 아니라서, 실전의 세례를 거친 제국군은 전쟁 전의 낡은 패러다임을 버린 지 오래됐다.

이르도아군도 교훈을 받아들여 부대의 훈련, 교육에 반영하지 않은 것은 아니겠지.

하지만 아무래도 상대가 너무 안 좋았다.

교전국은 교사에게 피를 대가로 치르고 배운 제국군이다. 화염과 강철의 세례를 헤쳐 나온 그 차이는 중립국이었던 이르도아군과의 결정적인 차이로 드러났다.

당사국으로서 계속 싸웠던 전시국가는 전쟁의 흐름을 알고 있었다. 그 지식 차이는 너무나도 잔혹했다. 아무리 노력해도, 저항해도, 전쟁의 이치를 모르면 의미가 없다.

평시 의식을 가진 이르도아군은 전시 의식인 제국군에 쓸렸으니까.

그 와중에서 국경사령부의 방비를 맡은 산악여단의 상황은 다른 이르도아군 부대들과 마찬가지로 최악이었다. 준전시 체제인 채로 불완전한 동원 상태였던 부대는 국경부 전투 당시 정원도 채우지 못한 상황에서 완전 편성 상태인 제국군과 격돌하게 되었다.

군사적으로는 그저 악몽이다. 전쟁을 염두에 두었던 군대와 평시의 군대는 너무나도 동떨어졌다. 후자가 눈을 떴을 때는 전쟁의 불길이 자국의 문을 두들기고 있었다. 제국군의 중포와 장거리 열차포라는 강철의 파성추로 힘차게 말이다.

즉, 용감한 저항 말고는 더 기대할 수 없다는 뜻이다.

그렇게 불편한 진실에 제일 먼저 도달한 것은 칼란드로 대령이었다.

다행인지 불행인지 칼란드로 대령은 이 방식을 '직접 보아서 알고 있었다'. 동부 전장에서 '레르겐 전투단'의 종군무관으로 파견되어, 숙달된 전문가의 옆에서 직접 배웠다.

"……으으, 제길."

미친 거 아니냐고 생각했던 방식.

이상하다고 뇌까릴 정도의 돌파 우선.

연방군에게 밀려들던 폭력의 홍수.

"모든 것이 뒷전, 놈들의 목적은 '돌파'다. 제길, 제길, 제길."

품위 있는 거동을 내던지고 머리를 가속시키는 그의 뇌리에는 대략적인 전황 지도가 떠올랐다. 창이다. 창이 조국에게 꽂혔다. 하지만 창끝은 예리할지라도 측면은 약하겠지.

"옆을 때릴까?"

틀렸다. 혼란스러운 현황에서 그럴 여력은 없다. 반격을 위한 병력을 긁어모으려고 해도 자신은 지휘관도 아닌데!

후퇴, 그것도 즉각으로, 철저한 것이 필요했다. 가능하다면 연방군의 초토화 작전과 합치는 게 최고일까. 오직 단호한 조치만이 제국의 예봉을 둔하게 만들 수 있다.

순간적으로 생각을 정리하고, '받아들일 수 있을까' 하는 점에 의문을 품은 칼란드로 대령은 자조와 함께 어깨를 으쓱였다.

"……심한 방법이군."

국토방위를 임무로 아는 사령관에게 국토를 불태우고 무조건 도망치라고 조언하면 어떻게 될지는 눈에 선하다.

"조언밖에 할 수 없는 것은…… 답답하군."

수용되지 않는 지식에는 의미가 없다. 제국군을 상대할 대항책을 알지만, 자신은 어디까지나 '편성에서 열외된' 외부인으로 국경에 배치된 '참모본부'의 요원이다. 지휘권이 필요했다.

무력함에 시달리면서도 그는 의무에 충실했다. 역할을 다하기 위해 사령관과 담판을 지을 정도로 애국자이기도 했다.

과연 가능할까.

오늘의 전쟁이라는 비상식적인 사태에 적합한 의견 상신은 정당한 양식을 가진 사령관의 감성과 정면으로 충돌한다.

"무슨 소리?! 후퇴하라고?!"

"각하, 필요가 그것을 요구합니다!"

"말을 삼가라, 칼란드로 대령! 그걸 필요라고 칭하기 이전에 귀관은 부끄러운 줄 알아야지!"

설득의 시도는 무익했다.

눈앞에 있는 것은 분노로 물든 사령관 각하의 분노한 얼굴. 단호히 거부한다는 듯이 고개를 내저은 국경사령부의 사령관은 자기가 선량한 인간이라는 사실을 다음 발언으로 역사에 남긴다.

"칼란드로 대령! 국토를 지키는 것이 왕국군이다!"

"부분을 위해 전체를 잃을 수는 없습니다! 후퇴 명령을!"

"여기는 이르도아다! 이르도아에 버릴 수 있는 부분은 없다! 우리는 이르도아인이다!"

흥분한 질타의 목소리.

상관의 질타는 양식적인 조직인을 위축시킬 만하겠지. 하지만 의무를 저버릴 수는 없다.

직업인으로서의 의무가 양식과 양심을 압도하는 이상, 자기 책무와 필요에 따라서 더럽고 사악한 전쟁원리라고 말해야만 한다.

"각하, 상대는 총력전을 따르는 전쟁기계입니다! 녀석들은 정치도 외교도 모르는 난폭한 군국주의자들입니다만, 그렇기에 전쟁만큼은 잘합니다!"

"그러니까 국경부는 모두 버리라고?!"

"이미 다 지킬 수는 없습니다! 일이 이렇게 되었으면 구할 수 있는 것을 구해야 합니다!"

"곳곳에서 우리 군은 저항하고 있다! 적의 공격은 거의 격퇴하고 있다!"

지도를 주먹으로 때리는 사령관의 말도 부분적으로는 옳다.

제국군은 '거의 대부분'이 이르도아 국경부의 부대들과 충돌하여 발이 멈춰 있다.

하지만 아니다.

"각하! 이것들은 모두 적의 조공입니다. 우군이 '붙들려' 있는 동안에, 적의 주공이 우리 군의 연락선을 뭉갤지도 모릅니다!"

"자기 자리를 지키고 반격에 나선다! 방어의 기본을 잘못 아는 게 아닌가?!"

"아닙니다!"

칼란드로 대령은 반론했다.

온몸을 떨면서 필사적으로 말해도 말이 전해지지 않는 답답함. 짜증이 말에 섞이고, 서로 감정적인 외침이 오가기 시작했다.

시끄럽게 문이 열리며 갑작스럽게 누가 방에 뛰어든 것은 그런 도중의 일이었다.

"무슨 일이냐?!"

재빨리 지휘관에게 벽이 되도록 이동하면서 칼란드로 대령은 매섭게 신원을 확인했다. 하지만 말을 던지는 동안에 그는 '침입자'가 낯익은 얼굴임을 깨달았다.

"중위인가. 또 귀관인가?"

전령이…… 이렇게 당황한 모습이면 안 된다.

아무래도 그에게는 적성이 없는 모양이다.

"가, 각하! 아, 서두르십시오, 각하!"

도무지 알아들을 수 없을 만큼 횡설수설하는 장교의 말에 칼란드로 대령은 진정하라는 듯이 의자를 권했다. 하지만 중위는 고개를 흔들면서 시간이 아깝다는 듯이 거듭 말했다.

"저, 적입니다. 적의 기갑사단이……."

"돌파를 꾀했나? 진정해 보게. 각하께 설명을 드려."

지도를 펼친 책상 앞에서 칼란드로 대령은 올 것이 왔다고 예견했다.

동부에서도 그랬다.

제국군의 기갑사단도 '레르겐 전투단' 놈들과 같다. 전선의 약점을 철저하게 공격하여, 단 한 번의 전술적 승리로 작전 차원의 승리를 얻어내려는 심산인가.

"보고는 정확하게! 어디인가?"

정세를 읽어내려고 던진 질문에 대해, 전령장교는 손가락으로 자기 아래의 어딘가를 가리켰다.

"……여, 여기입니다."

하지만 그걸로는 알 수 없다.

지도의 어디를 가리키는 거냐? 이렇게 한시를 다투는 상황에!

"명료하게 가리켜라. 어디냐?!"

칼란드로 대령의 분노를 띤 질문에 대해 답답하다는 듯이 말이 튀어나왔다.

"여기입니다! 사령부의 바로 옆에!"

"뭐? 여기라고?!"

"우, 우군 헌병이 발견했습니다. ……이미, 바로."

근처까지 왔다는 그의 말 대신 대포 소리가 연주되었다.

포성.

그 소리는 틀림없이 가까이서 울렸다. 전차포인가? 야포인가? 아니, 그런 건 아무래도 좋다.

모든 것을 이해하고 절규에 가까운 비명이 칼란드로 대령의 입에서 튀어나왔다.

"참수전술인가!"

사령부 공격! 동부에서 제투아 대장이 애용한 전형적인 복합전술이다. 머리를 베고 철저한 기동전으로 전장을 혼란시키고, 그 적대자가 정신을 차렸을 무렵에는 홀로 남아 승리한다.

한 방 먹었다고 성대하게 이를 악물었을 때는 이미 늦었다.

칼란드로 대령은 재빨리 외쳤다.

"각하, 지휘부를 탈출시켜주십시오!"

"자네야말로 탈출하게. 사령부는 여기를……."

"사수할 병력이 없습니다! 유린당하기 전에 어서!"

두뇌를 지키지 않으면 온몸이 썩어버린다.

전쟁의 요청에 따라서 칼란드로 대령은 외쳤다.

"공간을 희생하여 시간을 벌 수밖에 없습니다! 우리 군은 방어 태세를 갖추기 전에 야전군의 중핵을 북부와 함께 상실하게 됩니다!"

필사적인 말. 그리고 위기의 이중주는 사령관의 엉덩이를 간신히 움직였다.

"사령부 기능을 이전한다. 하지만……."

적이 근처에 있다.

그 사실에 그가 말을 주저했지만, 그런 건 칼란드로 대령에게 일고의 가치도 없는 간단한 문제였다.

"제가 뒤에 남겠습니다."

"잠깐, 귀관이?"

"외부인입니다만, 일단 권한은 있겠죠. 군령상 지휘체계에 들어있었으니까…… 제국인 환영위원회 대행 정도는 할 수 있습니다."

지휘권을 요청하는 구실 정도는 된다. 유쾌한 일은 아니겠지. 하지만 일할 사람이 필요하고, 자기가 머릿수에 들어있다면 도망칠 수는 없다.

책임감에 따라 움직인 대령의 눈을 바라보면서 사령관은 고개를 내저었다.

"······미안하군, 대령. 귀관을."

오해했던 모양이야, 라는 말이 나오기 전에 칼란드로 대령은 사령관의 말을 가로막았다.

"놈들의 돌진력에는 한계가 있습니다. 각 부대의 이탈도 서둘러야 합니다."

내 걱정은 내가 한다.

칼란드로 대령은 사령부 기능의 이전과 탈출에 필요한 일을 하면서 지휘권 밑에 전력이 될 만한 병력을 긁어모았다.

물론 그것은 결코 충분한 숫자가 아니지만.

"한계까지 쥐어짜도 장악할 수 있는 건 2개 대대 정도인가."

송두리째 동원하고 경호부대를 개편해서 이 정도다. 전시편제라면 국경사령부에 가볍게 사단 단위의 전략예비가 있을 터였는데.

다만 뜻하지 않은 부산물도 있어서, 무기는 부족함 없었다.

전략예비용 비축물자를 전용하여 포나 장비만큼은 더없이 충실했다. 그래도······ 전시편제로 제대로 이행하지 못했기 때문에 병기를 조작할 요원은 충분하지 않았다.

뒤죽박죽으로 장비를 긁어모은 혼성집단에 가깝다.

"전투단인가."

사령관급에게 지급되는 시가를 한 손에 들고 칼란드로 대령은 쓴웃음을 지었다. 사령관님이 두고 간 선물. 고생하는 당사자가 그걸 맛보는 정도는 용서되겠지.

담배가 정신에 미치는 국소적인 위안.

그것은 씁쓸한 현실과 마주대하기 위한 의식 같은 것에 불과하지만.

"……제국식으로 할 수밖에 없지."

급한 대로 채용한 운용형태는 제국인이 전장에서 시행착오 끝에 낳은 것.

모였다 흩어졌다 하는 모습은 있는 것으로 채워놓기 위한 미봉책. 전쟁의 페이스가 너무 빠른 놈들이 발을 멈추지 않기 위한 독트린이란 사실을 지금 진저리 나게 통감한다.

그걸 흉내 내고 보니 진가를 알 수 있다.

놈들은 용케도 이런 임시변통으로 전쟁을 하는군.

"전문가를 상대로 어설프게 흉내 낸 부대로 싸우는 것은 자살행위……인가."

칼란드로 대령은 즉각 상황의 불리함을 파악했다.

딱히 전문가의 식견 따윈 필요 없겠지. 적은 전의도 왕성한 유력부대고, 이쪽은 전시편제로 제대로 이행하지 못한 한심한 부대.

할 수 있는 일을 할 수밖에 없다.

뭘? 이라고 생각하던 때 그는 깨달았다.

'노획' 당하지 않는 것이 승리 조건이다.

"지연전투! 속도가 느린 화포를 버리고 간다. 확실하게 폭파처분해라. 비축은 모두 불태워라!"

명령을 기초하고 폭약 수배를 명하는 도중의 일이었다.

이 자리에 저축된 물자를 넘겨줄 수는 없지만, 물류의 흐름도 중요했다는 사실을 칼란드로 대령은 떠올렸다.

아무래도 순간 망설였지만…… 심호흡을 한 차례 하고 그는 그 말을 했다.

"다리를 폭파할까."

그렇게 하나의 길이 정비되었다.

역사가가 증오하고 입을 모아 욕하는 만행으로 가는 길.

혹은 단순하게 군사적 합리성에 기초한 '초토화 작전'.

하지만 '칼란드로의 불장난'이라고 알려진 과도할 정도의 지연전은 제국군의 예봉을 결정적인 순간에 늦추는 데 성공했다.

물론 같은 시대에서도 그것은 큰 혹평이었다고 한다. 폭파 명령을 수령한 즉석공병대의 지휘관에게서는 곧바로 항의를 받았다.

"여, 여기 있는 것은 대부분이…… 여, 역사적 유산입니다!"

이에 대답한 칼란드로 대령의 말은 전형적인 군인의 딜레마로서 이르도아에 널리 알려지게 되었다.

그 또한 고뇌하는 표정으로 중얼거렸다.

"이르도아 왕국을 역사적 유산으로 만들고 싶지 않다."라고.

결과론이지만, 태반의 역사가는 '이 조치가 적절했다'라는 사실을 어쩔 수 없이 '가끔' 인정한다.

제3자라면 좋은 결단이었다고 때때로나마 칭찬할 정도다.

물론 비판과 칭찬을 애증 반반으로 받는 칼란드로 대령 본인만큼은 자기가 하는 짓을 가장 냉정하게 지켜보았다.

그에게는 도저히 자랑할 수 없는, 전쟁의 괴로운 기억이니까.

》》》 통일력 1927년 11월 16일 북부 이르도아 지방 《《《

　제8기갑사단-샐러맨더 전투단으로 대표되는 제국군의 선봉 집단이 남진의 돌파력을 완전히 소진하고 후속부대와 합류하여 전과확장을 꾀하는 단계로 이행한 시점에서 타냐와 부하들은 레르겐 대령의 밑에서 해방되었다.

　타냐의 행동은 신속했다.

　진격 도중에 눈독 들인 포인트를 돌면서 식료품, 양식을 조달.

　전리품은 물론 합법적으로 구입한 햄, 치즈, 커피, 흰빵, 기타 각종 기호품과 식품이다. 그것을 손에 든 제203항공마도대대 소속의 2개 중대는 개선이라도 하듯이 서둘러서 귀환했다.

　기지에서 대환영을 받은 것은 말할 것도 없다.

　전과, 전리품. 그리고 맛있는 식재료들.

　사람은 때로는 헤매는 생물이다. 길을 헤매고, 인생을 헤매고, 번뇌에 고민한다.

　그리고 때로는 만사가 명확해진다. 지금 해야 할 일은 타냐와 그 부하에게 자명할 뿐이었다.

　승리의 연회다.

　애초에 전쟁에 너무 진지하게 매달리면 마음이 병든다. 고민하는 것은 정신건강에 지극히 좋지 않다.

　인간에게 필요한 것은 이르도아의 풍요로운 문화를 즐길 만한 마음의 여유겠지.

　그러니까 특히나 타냐는 사회성과 문화를 존중한다. 전선에 있을 때 인간성을 버리면 전후의 사회 복귀에도 현저한 문제를 가져올 수 있다고 믿는다.

전방과 후방의 분위기 차이가 신경에 미치는 리스크를 최소화한다.

환경이라는 의미에서 타냐는 이르도아라는 공간을 진심으로 사랑했다.

무엇보다 따스한 햇살과 풍요로운 농업의 땅.

동부의 진창과 달리 쾌적한 환경이다.

사람도 좋다. 동부의 연방인과 달리 24시간 내내 습격이나 수단방법 가리지 않는 총력전에 물들지 않은 느긋함이 실로 좋다.

무엇보다 일을 한 건 끝낸 뒤의 커피!

좋은 원두다. 각별히 맛있다.

축제 전에 한잔하는 것만으로도 가슴이 뛴다.

"모든 게 훌륭하군. 빛을, 더 빛을, 그렇게 외치고 싶어질 만해, 이건."

이르도아군에게서 노획한 커피 원두는 프랑소와 스타일의 미식을 자랑하는 자유공화국군의 개인용 배급식보다도 질이 좋을 정도다.

중립이란 것은 어쩜 이렇게 맛있을까.

"제국 본국의 대용 커피에 익숙해진 혀에는 너무 자극적이야."

비장의 초콜릿을 씹고 커피를 즐긴다는 아름다운 한때를 즐기고 싶어지기도 하겠지.

즐거운 시간은 순식간에 지나는 법이지만…… 성대한 축하로 시간과 겨루면 그리 빨리 지나가지도 않는다.

낮이 끝나면 밤. 즉 우아한 점심 다음에는 풍요로운 저녁 식사다. 식량사정이 궁핍해진 지 오래인 제국에서는 꿈꿀 수도 없는 기호품의 진수성찬이다.

자연발생적인 만찬회에서 타냐는 부하들을 위로했다.

"제군, 잘해 주었다! 마음껏 먹어라!"

호령을 발했지만 어쩐 반응이 신통치 않다.

평소에는 알기 쉬울 정도로 시끄럽게 떠들어대는 장병들이 뭔가 부족하다는 얼굴을 하지 않는가.

고기, 치즈, 햄, 빵.

대충 훌륭한 것으로 갖추어놓았는데……라고 타냐가 의문을 품었을 때, 거수와 함께 부관이 제시한 말에 의문이 풀어졌다.

"술은 안 됩니까?"

"형식만이라고 해도 즉응대기 중이다! 아무리 그래도 그건 자중해라."

취할 정도로 마시는 바보라고는 생각하지 않는다.

하지만 업무를 위임받은 입장으로서 의무를 잊은 건 아니다.

알코올로 판단력이 흐려진 병사를 데리고 전쟁하는 것을 누가 좋게 볼까? 바람직하지 않은 리스크는 최소화해야 한다.

"애초에 술로 도망칠 필요가 있는 사람은 없겠지."

오히려 전쟁중독자들이 모인 만큼 이성이 날아간 놈들이 무슨 짓을 할지 모른다는 게 무섭다.

힐끗 시선을 주자 물욕 어린 눈.

부하들이 뭐라고 투덜대지 않는가.

"중령님, 이해 좀 해 주실 수 없습니까." "한 건 끝낸 참 아닙니까?!" "이럴 때는 한 잔 쭈욱 하고 싶어집니다." "아니, 그래도 좀…… 술을 모르는 사람에게 이해하라고 하는 건 좀 그렇지 않나?" "일을 마치고 기운을 내기 위해 건배 정도라도."

그렇게 마시고 싶은 건가? 타냐로서는 황당할 뿐이었다.

음주비행을 허락했다간 상관의 책임 문제는 틀림없다. 부하의 실수로 내가 실추하는 건 사양이다.

이직시에 '훌륭한 커리어입니다만, 부하의 음주운전을 간과했던 모양이로군요.' 라는 소리를 듣고 싶지 않다.

"참 기묘하군. 규칙이라는 말을 항상 무시할 수 있다고 착각하는 인간이 바로 우리 제국군에 있는 모양이다."

힐끗 째려보면서 놈들에게 침묵을 강요.

벌이 필요하다고 판단한 타냐는 날카롭게 말했다.

"팔굽혀펴기! 20회! 전원 즉각 실시! 나를 따라서 해라!"

연대책임은 정말로 사악하다.

군대가 이것을 좋아한다는 것은 정말로 군대가 필요악의 조직이라고 떠올리게 해 준다.

명령했으니 자신도 해야만 한다는 것이 더욱 울고 싶다.

팔굽혀펴기 20회 정도는 별 고생도 아니다. 하지만 부하의 실수 때문이라는 사실이 열받는다. 그 정도로 연대책임이라는 말이 싫다.

상사로서 부하의 잘못에 책임을 지는 것은 의무다. 이해는 하지만…… 부하가 음주로 실수를 저질렀다는 소리를 듣고 싶지 않다. 그러니까 처분 대신 팔굽혀펴기로 끝내고, 땀 한 방울 흘리지 않는 놈들 앞에서 타냐는 보란 듯이 한숨을 흘렸다.

"마시지 마라. 이해했나?"

"예."라는 씩씩한 대답 소리는 만족스러웠다. 근무시간 중에 자성해 준다면 그걸로 됐다. 개인시간에 개입할 생각은 없다.

상사로서 환경을 정비하는 배려는 필요하겠지만.

그런고로 지극히 선량한 중간관리직답게 타냐는 유능한 장병에게 나름대로 배려하는 질문을 던졌다.

"……달리 희망은 없나?"

관리직으로서 성실한 질문이겠지.

물론 음주는 허용할 수 없기에 인사치레에 가깝다.

비용 대비 효과에 뛰어나다……라고 타냐는 마음속으로 자화자찬했다. 내가 봐도 멋진 인심장악술이다!

"초콜릿과 커피는 나옵니까?"

"뭐?"

느긋한 얼굴을 한 부관이 묻는 말에 타냐는 자기 방심을 깨달았다.

참으로 어리석은 소리를 했다.

시간을 몇 초만 돌이킬 수 있다면 바보 같은 소리를 했던 이 혓바닥을 잘라버리고 싶을 정도의 실수였다.

"이왕이니까 저기, 중령님의 그것을 좀 나눠주셨으면……."

조심스럽게, 정중하게, 무엇보다 미안하다는 태도의 질문. 하지만 부관이 부채질한 욕망의 불길은 화상을 입을 정열에 가깝다. 타냐는 그걸 확실히 보았다.

전시하에서 기호품에 굶주린 것은 알코올 애호가만이 아니다.

부대 안의 단맛 애호가들.

이 녀석들의 눈동자는 기대의 빛을 띠고 타냐가 고개를 끄덕이기를 이제나저제나 기다리지 않는가!

커피와 곁들이는 과자를 부관이 잘 아는 것도 실로 뼈아프다. 괜한 약속을 했다. 나 같은 이성적인 합리적 경제인이 존재X 같은 얼간이로 전락했냐는 자기비판을 하고 싶어질 정도였다.

전부 전쟁 때문이다.

그건 그렇다 치고, 나중에 자신의 정신 상태를 확인하자. …… 여기를 다 처리하거든.

어떻게 할까? 망설여도 무익하다.

결단해야만 한다.

"……제길, 알았다. 내주지!"

고뇌 그 자체였지만, 타냐는 '좋은 상사'로 계속 있을 필요경비라고 마음속의 장부에 기록했다.

희색을 띠는 단맛 애호가들의 반역은 결코 잊지 않겠지만. 마음의 장부에 똑똑히 새겨두자. 언젠가 그만큼 부려먹어야지.

듬뿍, 꼭.

반드시 이 대가를 치르게 하겠다고 맹세하면서 타냐는 부관에게 시선을 보냈다.

"내 사물에서 '적정량'을 가져와라. 한도는 알고 있겠지?"

"알겠습니다! 소관이 바로 시행하겠습니다!"

뛰어가는 부관의 발걸음에 망설임은 없다.

애초부터 비축이 있는 곳을 다 알고 있다. 이건 수중의 태반을 상실한다고 각오할 수밖에 없다. 본국에 두었던 것만으로는 미덥지 않으니, 이르도아 근무 중에 어떻게 '조달'하면 좋겠는데.

그건 그렇고, 식사를 만끽해서 기분을 만회하자.

나이프와 포크는 멋진 장비.

전채, 생선 요리, 메인을 든든하게. 이르도아식의 미식을 만끽할 수 있다니 마음이 뛴다. 말하자면 문명의 맛이겠지.

부관이 가져온 커피 원두와 초콜릿의 양에 현기증을 느끼면서, 표면상으로는 태연히 웃어 줄 정도로 마음에 여유가 있으면 된다.

그렇기에 요리가 나오는 것을 이제나 저제나 기다리던 타냐의 귀는 다가오는 발소리를 놓치지 않았다.

"데그레챠프 중령님, 데그레챠프 중령님은 계십니까?"

"여기인데."

포크를 한 손에 든 타냐는 눈치 없는 난입자에게 시선을 주었다. 이상하다, 웨이터가 왜 빈손이지?

아니, 애초에 본 적 없는 얼굴이다. 이제 막 진출한 시설운용요원이겠지.

요리도 뭣도 없이 부르다니 대체 무슨 일일까.

하지만 계급은 소위. 사관인가?

나이로 보면 갓 대학을 졸업하여 계급장이 반짝거리는 소위. 보충요원이겠지. 뭐, 후방에서 써먹기에는 문제없겠지만…… 제국군도 연소화가 현저하다. 고령화에 고민하는 것과 이것 중 어느 쪽이 바람직할까.

고민하면서도 일단 아이에 대한 대응이면 되겠다는 쪽으로 타냐는 말을 골랐다.

"경보도 울리지 않았는데 무슨 일이지?"

나무라는 목소리라도 너무 엄해선 안 된다.

불쾌함과 곤혹스러움을 적정량 혼합하면서, 어디까지나 일에는 경의를 표한다.

"일을 한바탕 마친 뒤의 식사 정도는 느긋하게 먹고 싶은데."

소위는 표정에 미안하다는 빛을 띠었지만, 그는 그대로 떠오른 것이 있는 것처럼 목청을 높였다.

"제도에서 전화가 왔습니다! 죄송합니다만, 와 주십시오!"

"뭐? 어쩔 수 없지."

한숨과 함께 타냐는 포크와 나이프를 내려놓고 일어섰다. 식사 도중에 일어서는 건 유감스럽기 짝이 없지만, 제도에서 온 전화라면 무시할 수 없다.

"그런데 소위. 다음부터는 누구의 전화인지도 가르쳐주면 좋겠군."

"시, 실례했습니다. 제투아 각하에게서 '긴급'이라고 합니다."

그 순간 타냐의 몸이 굳었다. 아무리 신참 소위라고 해도 이건 너무하다. 교육이 되어 있지 않다 이전의 문제다.

한숨을 푹푹 쉬면서, 문제점을 단호히 지적할 수밖에 없다.

"자네, 다음부터는 기억해 두게. '긴급'이라는 말은 생략하지 마라. 부적절한 전령은 중대한 책임문제로 발전한다."

기다리게 하면 무서운 상대를 방치할 뻔하지 않았나!

종종걸음으로 전화가 있는 실내로 달려가서 지각으로 시간을 빼앗은 것에 대해 타냐는 즉각 사죄했다.

"데그레챠프 중령입니다! 각하, 다망하신 가운데 기다리시게 하여서 대단히 죄송했습니다!"

시간은 귀중하다. 하물며 상사의 시간은 무엇보다도 귀중하다.

실수를 했을 때 변명은 무의미.

설령 전령이 실수했더라도 일단은 사죄한다. 그것도 1분 1초를 다투는 속도로 유감의 뜻을 전해야만 한다.

"괜찮네, 중령. 조금 일이 있었을 뿐이라서."

수화기 너머에서 상사가 부드러운 목소리를 건네 왔다.

일반적으로는 나쁘지 않은 것으로 보인다. 다만 사람을 속이는 재주가 뛰어난 사기꾼 제투아로 악명 높은 참모차장 각하 본인이 아니라면.

"소관에게 무슨 일이십니까?"

"그렇군. 좋은 소식과 나쁜 소식이 있다."

기다려 주실 만했다고 이해한 타냐는 주저 없이 최악을 골랐다.

"그럼 나쁜 소식을."

"이르도아 해군의 전함부대가 연안지역에서 맹위를 떨칠지 모른다. 해안 가도선을 쓸 수 없을 가능성이 농후하다."

전함의 함포는 무시무시한 화력이다.

육군이 210mm를 중포라고 부르는 것을 비웃으며 40cm급 덩치를 줄줄이 늘어세우고 보란 듯이 화력투사하는 해상의 요새.

"화력투사 거점으로서의 전함입니까. 귀찮군요."

"그래. 일반적으로는 완전히 두 손 들어야지. 기뢰로 봉쇄하고 행동권을 제한하는 정도밖에 대책이 떠오르지 않는다."

"하지만 좋은 소식이 있다고 하셨습니다만?"

"그렇다. 적의 전함들은 분명히 위협이지만…… 찬스가 굴러들어왔다."

"찬스, 입니까?"

묘하게 뜸을 들이는 말에 타냐는 의심을 품었다. 전화 너머의 제투아 대장이 기분 좋다는 소리는 다소 불온한 징조다. 흉한 일일지, 길한 일일지는 모르지만…… 동부에서 기른 위기감이 의아함과 경보를 외쳤다.

"적 전함들 말인데, 일격으로 통째로 격멸할 수 있겠다."

"……실례입니다만, 소관으로서는 너무 그럴싸한 이야기로밖에 들리지 않습니다. 각하. 한두 척이라면 가라앉힐 수 있을지도 모르지만 통째라니요?"

항공모함 탑재기로 못 움직이는 전함을 두들겨 팰 기회라도 찾아온 걸까. 제국에서는 쌍수 들고 환영할 만한데, 11일에 전쟁이 시작되었다. 그런데 16일인 현재에 느긋하게 표적이 될 만한 적이 있다?

군사적 상식에서 볼 때 타냐는 혼란스러울 따름이었다.

"믿기 어렵나. 무리도 아니지. 하지만 사실이다."

제투아 대장은 유쾌하게 말을 이었다.

"이르도아 전함부대의 주력 말인데, 놈들은…… 북부 군항 지역에서 근대화 개수 중이다."

"……예?"

전함 같은 전략자산을 국경 부근의 군항에서 느긋하게 개수?

"즉응태세가 아니라고 이해하면 되겠습니까?"

"바로 그렇다. 움직이지 못하는 거대한 덩치다. 가만히 있는 전함이라면 입에서 침이 나오는 사냥감이겠지?"

"도저히 전시라고 생각할 수 없습니다. 이르도아인은 제정신입니까?"

고가치 목표를 제국의 눈앞에 그대로 방치

대체 뭐가 어떻게 되면 그런 결단이 나오는 걸까.

"생각의 차이지. 이르도아인으로서는 자기들이 '전시'를 상정하지 않았다는 메시지였겠지. 그들의 입장에서 생각하면 어느 정도 합리성이 있다."

그 지적에 타냐는 즉각 이해했다.

전함부대를 한꺼번에 도크에 넣은 동안은 전쟁을 할 수 없다.

상식적으로 생각해서 불가능하다.

그러니까 '왜 그런 바보 같은 짓을'이라고 제국인은 생각한다. 반대로 이르도아인은 반대로 생각했던 모양이다. '우리는 중립을 지키고, 전쟁을 할 생각도 없다'는 시그널로 전함을 도크에 넣은 것이다.

미안하지만, 제국에게는 그런 배려를 접수할 여유가 없는데.

"즉…… 전함들은 여전히 도크에 있습니까?"

"전쟁을 할 각오도 준비도 없었다. 지금쯤 서둘러서 도크에서 전함을 꺼내 출항 준비를 하고 있는 모양이다. 기습의 뜻하지 않은 부산물이군."

기회의 냄새를 맡으면서 타냐는 손을 들었다.

"즉, 지상부대로 나포할 수 있다?"

제국의 함정 사정은 절망적이다. 개선할 수 있다면 뭐든지 쓰고 싶다. 그게 아니더라도 전함의 임팩트는 크다. 타냐로서는 바다의 왕이라는 평가를 할 생각이 없지만…… '여론'은 전함을 좋아한다. 과대평가한다고 해도 좋다. 전함을 노획했다면 안팎에 주는 최고의 프로파간다 소재가 될 수 있겠지.

장밋빛 꿈이 부푸는 듯했다.

일망타진, 일격으로 전멸시킨다! 그래, 알기 쉽다!

"무리겠지."

하지만 제투아 대장의 담담한 말이 꿈을 깨뜨렸다.

"적함 나포의 기회를 가만히 놓치는 것은……"

"안 되는 걸 졸라봐야 소용없다. 북부 이르도아 공략은 아직 진행 중. 아니, 극한 상태의 외줄타기 상태가 계속되고 있다."

주력이 남진하고 가도를 여는 단계다. 전국이 예단을 불허하는 것도 고려하면, 그럴 수밖에 없는 상사의 말이다.

분하다는 마음이 들끓는 것은 어쩔 수 없지만.

"……전력만 있다면."

"병력이 부족하다. 시간도 부족하다. 가라앉힐 수밖에 없겠지. 너무 욕심을 내다가 놓치고 싶지 않다."

귀중한 것은 누구든 원한다. 전시하에서도 그것은 마찬가지.

전시하에서 자기 것이 될 수 없는 귀중한 것은 조금만 삐끗하면 '방해물'에 불과하다는 소리다.

그러니까 부순다.

논리적 필연성으로 이해하고 납득한 타냐는 전함의 입수를 깨끗하게 포기하기로 했다.

"그럼 항공함대로 군항 습격이로군요."

"우리 쪽의 항공우세를 유지하는 것만으로도 능력의 한계다. 군항을 습격하더라도 전함을 확실히 해치울 수 있다는 보증도 없겠지."

왠지 이야기가 잘 이어지지 않는다.

혹시 이렇게 되면 뤼순 군항 패턴일까. 중포 내지 열차포를 이용한 도크 포격이다.

이 경우 전함의 장갑을 생각하면 열차포일까?

"각하, 간신히 이야기가 이해되었습니다."

203고지가 아닌 203항공마도대대를 이용한 관측포격이다. 열차포의 연사속도로 도크를 쏴대는 것이라면 뤼순 군항과 같다.

"제 항공마도대대에 맡겨 주십시오. 탄착 관측은 익숙합니다."

그렇게 말하긴 했지만 적지에서의 유도는 쉽지 않다. 난제라고 해도 좋겠지. 뭐, 노르덴이나 라인에서의 단독 포병지원임무와 비교하면 다르지만.

애초에 보람이 있는 일이다.

관측이나 통신 같은 기재 쪽으로 생각을 기울이려던 타냐였지만…… 거기서 뜻하지 않은 말을 들었다.

"지원에 감사한다. 물론 너희에게 시키려는 건 관측이 아니지만."

"예?"

"자세하게는 닥터가 귀관에게 설명할 거다. 적 전함들을 격멸하도록."

"다, 닥터?"

뇌리에 경보.

위험하다.

안 좋다.

빌어먹을.

"가속장치를 준비했다. 멋지게 '정찰' 해 주게."

그거냐!

공화국군의 라인 전선 사령부에 실례했을 때 썼던 그건 싫다!

"가, 각하. 제 부대는 전투 직후이기 때문에 전력을 발휘할 수 있는 상황이……."

전력회피.

변명, 핑계, 무리한 요소의 나열을 시도한 타냐에게는 슬프게도, 상사의 무자비한 공격에 대한 대비를 갖추지 못했다.

"아까 한 말은 뭔가? 꽤나 기묘하군. 자네 부대는 적지에서 탄착 관측할 수 있는 상황이라고 들었는데?"

거짓말은 할 수 없다.

거짓 대답을 할 수 없는 이상, 진실을 이용하여 오해를 부를 수밖에 없는데…… 착오와 혼란을 활용한다는 점에서 제투아 대장은 그 길의 달인이다.

타냐는 백기를 들 수밖에 없다고 느꼈다.

"며, 명령이라면 받들겠습니다."

행복한 시간. 혀가 미식으로 즐거워지는 한때 울리는 끔찍한 경보음.

조건반사적으로 고개를 들고 귀를 기울인 장병들 사이에서 고참병인 제203항공마도대대의 대원들은 서둘러 입에 음식을 욱여넣기 시작했다.

살아남는 좋은 병사의 조건이다. 먹을 수 있을 때 먹을 수 있는 것은 먹어둔다.

제국군에서도 굴지의 고참 정도 되면 망설임 없이 이 순간에 자기가 좋아하는 것을 닥치는 대로 입에 욱여넣는다.

"읍, 잠깐, 그거! 내 거!" "중위, 아까도 치즈를 그렇게 먹지 않았습니까! 양보해 주세요!" "샌드위치로 해서 가져갈 생각이 었는데!" "초콜릿 씹은 거 누구야?!" "흰빵이 맛있다……."

손을 뻗고, 손을 쳐내고, 혹은 남들보다 먼저 보존 가능한 것을 요령 좋게 챙기는 혼돈이 왜인지 조화를 이룬 신기한 식탁 위에서, 수많이 쌓인 식재료가 위장이나 등짐으로 들어가서 사라졌다.

항공마도사는 애초부터 소비 칼로리가 많다.

먹는다는 것도 훌륭한 전쟁 준비다.

다만 집중은 분산이다. 방금 사라진 지휘관이 퉁명스러운 발걸음으로 달려오는 발소리를 놓치지 않을 정도의 경계력은 어떤 때라도 필수기능이다.

경보에도 한도는 있지만.

실내를 둘러보는 지휘관, 타냐 폰 데그레챠프 중령은 백은보다도 녹슨 은이라고 두려움을 사는 쪽에 어울리는 험악한 얼굴로 입을 열었다.

"전원, 주목! 전원, 주목!"

빅토리야 이바노비치 세레브랴코프 중위는 고참 마도사이며 역전의 용사지만, 빵과 햄에 목이 제압당할 위기에 빠질 정도였다.

"읍?! 읍, 콜록콜록, 어, 어?!"

목소리, 분위기. 그리고 말.

전쟁 속에서 있으면 베테랑 정도 되면 예언자가 아니더라도 100퍼센트 가까운 확률로 다음 일을 적중시킬 수 있다.

안 좋은 전개.

아무튼, 틀림없이, 귀찮은 일.

세레브랴코프 중위처럼 경험 풍부한 항공마도사관 정도 되면, 최악도 상정하고 상황을 감안하여 즉각 움직였다.

아니, 그녀는 움직였다.

두 손과 입을.

"제203항공마도대대! 요원은 즉각 완전장비로 집결하라!"

"방금 일을 마친 판입니다만?!"

그 부하는 항의하는 도중에도 신선한 밀가루로 갓 구운 빵을 삼켰다.

더럽지 않은 흰빵. 보통의 호밀빵도 싫어하지 않지만, 불순물이 없는 흰빵은 각별하다.

"듣고 있나?!"

"자, 잠깐, 잠깐만, 이것만 먹게 해 주세요!"

누가 비명을 질렀지만, 비명을 지르는 동안 커피로 빵을 넘겼다.

진짜 커피를 이렇게 아무렇게나 마시는 건 믿을 수 없는 사치다. 졸도할 정도의 금액과 가치의 모독적인 낭비가 되겠지. 하지만 그런 것보다도 햄을 입에 욱여넣는 것을 지금은 우선하고 싶다.

씹을 때 나오는 맛은 진짜 고기다. 맛볼 틈도 없지만, 조잡한 대용식품 따위와는 비교도 안 된다.

이렇게나 훌륭한 맛이다. 아깝지만, 기회를 놓치는 게 아쉽다. 꿀꺽 삼키고 다음 것으로 손을 뻗는다.

"이르도아 밥을 먹는 것은 중지다! 얼른 집합이다, 집합해! 알 겠지?!"

짜증 섞인 상관의 말꼬리에서 임계점을 느끼는 건 간단하다.

제203항공마도대대에서 오래 근속했으면 용서받을 수 없는 일선이 있는 것은 안다. 그래도 세레브랴코프 중위는 한마디 저 항을 시도했다.

"……추, 출격에 필요한 칼로리의 보급을 허락해 주십시오!"

찌릿하는 냉철한 시선.

동시에 상관인 데그레챠프 중령에게서 날아온 것은…… 느긋 한 어조에 부드럽기까지 한 말이었다.

"세레브랴코프 중위. 그것이 귀관의 주장인가?"

임계점.

그것도 부글부글.

실수했다고 깨달은 그녀는 서둘러서 진화를 시도했다.

"아뇨, 아뇨아뇨아뇨! 물론 곧바로 출격 준비를 하겠습니다!"

일어서서 재빠르게 물건을 챙기기 시작하는 세레브랴코프 중 위에게 상관은 정말로 수상쩍은 것을 보는 시선과 함께 주의를 날렸다.

"어이, 비샤."

"예!"

"비스킷은 두고 가라."

세레브랴코프 중위는 단호한 태도로 주장했다.

"비상식입니다!"

자신만만한 얼굴은 타냐처럼 오래 지낸 상관이 아니라면 넘어갈 수 있을 만큼 얼굴가죽이 두꺼웠다.

"귀관, 내 초콜릿 바를 산더미처럼 껴안고 있었지?"

"그건 그거, 이건 이거입니다!"

"알았다! 알았다! 다만 내 커피는 제대로 맛을 보면서 마셔라."

"예, 옙!"

허둥지둥 달려가는 마도사들과 섞여서 세레브랴코프 중위는 재주도 좋게 몇 사람 몫의 커피 원두를 챙겼다.

용도는 뻔하다.

회의에 내놓을 것이다.

그렇게 '마음 편한 분위기에서 해야 한다.'는 데그레챠프 중령의 의향에 따라 커피와 초콜릿이 제공되는 회의실 분위기는 실로 양호했다.

개발자이며 V-1을 개수한 슈겔 박사의 설명과 감동적인 연설이 벌어진 회의실에서는 커피의 향기가 그윽하게 감돌았다.

물론 마도부대의 요원들도 지휘관이 작전 개요를 설명하기 시작했을 때는 등골을 쭉 세웠다.

숙련된 마도부대, V-1, V-2라는 비주류 물건을 운용하여 실적을 내놓은 고참들 앞에서 타냐 또한 잡설을 생략하고 간결한 설명을 시작했다.

"목표, 적 전함들. 이상."

이해했다는 듯이 끄덕이는 마도부대의 요원들은 MAD가 만든 가속장치에 탑승하기 위해 이동을 개시했다.

서둘러서 정비된 발사 시설에서 V-1 개량형에 탑승하는 것이다.

물론 핵심적 부분을 혁신적으로 개량했다고 주장하는 것은 슈겔 박사 본인뿐이다. 타냐의 말에 따르면 방향 전환이 미묘하게 가능해진 정도의 V-1은 여전히 V-1에 불과하다.

이르도아의 푸른 하늘을 하이드라진 연료의 추진력으로 날아간다.

강철 덩어리 안에서 타냐 등의 고참 마도사들로 이루어진 부대는 미묘한 침로 조정을 거듭하여서 돌격대열을 형성.

역시나 V-1의 속도는 빠르기 그지없어서, 소정의 항로를 맹렬한 기세로 소화해 나갔다. 이대로 가면 상대방에게 대응할 시간을 주지 않고 완수했겠지.

하지만 이르도아군은 프랑소와군이 아니다. 즉 후자만큼 차분하게 착탄을 기다리는 정신의 소유자가 아니었다.

무엇보다 이르도아인은 전쟁에 후발 참가했다.

좋든 나쁘든 제국군이 하늘을 이용한 참수전술을 몇 번이나 성공시켰다는 사실은 확실히 인식했다.

중립국이기 때문이겠지.

이르도아에는 경계하기 위한 예산도, 자원도, 루트도 있었다. 제국 주재무관이 전술을 캐고, 연합왕국 주재무관 등은 연합왕국의 대응책을 조사하는 분업까지 했을 정도다.

양쪽 다 어중간했다고는 하나 청사진을 토대로 '연구' 까지 했다. 그것이 실전에 적절한 것인가 하는 것은 또 다르겠지. 하지만 실제로 정비된 경계망이 만들어져 있었다.

그러면 해야 할 일은 명료. 수비대가 주저할 일도 없다. 개전의 소식이 국경부에서 날아오는 동시에 이르도아 해군은 전력으로 항만 방어설비에 사람을 투입했다.

물건이 있고, 사람이 있고, 상정대로 적이 있다.

이르도아 해군은 기정방침에 따라 전력으로 움직였다. 대공포화를 있는 대로 군항 상공에 투사. 단순하지만, 그렇기에 효과적이기도 하다.

타냐가 혀를 내두를 만큼 농밀한 탄막은 그렇게 형성되었다.

"이 거리에서 말인가?"

물론 혀를 내두른 것은 거리라는 요소도 있었지만. 아직 장거리라서 도저히 명중을 기대할 수 없는 상황에서의 대공포격. 보통은 실수로 쏜 것이라고 비웃었겠지.

하지만 극적으로 악화되는 상황을 생각하면 도저히 웃을 수 없다.

"놈들의 표적은 시야인가……."

대공포화의 밀도는 타냐의 기준으로는 돌파할 수 있을 만큼 엉성했다.

하지만 적에게는 그걸로 충분하다고 이해했다. 애초에 작렬하는 포탄과 흩어지는 검은 연기는 시야를 급속도로 악화시켰다.

검은 연기. 지상을 보면 적이 징글징글할 만큼 수단방법을 가리지 않는 모습이 눈에 박힐 정도다.

구축함이 연막인 듯한 연기까지 내고 있다. 보일러에 얼마나 무리를 시킬 생각인지는 모르지만, 실제로 아주 유용하다.

이대로 가다간 시야가 완전히 막힌다.

"칫, 이르도아 자식들. 기분 나쁠 정도로 머리를 잘 굴리는군!"

V-1은 종말 코스에서 섬세한 수정이 어렵다.

이런 병기는 눈대중이 약간 어긋나기만 해도 영향이 있다. 저지 효과라는 점에서 이르도아인의 선택은 정말로 정확하다. 제국군이라도 같은 짓을 하겠지.

"……평화에 절어 있던 상대라고 너무 얕보았군."

실전 경험이 없는 상대라고 얕보고 있었다. 이르도아 육군에 쾌승한 결과, 적을 과소평가한 걸지도 모른다.

크게 오해했다고 인정해야 할 사태였다.

애초에 이르도아는 본질적으로 '해군국가' 다. 연합왕국 육군은 대단할 것 없더라도, 연합왕국 해군이 무시무시한 위협인 것과 마찬가지로, 바닷사람들은 영리한 걸까.

손에 닿지 않는 것은 언제든지 부럽다.

"제길, 이러니까 해군은 싫어."

아군 수상함정은 미덥지 않은 주제에 적은 유용하다. 지독한 언밸런스다. 불공평하기 짝이 없다.

우리 집 해군은 잠수함 이외에는 조금 더 반성해야 한다.

월급 도둑들.

배에서 내려서 해군 지상보병으로 편제하여 동부에라도 던지고 싶다. 그러면 수상 함정 부문에도 기합이 들어갈 텐데!

불평을 삼키고 타냐는 의식을 전환했다.

"……남 걱정보다 내 걱정이 먼저인가."

상정하지 않은 시야의 악화.

이쪽의 화력은 고작 열두 대.

포화공격이라기에는 너무나도 빈약하다. 각자의 명중률이 내려가면 상응하여 줄 수 있는 전과도 감소한다.

전탄 명중?

바보 같은 소리.

현실은 그렇게 아름다운 꿈이나 희망을 들어주는 놈이 아니다.

고참 중대라도 전탄 명중은 기대할 수 없다…… 다섯 척의 적전함을 모두 격침할 수 있을지 심히 의심스럽다. 상부 구조에 직격시키는 정도로는 적함이라는 덩치는 쉽사리 가라앉지 않는다.

아예 한두 척에 집중공격을 하자는 생각이 뇌리를 스쳤다.

무엇보다 시야 악화가 문제다. 연막과 포탄의 연기로 방해받는 지금, 선택지를 재고려하는 정도는 검토해야 했다.

하지만 이건 이미 움직인 계획이기도 하다.

"이렇게 코앞에서 변경하는 건 오히려 안 좋은가?"

최선의 계획을 대혼란 속에 실행하기보다도 차선이라도 견고한 방책을 택해야 할 순간이 세상에는 종종 있다.

애초에 명령이란 것은 가볍게 변경할 것이 아니다.

여기서 그르쳐서 혼란 속에 돌입하는 폐해는 막대하다.

어그러지면 어떻게 되지? 과연 다음이 있을까? 아니, 딱히 매번 V-1에 탑승하는 건 아니지만, 직업상의 필요성에서 나온 의문이다.

확실한 것은 기회의 빈곤함.

바다 위로 나가면 V-1로는 적을 잡을 수 없다. V-2라면 기회까지는 주어지겠지만, 이미 방법이 까발려진 것을 무시할 수도 없다.

"결론은 단순한가."

가볍게 쓴웃음마저 나왔다.

적은 줄일 수 있을 때 줄여야 하는 법. 그 이상도, 그 이하도 아니다. 기회를 놓칠 수 없다.

함부로 계획에 손대기보다도 한 척이라도, 두 척이라도 확실히 가라앉히는 편이 낫다.

"문제는 단 하나인가."

그리고 그것은 꽤 귀찮은 문제다.

이 V-1은 저 MAD가 만든 것이다. 과연 이것을 믿어도 될까? 다행인지 불행인지, 대답이 강제적으로 나오는 고민이기도 하다.

"여기까지 온 이상 어쩔 수 없군."

타냐는 보류하고 싶었지만, 상부가 이쪽에 기대를 걸었다. 즉 명령 때문에 타냐도 이쪽에 기대를 걸게 되었다.

선택의 여지는 없다.

애초에 모든 것이 명령으로 준비되었다.

"너무한 이야기지."

공무원이란 진짜 할 게 못 된다. 이직을 결심했다고 해도 지금 당장 사살당할 짓을 저지를 수도 없다.

"그렇긴 해도 V-1에 몇 번이나 타게 되는 건……."

고개를 내저어서 잡념을 뇌리에서 추방.

지금은 그저 이 녀석을 적함에 들이받는 것만을 생각한다. 아무튼 위력만큼은 있다. 위력만 보면 틀림없다.

시야가 양호하지 않은 환경이니까 더더욱 집중해야지.

"01이 전원에. 계획대로 한다."

그렇기에 타냐는 목표영역 직전에서 부하에게 말했다.

"직격이 이상적이지만, 지근탄이라도 문제없다. 가능하다면 뒷부분의 추진기를 노려라!"

움직일 수 없는 전함이라도 충분히 위협이겠지. 하지만 그 이상으로 움직이는 전함은 더 귀찮다. 이르도아 해군은 여기서 자산을 상실해 줘야겠다.

"제군, 제군에게 기대하는 바가 크다. 평소와 변함없는 결과를 기대한다. 이상이다!"

상사의 연설이란 항상 짧게. 용건만 간략하게 전하고 타냐는 통신을 자기 부관에게 돌렸다.

"부관! 할당한 대로다. 나와 페어로 제일 안쪽 전함을 노린다!"

"알겠습니다!"

하이드라진 부스터의 상황?

진짜로 잘 움직이고 있다. 기막힌 추진력으로 쭉쭉 하늘을 가르며 나아간다.

그야말로 파괴력의 덩어리.

머지않아 정박 중인 군함에 들이박으려는 그것.

하지만 그걸 가로막는 쪽도 빈틈없다. 말 그대로 전력사격이 V-1의 진로를 저해하려고 대지에서 날아왔다. 대공포화의 탄막이, 통제사격 구역이, 치밀한 방공진지가, 타냐 일행의 진로 앞에 깔려 있다.

"이르도아 해군은 우수하군요. ……딱 봐도 실전에 익숙하지 않은 주제에 움직임이 좋습니다."

부관의 평가에 타냐는 말 그대로 고개를 끄덕였다.

"부러운 일이다."

철저한 훈련.

그리고 교육받은 인원.

이번 대전에서 교전국들이 다들 부러워할 사치다. 상대가 소중히 배양된 요원이라면, 제국이라는 사양기업은 모든 부문에서 즉전력을 구하는 상태일까.

경합 상대가 화이트 기업인 것은 아주 안 좋다. 블랙 기업이 아닌데도 비슷한 업무를 돌리는 효율성은 무시무시하다. 적의 어드밴티지는 인정해야 한다. 다만 지금이라면 경험으로 앞선다. 이 어드밴티지는 아주 잘 써먹어야만 한다.

"그들에게 실전 경험을 쌓게 해 줄 의리는 없다."

"지당한 말씀입니다."

부관이 맞장구 치는 동안에도 각도의 최종 조정을 개시. 시야에 자욱하게 낀 연막이 거슬리지만, 그런 쪽의 심술에는 익숙하다.

"적함으로 달려가 주지."

목표, 이르도아 해군 전함들.

미세 조정을 마치고, 사출이라는 형식으로 V-1 본체에서 탑승원들이 튀어나왔다.

이르도아의 푸른 하늘로 나오자마자 타냐 이하 마도사들은 그대로 비행술식으로 거리를 벌리며 탈출을 완료. 군항 상공을 바라보니 여전히 시끌시끌했다.

이르도아 해군은 여전히 닥치는 대로 대공포화를 쏴댄다.

덤으로 재빨리 이쪽을 확인한 자도 있었겠지.

"성가시군!"

대공포화의 화선을 '마도사 개인'에게 집중시키는 잔재주까지 부려댄다. 물론 방어막과 방어외피로 몸을 감싼 마도사가 위험할 일은 없다. 그래도 적 화력에 드러나는 것은 실로 불쾌하다.

아니, 총을 맞는다는 것은 특수한 성적인 취향이 없는 한 스트레스가 더없이 쌓이는 일.

"개인의 자유지만, 내게 그런 취향은 없는데…… 옷?"

시야 구석에서 번쩍이는 것은 MAD가 진심을 담아 만들어낸, MAD의 손길이 담긴 MAD 병기.

관통력 발군, 작약 가득가득, 가속 충분, 직격 코스의 그것은 한없이 튼튼한 전함의 장갑마저도 아랑곳 않고, 설계기사의 성격처럼 자기 길을 갈 뿐.

그리하여라, 하는 마음으로 만들어졌다.

고로 그러하다.

제국군이라는 사수가 쏜 열두 대의 V-1은 이르도아의 푸른 하늘과 푸른 바다를 가로질러서, 대해원으로 나가려고 발버둥 치는 이르도아 전함들에 쏟아졌다.

말 그대로 재앙처럼.

설령 연막으로 숨었다고 해도, 거기에 있다는 사실까지는 움직이지 않는다.

직격이 6. 지근탄만 해도 4.

효과는 지극히 뛰어나다.

출항을 서둘렀다고 해도, 먼 바다 위와 달리 마음대로 회피할 수 있는 게 아니다.

군항 안이라면 '좋은 표적'이다. 그런 곳에 최정예의 숙련도를 갖춘 제203의 돌격. 이상적 환경에서의 전과겠지.

단 1개 항공마도중대가 적함 두 척을 그 자리에서 말 그대로 날려버렸고, 또 한 척도 성대하게 뒤집는 데 성공.

특히나 폭침조는 대단하다. 유폭 폭침의 굉음, 충격파에 흔들려서 공중기동자세가 다소 흐트러졌을 정도다. 만족스럽게 항만 안을 둘러보면 폭파의 충격이 보인다.

이르도아 전함들 중에도 최신예인 두 척은 가까스로 떠 있지만……

"좌초했다고 보면 되겠지."

기동력은 빼앗았다. 바닥에 착저할지, 침수 때문에 뒤집힐지는 모른다. 미래의 일은 아무도 모른다.

하지만 확실한 게 하나 있다.

"저래선 자유롭게 움직일 수 없다."

이르도아 해군이 자랑하는, 귀찮은 전함들을 말 그대로 격파. 이르도아 해군의 전열 탈락은 확실하다.

아래쪽의 광경은 웅변한다.

세 척 격침, 두 척 대파 확실.

대량의 쇠와 기름의 잔재가 푸른 이르도아의 바다에 문드러져 간다. 조금 전까지 시야를 거슬리게 가로막던 검은 연기도 지금은 멋진 채색이다.

성대하게 불타는 적함과 뒤섞였으니까!

한편 이쪽은 탈출한 중대요원들이 공중에서 재집결을 차질 없이 완료. V-1 탈출에 실패하는 불행한 트러블도 없어서 좋다.

소모 0, 전과가 크다니, 더없이 좋다.

"전과 확장에 나섭니까?"

옆에서는 최근 약한 놈을 괴롭히는 짓을 너무 편애하는 부관의 의견상신. 타냐 개인으로서는 조금 부하의 장래가 걱정되는 순간이었다.

"중위, 항상 생각하는데…… 우리는 전쟁을 하고 있다."

물러날 때를 명심해야 직업군인.

적이 꼴사나운 모습을 보인 지금이야말로 정시 퇴근의 기회라는 걸 왜 모를까. 혹시 세레브랴코프 중위는 보람만으로 무한하게 일하는 정신 상태일까?

"중위, 귀관은 보람이란 말을 좋아하나?"

"예? 이, 일에서 말입니까?"

부하는 다소 긴장했지만, 그 반응도 옳다.

상관이 의욕에 대해 묻는다는 것은 기본적으로 그리 환영받을 일이 아니다. 긴장을 좀 풀었으면 싶지만, 이것만큼은 커뮤니티에 능한 자신이라도 좀처럼 쉽게 되지 않겠지.

다소 생각에 잠기고 가벼운 어조로 물었다.

"아, 아니, 그저 생각했을 뿐이다. 귀관이 일에서 보람을 찾는 것인가 하고."

전해졌을지 다소 불안했다. 하지만 표정을 보니 타냐가 물으려는 의도는 무사히 전해진 모양이다.

"어어, 보람이 있으면 좋겠다…… 정도입니다만."

"고맙다, 비샤."

즉, 보통이나 약간의 경향이 드러나는 정도. 표준적인 인간이 겠지. 타냐 자신도 무익한 일보다도 보람을 느끼게 해 주는 일이 즐겁다.

그 정도가 인생이라는 것이다.

"전원, 이탈한다! 여태까지 완벽하게 일했다! 마지막까지 손해 없이 퍼펙트하게 끝내라!"

도망가는 실력을 발휘한다.

이 점에서 제203항공마도대대의 고참 마도사들은 동시대 굴 지라고 평가해야 할 경쾌한 다리를 가진 놈들이었다. 적지 상공 에 오래 있는 기특한 취미는 없다는 듯이 반전 이탈.

머지않아 공중대열로 잡담을 하면서 빈틈없이 주변을 경계. 마지막까지 군더더기 없는 움직임으로 무사히 지정 거점으로 귀 환을 마쳤을 때 타냐는 만족스럽게 끄덕였다.

"전원, 수고했다! 해산이다!"

그렇게 말했을 때 타냐는 옆에 선 부관에게 개인적인 치하의 말을 던져야겠다고 생각했다.

"귀관도 그렇다, 부관, 정말로 수고 많았다."

"감사합니다. ……중령님, 어어, 저희는 이제부터?"

"응? 아, 이동할 예정이다."

"어느 쪽으로 말입니까?"

행선지는 정해져 있다.

전선이다, 라고 말하며 타냐는 미소 지었다.

"슬슬 우리도 전선에 나가서 바이스의 뒤를 봐줘야지."

"어어…… 저, 전함을 사냥한 직후입니다만."

계속 일하는 겁니까, 라는 헛소리를 부관은 가까스로 삼킨 모양이지만, 그 말하려는 바를 타냐도 이해했다.

레르겐 대령의 앞길을 청소하고, 이어서 적 전함과 전투. 요즘의 가동 상황을 보면 명백히 오버워크다. 근로기준법이 필요하다.

하지만 없는 것을 찾는다고 나오지 않는다. 근로기준법은 제국 군인을 보호해 주지 않는다.

그러니까 자력구제의 일환으로 앞에 나가는 것이다. 예비병력으로 대기하고 있으면 더없이 귀찮은 일이 밀려든다.

하이리스크 하이리턴의 후방대기보다도 전선에서 대기하는 미들리스크 미들리턴 쪽이 최악을 회피할 공산이 크다. 게다가 전선에 가는 것을 '탈주'라고 부르는 정신성은 제국군에 없다. 그렇다면 리스크 회피의 방침으로 전방전개하지 않을 이유가 없을 정도다.

"부관의 걱정도 알지만, 전투단으로서 모든 전력을 장악해 두고 싶다."

"사정이 사정입니다. 이것만큼은 어쩔 수 없군요……."

"당연하겠지. 이런 데서 공짜 밥을 먹을 여유는 없다."

타냐의 말은 하지만 예기치 않은 반응을 일으켰다.

"저기, 호, 혹시."

"왜 그러지, 부관?"

"아직 화나셨습니까?"

화나? 내가? 타냐는 곤혹스러워져서 솔직히 물었다.

"뭐에 대해서 말이지?"

"저기, 출격 전에 햄을, 그게…….

"귀관이 입안 가득 넣었던 그것 말인가? 내가 못 먹은 햄을 누가 먹었다고 화낼 만큼 나는 속이 좁지 않아."

》》》 통일력 1927년 11월 19일 제국군 점령지역 《《《

이르도아 작전이 군사적, 정치적으로 어떻다는 이야기를 제쳐두면, 이르도아 전선은 실로 짭짤한 곳이다.

햄, 치즈 등 식량만의 이야기가 아니다.

이르도아가 해외에서 수입한 커피 원두도 타냐는 재빨리 회수했다. 그것만이 아니라 새로운 도구까지 가지고 돌아왔다. 추출기 세트를 손에 넣은 것이다. 앞으로는 에스프레소를 즐길 수도 있겠지. 에스프레소 머신이 편하지만, 없으니까 어쩔 수 없다.

점령지를 산책하고 필요한 물자를 조달한다. 물론 합법적으로.

타냐는 항상 부하를 철저하게 교육했지만, 조직적 약탈보다도 조직적 징발 쪽이 합리적이며 안전하다. 무엇보다도 합법적.

"세레브랴코프 중위, 나중에 연합왕국 화폐를 준비해 줘."

"물자 구입이로군요?"

"그렇다."

적지에서는 외화가 최고다. 애초에 당연한 것이지만, 군표보다도 신용력이 좋다. 참고로 입수처는 적 사령부의 금고.

적을 습격하면(다른 우군은 좀처럼 흉내낼 수 없는 조달 수법이지만) 의외로 입수 가능하다. 최전선에서 격전 중일 경우를 제외하면 점령지에서 물건 조달에 매우 좋은 효과를 발휘한다.

손자도 좋은 말을 썼다. 적지에서, 적에게서 양식을 구하라고. 경영자의 재능이 있었던 게 틀림없다. 코스트 의식이 있는 점에서 마르크스와 크게 다르다.

"일단은 시찰이군. 걷자."

"동행하겠습니다."

둘이서 나란히 점령지를 산책하면 싫어도 알게 되는 게 하나 있다. 아니, 딱히 시찰할 것도 없이 자명한 일이다.

"제국과 달리 모든 것이 '깨끗한가'."

"다소 망가진 참입니다만."

부관의 지적처럼 깨끗하지 않다고 할까, 시설이나 가옥이 파손된 부분이 다소 눈에 띈다. 원인의 태반은 제국군의 침공과 얽혀 있다고 봐도 지장이 없겠지.

가장 최근의 파손 흔적은 총탄 자국일까?

"우리 쪽 지상군 놈들은 수단 방법을 가리지 않으니 말이야. 이르도아 녀석들은 그 점에서 너무 고상할까."

태반의 적은 다리조차도 폭파하지 않고 후퇴했다. 뭐, 개중에는 예외적으로 각오를 다진 놈도 있는 모양이지만, 애초에 일부 지역은 연방군의 짓인가 싶을 정도로 철저하게 초토화되었다고 들었다. 다행스럽게도 그런 지역은 한정적이다. 대부분의 이르도아인은 평시의 발상으로 행동하는 모양이다.

제국이든, 연방이든, 연합왕국이든, 어디든 좋다. 진격로를 멀쩡한 상태로 빼앗기는 짓은 아무도 하지 않을 텐데. 이 점에서 이르도아는 아직 느긋하기까지 하다.

"인프라를 파괴하는 것을 주저하는 시점에서 전쟁에 맞지 않는 거지."

"우리도, 일단, 저기……."

조심조심 꺼내는 말은 부관 나름대로의 견해였다.

"딱히, 부수고 싶어서 부순 건 아니지만요."

타냐도 여기에는 동감이다.

"그래, 필요에 따른 명령이었다."

다만 문제가 하나 있다.

필요라는 이름의 여신은 과연 정말로 여신일까.

심각한 의문이라고 해야 할 중요한 시점이다.

타냐가 보기로 존재X 같은 놈을 방치하는 시점에서 세계는 문제투성이. *공정세계가설로 이해하려고 해도 말도 안 되는 문제가 너무 많다.

'이렇게 내가 고생하는데 왜 나에게는 보상이 적은가' 라는 의문에 답이 없는 이상, 자력구제할 수밖에 없다.

문득 주머니 안에 넣어두었던 것으로 타냐는 손을 뻗었다.

"비샤, 이걸 봐라."

"뭔가요, 그건?"

"감자다, 감자."

감자라고 부르기에는 너무 작고 모양도 나쁘다.

---

* 공정세계가설(just-world hypothesis) : 세상은 공정하며, 올바른 것은 마땅히 좋은 결과를 낳고, 나쁜 것은 마땅히 나쁜 결과를 낳는다고 믿는 사람의 심리를 이론화한 것.

하지만 이런 거라도 감자다. 출격 전에 주머니에 음식을 쑤셔 넣는 것은 병사에게 기본 중의 기본이다. 애초에 보급을 별로 기대할 수 없다.

다만 타냐는 세레브랴코프 중위의 의아한 표정에 고개를 끄덕였다.

"주머니에 넣기에는 기묘한 것일지도 모르지."

"뭐, 보통은 초콜릿 바 같은 거지요. 중령님도 좋아하시고."

"맞는 말이긴 한데."

타냐는 쓴웃음을 지으면서 감자를 만지작거렸다.

"이참에 이르도아의 감자와 사이즈를 비교해 보고 싶어서 말이지. 제국군 기지에서 적당히 하나 가져왔다."

놀라야 할까. 이렇게 조악한 감자 하나를 받아내는 데도 참모본부와 항공마도대대의 이름으로 강요할 필요가 있었다. 부관에게 말할 정도의 일은 아니지만, 역전의 네임드, 항공마도사관, 참모본부 직속 중령이 감자 하나로 심각하게 교섭을 한다.

더 말하자면 비교도 하지 않았다.

"비교해 볼 생각이었는데, 그만두기로 했다."

"왜입니까?"

답이야 뻔하지만. 한숨과 함께 타냐는 불쾌한 현실을 말했다.

"슬퍼지기만 할 뿐이기 때문이야, 부관."

이르도아에서 손에 넣는 감자는 실로 훌륭했다. 다른 야채인가 싶을 정도로 색깔도 사이즈도 무게도 딴판. 속이 꽉꽉 들어찼겠지. 이쪽의 그것은 궁상맞기 짝이 없다.

주식인 감자도 이 모양이다.

총력전의 독이 제국이라는 국가의 기반을 한없이 갉아먹었다.

"필요의 여신이 우리에게 명하는 대로 여기까지 왔다."

초연하게 가리키는 길을 나아가면 그 앞에 있는 것은 파국 이외의 무엇도 아니다. 운명이란 것은 언제나 잔혹하다.

그러니까 제투아 대장은 운명에게 욕설을 던지고 이것과 결별하려고 한다. 타냐가 알기로 제투아란 인물은 개인으로서는 실로 선량하고 경건한 신도일지 모르지만…… 조직인으로서는 철저하고 사악한 현실주의자다.

관념적인 '신'이란 존재가 자기 앞을 가로막는 것은 허락하지 않는다.

계획의 장애물은 폭파해서라도 자기 길을 돌진한다. 운명의 여신이 제국을 버린다면, 제국군 참모본부 전무참모차장 각하야말로 운명의 여신에게 가운뎃손가락을 내미는 것이다.

상대가 신이라도 용서 않겠지.

아이러니하게도 '끝으로 가는 길'을 걷지 않을 수 있다면, 제투아 각하는 신이든 정어리 대가리든, 아니 스파게티 몬스터에게라도 매달릴 텐데.

그렇다. 끝이다.

제투아 각하가 나아가는 것은 전쟁을 끝내기 위한 길. 미사여구 없이 말하자면 더 나은 패배를 하기 위한 하드랜딩 전략.

즉, 제국의 폐업.

막을 내리는 방법의 모색.

지금, 이르도아 방면을 조치하고 약간의 여유를 짜냈다. 제투아 각하는 이것을 밑천으로 동부의 결산을 시작하겠지. 채무정리처럼 제국의 자산을 도피시키고, 혹은 잘라낸다.

……합리적으로 생각한다면.

하지만 그것이 올바른 가정이라고 타냐는 단언할 수 없다. 타냐의 안에는 다소 망설이는 마음이 있다. 직감을 따르자면 이르도아 전쟁은 '군사적 작전'이 아닌 뭔가를 제투아 대장이 담은 것처럼 생각될 따름이다.

하지만 정치적 목적의 전쟁이라면 그 정치 목적을 읽기 어렵다.

'없다'는 건 아니겠지. 철저하게 은폐한 냄새가 난다. 물적 증거에 기반을 둔 확신은 없지만, 타냐의 후각은 뭔가 '속내'가 있음을 감지하고 있었다.

이르도아를 공격해 제국이 얻는 이득이란 무엇인가.

그것을 모르는 이상, 장기판 위에서 희롱당하는 각하의 말이 되어서 자기 행동도 제대로 결정할 수 없는 게 실정이다.

유익한 말로 계속 있을 필요는 있겠지만, 말이라도 머리를 가지고 싶다. 스스로 가치를 결정하지 않으면, 이상한 매입자에게 팔려갈지도 모르니까.

이런 쪽의 사정에는 공들인 경계와 조사가 필요하다.

인맥과 연고는 앞으로도 중요하다. 힐끗 돌아본 곳에는 부관의 모습이 있었다. 부하의 커리어도 최대한 고려해야만 한다. 가능하면 관리직으로서, 가능하면 자신의 수하로, 그들과 함께, 통째로, 세트로 부가가치를 붙여서 제공하고 싶은데…… 어디, 사 주는 곳이 있을까.

공산주의자는 안 된다.

그렇다면 자본주의자.

자본주의자라면 이익으로 설득할 수 있겠지.

공산주의자도 국가이성은 있지만, 공산주의자는 결국 공산주의자다. 풍요롭고 문화적이며 문명적인 타냐로서는 시장경제의 세계 이외에서는 숨도 쉴 수 없겠지.

팔려면 당연히 매입자는 부자가 더 좋다. 합중국을 이르도아 방면으로 끌어낸 이상, 그들과 여기서 거래할 수 있으면 좋겠는데.

"⋯⋯응?"

다소 위화감을 느끼면서도 타냐는 자기 뇌리에 떠오른 음모론을 일소에 붙였다.

"아니, 지나친 생각인가."

'그것'이 목적이라니, 지나친 생각이다.

나도 지친 거겠지. 말없이 제국군이 점령한 구역에서 타냐는 산책을 재개하려고 발을 옮겼다. 따라오는 부관이 질문하는 시선을 보내면서도 알았다는 듯이 그 이상은 묻지 않는 것이 실로 기분 좋다.

지금 나는, 제국군은, 이르도아를 공격하고 있다.

하지만 제압한 토지를 보면 일목요연할 뿐이다. 폐허조차도 이르도아는 돌로 만들어졌고 색조도 풍부하다. 사람들의 영양상태는 양호하고, 반대로 제국 진영은 하나같이 궁핍한 상태라고 할 수밖에 없다.

어떻게 할 수 없을 만큼 국력에서 차이가 나온다.

로마를 공격한 아틸라처럼, 제국이 강했다면 역사는 달랐을지도 모른다. 슬프게도 훈족 정도의 힘은 없다.

"……힘없는 나라는 슬프군."

"중령님?"

"단순한 푸념이다, 중위."

신경 쓰지 말라는 듯이 손을 흔들면서 타냐는 이르도아의 하늘을 올려다보았다.

푸르고 투명하고 아름다운 하늘.

햇살이 넘쳐나고, 볕이 닿는 세계다.

침입자로서 남하한 자신들의 군복이 어울리지 않을 만큼 밝고 활기찬 세계.

이 세계에 제국은 있을 곳이 없는 듯하다.

제국이 가졌던 힘의 체계는 전쟁으로 말랐고, 이익의 체계로서는 궁상맞기 그지없다. 하지만 결정적으로 가치의 체계가 전쟁으로 마모되었다.

이미 전쟁 전 영광을 바라기 어렵다. 제국은 싫든 좋든 세계의 파멸과 마주하게 된다. 그렇게 망가진 폐허 앞에서 작은 감자를 한 손으로 만지작거리고 타냐는 쓴웃음을 지었다. 카이사르는 아니지만, 카이사르의 마음을 자기 것처럼 이해할 수 있다.

루비콘을 건너야만 하지만, 건넌 다음에는 '어제까지의 세계'와 작별해야 한다.

타냐도 이직을 부정하지 않는다. 커리어 상승은 아주 중요하다. 인간은 자유의지로 선택할 권리를 부정해선 안 된다.

다만, 그래도, 생각하게 된다.

일이 여기에 이른 지금, 모두가 달려갈 수밖에 없다고.

그것을 바란다는 말은 않는다.

하지만 알고 있다. 알고 있다.

제투아 각하가 패배를 소정의 전제로 두고 발버둥을 시작했다. 어떤 결과가 나오든지 주사위를 던지기 시작했다.

주사위 눈은 나올 때까지 모른다.

하지만 다름 아닌 제투아 대장이니 주사위에 수작 정도는 부려놨다고 상정해야겠지.

세계를 속일까, 제국을 속일까, 아니면 모두를 속일까.

타냐조차도 그 전부는 모른다.

앞길에 뭐가 있을까, 그것이 자기에게 득이 되는 걸까, 혹은 신시대의 범람일까는 상상할 수밖에 없다.

다만 이미 시작되었다.

어쩔 수 없다고 하자면 그걸로 끝. 이 작은 감자처럼 궁상맞은 제국의 앞길은 단 하나.

루비콘을 건너서 달려갈 수밖에 없다.

"……주사위는 던져졌다."

이미 돌이킬 수는 없다.

(『유녀전기11 - Alea iacta est -』끝)

Appendixes
부록

외교상관도

❶ 전쟁 전

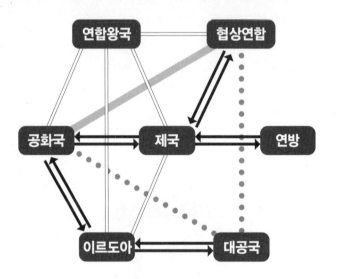

────── 중립
━━━━▶ 가상적
●●●●● 우호
▬▬▬▬ 동맹

신흥 대국, 혹은 마지막으로 등장한 열강인 제국에 대해 주변국들은 '봉쇄' 내지는 '영토 분쟁지역 탈환'을 목표로 하는 완만한 협조관계를 구축했다.

황혼 전, 평화로운 시간이었다.

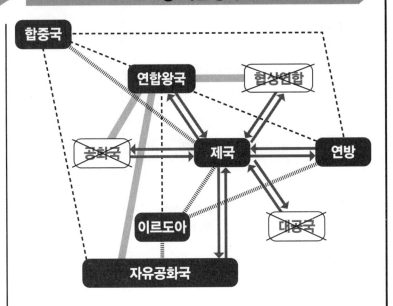

⟷	교전
⋯⋯⋯⋯	외교관계
------	적극적 외교접근
▬	동맹
⊠	피점령국

제국군의 전성시대. 제국 봉쇄를 실력으로 타파했다.

공화국, 협상연합, 대공국을 점령하고 각 방면에서도 군사적 우위를 가진다.

대항 세력들은 필요의 요청에 따라 전쟁 전 애매모호했던 관계를 더욱 심화할 수밖에 없는 시대이다.

외교상관도

❸ 이르도아의 시대

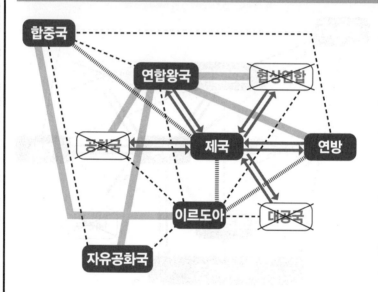

⟷	교전
⫶⫶⫶⫶⫶⫶	외교관계
- - - -	적극적 외교 접근
▬▬	동맹
✕	피점령국

이르도아의 전략적 지위가 극적으로 상승하다.

강화 중개자를 기대하는 제국, 제국에 한 방 먹이기를 기대하는 세력 사이에서 능숙하게 외교를 전개했다.

친 제국도, 반 제국도 아닌 열강으로서 중립을 견지하는 국가이성은 이르도아로 하여금 중립의 단물을 만끽하게 한다.

❹ 현재

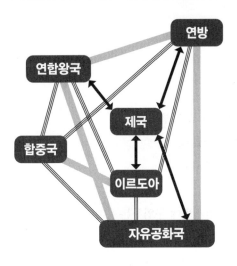

연방

연합왕국

제국

합중국

이르도아

자유공화국

→ 전쟁상태
　동맹
═ 깊은 외교관계

제국은 전 세계를 적으로
삼을 것을 결의한다.

외교에 투자하지 않았던
제국은 넘치는 완력으로
자신들의 요구를 관철하
고자 움직였다.
그렇게 가는 길에 자신들
이 바라는 '평화'가 있으
리라 믿었기에.
제국은 말 그대로 전 세계
의 주적이 됐다.
지금, 총력전의 불길이 퍼
져 나간다.

카를로입니다.

많이 늦어졌지만, 새해 복 많이 받으세요.

이걸로 인사를 마쳐도 좋겠죠.

줄도 글자도 절약할 수 있습니다.

나쁜 이야기는 아니죠.

하지만…… 11권까지 한꺼번에 구입하는 용사가 한 명 정도는 있을지도 모릅니다.

어쩌면, 혹시나의 가능성도 있을지 모릅니다.

하지만 믿고 싶습니다.

한 명 정도는 있을지도 모르지 않습니까.

그러니까 말하겠습니다.

메시지를 받아 주는 용사에게, 처음 뵙겠습니다. 저는 소설이나 만화 원작 같은 것을 쓰는 카를로입니다.

라면을 먹고 커피를 마시고, 최근에는 건강을 의식해서 다이어트를 시작했습니다. 다이어트 같은 건 간단합니다. 이미 세 번이나 했거든요!

그런 농담 겸 자기소개를 해 보았습니다.

편집부를 조마조마하게 하는 데는 성공했지만, 그래도 무사히 11권을 내놓았습니다. 2월에 공개되는 극장판 등등을 기대해 주신다면 기쁘겠습니다.

극장판 말인데, 타냐와 메어리의 격투 씬, 로리야의 보이스, 또 참모본부의 미남 영감님 콤비의 이것저것이 대단했습니다.

(사실 이 후기를 쓰는 시점에는 '아직' 완성되지 않았지만, 11권 발매 전에는 완성될 '터'이니, 무사히 즐겨 주신다면 다행이겠습니다.)

괜찮다고 믿고 싶습니다. 괜찮을 겁니다. 아마도!

더불어 영화와 병행하여 썼던 이 11권에 대해서도 약간.

스포일러가 됩니다만, 제투아라는 녀석은 정말 귀찮은 캐릭터입니다.

예전에는 그럭저럭 선량하고 다루기 쉬웠죠. 녀석도 어린아이를 군대에서 써먹는 것에 양심의 가책을 느꼈습니다.

그런데 이게 어찌된 일일까, 전쟁에 적응해 감에 따라 광채를 띠기 시작했습니다.

인터넷 연재판에서도 꽤나 고생했습니다만, 말기전의 근간을 정성스럽게 손질하면서 날뛰고 날뛰죠.

쓰면서 이만큼 힘들고 즐거운 캐릭터도 드뭅니다.

타냐를 몰아대는 것도 좋아합니다만, 사명감을 등에 진 미남 영감님도 좋아할지 모릅니다. 캐릭터가 멋대로 움직인다고 할까, 멋대로 폭주하는 것도 즐겁기도 하고 무섭기도 하지만……

지지 않도록 노력하겠습니다.

앞이 보이기 시작했다고 할 수 있고, 앞으로의 흐름을 독자가 예상하기 어렵게 작가 나름대로 손을 쓰면서 한계까지 취향대로 달릴 수 있으면 좋겠다고 생각합니다.

수많은 분 덕분에 여태까지 계속 달릴 수 있었습니다.

디자이너 next door design 님, 교정을 맡으신 도쿄 출판 서비스 센터 님, 담당자 후지타 님, 타마이 님, 일러스트레이터 시노츠키 님, 신세 많이 졌습니다.

더불어서 이번에는 조금 탈선해서 주식회사 NUT 님에게도 인사를.

회사의 첫일이 유녀전기의 애니메이션 제작에, 이번에는 극장판을 부탁드렸습니다. 원작자란 귀찮은 녀석들이지요. 여러모로 번거로운 일을 부탁드려서 대단히 죄송합니다. 멋진 작업, 감사합니다.

그리고 독자 여러분에게도 변치 않은 사랑에 다시금 감사를.

오늘까지의 성과를 보면서 저 혼자서는 여기까지 올 수 없었다고 거듭 느끼고 있습니다.

내일부터의 성과에도 기대해 주실 수 있겠습니까.

그럼 계속 잘 부탁드립니다.

2019년 2월 길일 카를로 젠

유녀전기 11

Alea iacta est

2019년 10월 15일 제1판 인쇄
2024년 05월 31일 제3쇄 발행

지음 카를로 젠
일러스트 시노츠키 시노부
옮김 한신남

발행 영상출판미디어(주)
등록번호 제 2002-000003호
주소 07551 서울특별시 강서구 양천로 570 NH서울타워 19층
대표전화 02-2013-5665

ISBN 979-11-6466-685-0
ISBN 979-11-319-0577-7 (세트)

YOJO SENKI Vol. 11 Alea iacta est
©Carlo Zen 2019
First published in Japan in 2019 by KADOKAWA CORPORATION, Tokyo.
Korean translation rights arranged with KADOKAWA CORPORATION, Tokyo.

구매 시 파손된 도서는 구매처에서 교환하실 수 있습니다.
기타 불편사항, 문의사항이 있으신 독자님께서는 노블엔진 홈페이지
[http://novelengine.com] 에서 Q&A 게시판을 이용해 주시기 바랍니다.